O CANTO *dos* CONTOS

INVERNO

GERENTE EDITORIAL
Roger Conovalov

DIAGRAMAÇÃO
André Barbosa

REVISÃO
Mitiyo S. Murayama

CAPA
Lura Editorial

ORGANIZADOR
Daniel Moraes

Primeira Edição
LURA EDITORIAL - 2022.
Rua Manoel Coelho, 500. Sala 710
São Caetano do Sul, SP – CEP 09510-111
Tel: (11) 4318-4605
www.luraeditorial.com.br
contato@luraeditorial.com.br

Catalogação na Fonte do Departamento Nacional do Livro
(Fundação Biblioteca Nacional, Brasil)

O canto dos contos / Lura Editorial – 1ª Edição – São Paulo, 2022.
Organizador: Daniel Moraes

ISBN: 978-65-84547-93-3

1. Ficção 2. Contos 3. Antologia I. Título.

CDD: 869.3

---

atendimento@luraeditorial.com.br
www.luraeditorial.com.br

organizado por
Daniel Moraes

O Canto *dos* Contos

INVERNO

antologia

lura
EDITORIAL

Sumário

Apresentação

Por Daniel Moraes

O inverno chegou.

A estação do ano que sucede ao outono e antecede a primavera surge gradativamente, alterando as paisagens com a queda nas temperaturas, deixando o clima gélido, e é também de tamanha importância para a vegetação, pois mediante as baixas temperaturas as árvores vivem somente com o necessário para sua sobrevivência, deixando cair suas folhas e frutos.

Tal como na natureza, é momento de reflexão, mudanças e adaptação para nós. Época de nos prepararmos para novas etapas que seguirão pelos próximos meses.

E a estação que origina o título desta antologia — *O canto dos contos: inverno* — é o pano de fundo para esta leitura.

Desde sua concepção, a antologia *O canto dos contos* já foi primavera, brilhou no verão, nos encantou no outono e agora se encerra com o enigmático inverno, nesta edição que está em suas mãos.

Tudo começou com o convite dos editores Roger Conovalov e Aline Assone para finalizar o projeto *O canto dos contos*, que deu início justamente na Bienal do Livro de São Paulo, em 2018, e agora estamos encerrando com chave de ouro esta coletânea que é um marco na publicação de antologias, com grande importância para o fomento da leitura e escrita ao proporcionar a escritores de todo o país a oportunidade de ter suas histórias publicadas em grande estilo.

Por isso, leia e aprecie o sentimento do inverno descrito nas palavras que formam os mais belos contos deste compilado especial. Boa leitura!

A ÁRVORE

Por Daniel Moraes

A primeira visão que meus olhos enxergaram foi um floco branco caindo preguiçosamente sobre minha única folha. Assim eu nascia.

Dentro de uma densa floresta atrás de mim, onde árvores há muito habitavam aquelas montanhas, um caminho de rochas e pedras se formava à minha frente.

Embora fosse pequenino, um broto, consegui me erguer e avistar toda aquela imensidão branca que, dias à frente, soube ser a neve que descia sobre a relva, o pântano e toda sorte de vida, e lentamente pairava se assentando e formando, assim, uma espessa camada de gelo.

Era inverno.

Ao meu lado, minha mãe sorria e chacoalhava seus galhos fazendo com que a neve sobre ela, há muito acomodada, se desprendesse e fosse ao chão, formando ainda mais camadas de gelo que, na chegada do sol, derreteria e desceria morro abaixo, indo em direção ao grande rio.

Na medida em que fui crescendo, meus olhos se acostumavam com a visão que se estendia à frente. Uma depressão sobre a montanha que seguia morro abaixo, onde se avistava um vilarejo de casas cujos telhados estavam cobertos de neve que insistia em cair diariamente.

Em dias de muita neve, a visão tornava-se míope.

Quem olhava para trás, no conglomerado de árvores, via que a coloração verde de suas folhas era substituída pelo branco da neve. Um tecido gelado que trazia uma beleza incomparável aos olhos de todos.

Até mesmo aquelas árvores que não tinham folhagem, apenas galhos secos marrons e retorcidos por causa do tempo, possuíam sua beleza natural ao ter neve acumulada que se assentava sobre eles.

Um dia, quando já estava crescido e conseguia avistar além das montanhas, acordei sentindo algo diferente sobre mim. Um calor que fazia minha folhagem balançar. Era o sol sobre toda a terra.

A neve, que há muito estava pairada sobre mim, derreteu, tornou-se líquida, e a água escorreu sobre a terra e penetrou em minhas raízes. Senti a umidade percorrer minha base, alimentando minha sede. Foi refrescante.

Embora tivesse nascido em pleno inverno, quando os dias frios eram o clima mais natural já presenciado, conhecer o calor emanado pelos raios solares foi inusitado, mas também pitoresco. Uma mistura de sentimentos agradáveis e um tanto quanto incômodos.

Longe dali, em outra planície, flores que anteriormente estavam cobertas de gelo, cores de todas as formas, salpicavam o verde das demais árvores, diferentes da minha espécie. Achei fascinante.

Não tinha ciência de flores que brotavam de meus galhos, tampouco brotos surgiram em toda minha retenção. Eu era apenas um tronco repleto de galhos e folhagem tímida que se abria no caule e afinava no topo.

Talvez nunca teria flores.

Nos dias que se seguiram, avistei pássaros e borboletas pousarem em meus galhos. Uma verdadeira algazarra!

Insetos variados, de inúmeras espécies, zumbiam ao redor das flores. O vento balançava seus galhos e elas jogavam suas folhas e folhas para o ar.

Tal como um inseto, uma das flores, amarela, veio sendo trazida pelo vento, levantou voo e pousou lentamente sobre minha copa. Fiquei imóvel, com medo de perdê-la. A leveza da flor parecia com o floco de neve que caiu sobre mim no dia em que nasci, em pleno inverno rigoroso.

Era minha estrela. Meu amuleto.

Queira tê-la sempre comigo.

Tentando não deixar a florzinha parada sem que ela voasse e caísse no chão, enrijeci minha base, fazendo com que não me mexesse quando o vento assoprou forte em minha direção. Eu me mantive imóvel, mesmo que as árvores gigantes atrás de mim, na grande floresta, de deliciassem com a brisa fria.

A noite chegou, o vento parou, então me permiti relaxar.

A flor que estava na copa, estática, permaneceu. Parecia dormir. Silenciosa, serena.

Sorri e me senti pleno. Contente por ter uma flor para mim.

Eu me tornaria uma árvore bela com as flores em minha estrutura, minha nova forma de vida.

Adormeci.

Ao despertar, a algazarra de pássaros e seus cantos agudos já se destacava nas copas das árvores à frente. O farfalhar das folhas daquelas árvores evidenciava a felicidade ao ver que as aves pousavam em seus galhos e dividiam espaço com as borboletas que, abrindo suas asas, faziam um show de cores e encantamento.

Olhei para minha florzinha, sim, já poderia chamar de minha. Ela permanecia quieta, do mesmo modo que pousou em minha copa.

O dia passou tranquilo, sem grandes brisas, apenas alguns ventos que subiam do vilarejo em direção à montanha e se dissipavam antes mesmo de chegar perto de mim. Não necessitaria me manter firme para segurar minha flor. Não teria ventania para derrubá-la de mim.

Naquele mesmo dia, antes de o sol partir e as estrelas aparecerem no céu, ouvi pela primeira vez vozes de humanos através dos arbustos abaixo. Fiquei curioso. Era o primeiro contato com aquela espécie de seres andantes.

Avistei os maiores, que subiam a encosta da montanha carregando instrumentos para mim desconhecidos, cuja extremidade de sua base roliça trazia uma estrutura fina e cortante. Os menores estavam munidos de cordas, tais como cipós caídos das árvores compridas da floresta a oeste.

Passaram por mim, percorrendo a extremidade da montanha, e desapareceram floresta adentro. Não antes de o menor olhar para minha direção e observar a flor em minha copa.

Havia sido notado.

Saltei de felicidade.

No dia seguinte, minha flor, que continuava parada, estava sem vida. Seca.

Não me mexi e fiquei sem saber como proceder.

Uma mistura de sentimentos apoderou-se de mim. A tristeza me pegou e me deixou cabisbaixo. Uma onda de fúria se apoderou de mim por não poder ter a mesma beleza que as demais árvores. Nunca teria pássaros voando sobre mim. Borboletas jamais pousariam em minhas flores, pois não seria belo para atraí-las a fim de coletar o néctar, visto que não as teria.

Estava desolado.

Arrasado.

O sol apareceu e se fez presente. O vento alegrou toda a floresta. Os arbustos dançaram com a ventania que subia a serra, vinda das longínquas montanhas, e descia pelo vilarejo onde os humanos habitavam e, depois, pegava velocidade subindo em direção ao meu habitat, para depois passar pela floresta e desaparecer para outras regiões que jamais conheci e, muito provavelmente, nunca conhecerei.

O mesmo vento levou consigo minha flor, seca, morta, para outros lugares onde ela teria sua curta vida em algum terreno íngreme ou ainda, uma terra firme, até que desapareceria. Restaria apenas a curta e bela lembrança em minha memória.

Eu, que havia ficado feliz por ter uma flor em minha copa, acreditei que permaneceria com ela para sempre.

Doce ilusão.

Isso me fez pensar que o que desejamos ou queremos nem sempre nos pertence.

Os dias a seguir passaram lentos e sem muitas alegrias. Mesmo sabendo que deveria me contentar com minha condição de ser apenas uma árvore verde, sem flores coloridas, sem a visita dos pássaros e das borboletas, ainda sentia falta desses atributos em mim.

O sol foi ficando cada vez mais fraco e o calor daquelas manhãs quentes foi se dissipando lentamente, dia após dia, até que não retornou mais. Estava lá, porém, encoberto pelas densas nuvens escuras, carregadas. O inverno havia retornado.

Observei ao longo dos dias que os pássaros pouco apareciam naquelas árvores e raramente pousavam nos galhos daquelas belas árvores que tanto me fascinavam. Quando pousavam, era por causa das fortes chuvas que caíam sobre a terra, encharcando todas nós. Logo partiam em revoada e migravam para além das montanhas e desapareciam. Notei que as árvores, que em dias de sol e calor intenso dançavam com os ventos fortes que vinham através das montanhas e do vilarejo, agora estavam quietas, pouco se mexiam, exceto quando os ventos úmidos que passavam por mim as castigavam com suas fortes rajadas. Suas flores, que tanto alegravam a passarada, os insetos e as borboletas, haviam desaparecido. Caíram lentamente no chão e, no lugar de um tapete colorido, surgiu um cemitério de pétalas murchas, mortas, além das folhas que começavam a enferrujar e a se desprender dos galhos. Um lamaçal reinava naquelas bandas. Talvez fosse isso que deixava as árvores entristecidas.

Vê-las assim me deixou entristecido. Mesmo sendo uma árvore que nunca teria flores, perdê-las poderia ser mais doloroso que não ser uma de sua espécie.

Eu sempre fui assim.

Eu me frustrava por não ter a mesma característica que as demais que tanto apreciava, porém, ficava penalizado pela perda de uma árvore que estava próxima a mim.

Dias à frente, quando a chuva havia parado e a neve começava a aparecer, descendo sobre toda a floresta, cobrindo as montanhas e o vilarejo, as árvores floríferas agora estavam em situação deplorável, pois não tinham mais folhagem para protegê-las da forte nevasca que estava por vir.

Eu, mesmo sendo uma árvore que não possuía flores e belíssimos atributos para agradar a quem me olhasse, tinha as folhagens firmes e sempre verdes, desde o caule que se abria como um saiote e ia afinando até a extremidade da copa. Fazia calor ou frio, sempre verdejante. Essa era minha forma. Assim é minha beleza. Natural, sem cores florescentes. Simples, modesta.

Todavia, sempre me imaginei ter cores em toda minha extensão. Seria uma das árvores mais felizes de toda aquela floresta. Mesmo sabendo que as árvores floríferas perderiam suas flores quando o rigoroso inverno chegasse, contudo, desde pequeno, desejava ser diferente de minha espécie.

Olhando para o vilarejo lá no pé das montanhas, reparei que estava diferente, com pontos luminosos destacando-se e se entendendo noite adentro. Acreditava que os humanos teriam suas próprias estrelas, cuja iluminação deixava a vista mais aberta, agora, sem as árvores floridas, sem folhas, secas, somente galhos para aguentar o forte frio que vinha carregado de neve.

Naquela noite fria, gelada, em que me encantava com o clima frio, olhei para o céu sem nuvens, estrelado, com a lua iluminando os topos brancos de neve das montanhas, e desejei ter minha própria flor, minha estrela, para ser visto por todos e alcançar minha felicidade plena.

Pensando nisso, adormeci.

Sonhei com vozes desconhecidas, palavras inaudíveis, e parecia que estava sendo atacado por alguma força jamais presenciada e, com a sensação de estar em queda, despertei assustado quando vim ao chão úmido e coberto de neve.

Olhei assustado para os lados e vi três humanos batendo com um bastão na terra e me arrancando da minha terra. Do meu lugar.

Entrei em desespero e quis gritar. Pedir por socorro.

Olhei para as árvores secas e avistei aquela com a qual havia ficado encantado com toda a algazarra dos pássaros quando havia sol e estava quente, e, numa onda de desespero, encontrei seu olhar tristonho olhando para sua base, coberta de neve, e sem folhagem aparente. Ela levantou o olhar e me viu cair, sendo agarrado pelos humanos, colocado em uma espécie de máquina que tinha lataria de ferro ou algum material aparente sobre quatro rodas e, após ser amarrado com um cipó grosso, o mesmo que tinha visto aqueles mesmos rostos passarem por mim quando estava calor, prenderam-me e logo ouvi um barulho estrondoso que me deixou atônito, assustado. A máquina de quatro rodas desceu ladeira abaixo, no sentido do vilarejo. Meu olhar voltou para aquela árvore e a vi sorrir enquanto passava por ela. Um sorriso genuíno que transmitia felicidade e euforia. Não entendi, porém, segui olhando para ela, que levemente se mexeu e com seus galhos secos acenou e respirou fundo, quando a perdi de vista.

Continuei sendo levado serra abaixo, passando pelas montanhas e inúmeras outras árvores. A grande maioria sem folhagem e sem flores. Retorcidas, abatidas, murchas.

Logo cheguei ao vilarejo e avistei a imensidão daquelas casas, vistas apenas lá do topo da montanha. Paramos. Fui desamarrado, retirado, levado pelos humanos para dentro de uma casa. Senti medo. Esperei pelo fim doloroso e solitário.

A porta se abriu e logo surgiram diversos humanos pequeninos pulando e exibindo sorrisos com minha chegada. Nada entendi.

Um dos humanos que havia me trazido da floresta me instalou em uma espécie de base redonda, um vaso grande e pesado e, me apoiando para ficar em pé, colocou terra sobre minhas raízes e água para fixar sobre elas. Soltaram-me e fiquei firme, quase sem respirar.

Logo uma humana que mantinha um sorriso no rosto começou a me enrolar com uma espécie de cipó totalmente desconhecido, porém seu material era branco da cor da neve e trazia pendurados diversos objetos transparentes e, conforme ela foi virando o vaso com a ajuda dos demais humanos, rodou, enrolou, rodou, enrolou. Nada mais vi. Desmaiei.

Despertei lentamente, sentindo-me um pouco sonolento. Notei um ambiente um pouco escuro, já era noite, porém, sem estrelas no céu. Contudo, luzes se destacavam de algum ponto não notado por mim, até que me dei conta que era eu que estava emanando a luminosidade. Olhei por toda minha estrutura e vi que os objetos transparentes eram luzes. Diferentes da estrela, contudo, eram belas em toda sua extensão. Da base até o topo, onde uma estrela reinava sobre minha copa.

Todos os humanos estavam em volta de mim, sorrindo e entregando caixas coloridas uns aos outros, com uma atitude, para mim, pitoresca. Rasgavam as caixas coloridas e tiravam de lá objetos que nunca havia visto. Mas pelo jeito gostavam, pois sorriam entre si e voltavam a se abraçar falando palavras desconhecidas. Exceto uma em questão, que foi repetida por diversas vezes. Era uma tradição que deveriam cultuar, por isso, me levaram para sua casa e me decoraram com luzes.

Quando todos se afastaram, indo em direção a um local repleto de alimentos, frutas e flores, olhei para a extremidade onde era possível avistar a floresta, local onde havia nascido, e avistei a imensidão de árvores de todas as espécies em direção à grande floresta. Não sabia de fato se havia visto a árvore de galhos secos que havia sorrido quando saí de lá. Mas senti que ela me enxergava de onde estava, desejando estar em meu lugar.

Olhei para o céu estrelado e sorri por saber que tinha minha própria estrela.

Eu era um pinheiro especial, que radiava luzes e iluminava toda a estação do vilarejo coberto pela neve no rigoroso inverno.

Balaio de Gato

Por Ana Beatriz Carvalho

As vizinhas adoravam-se. Tinham muitas afinidades e dedicar tardes da semana à prosa divertida as fazia muito felizes.

Em tempos de comunicação reduzida e confinada a palavras digitadas e a distância, lhes apraziam as palavras faladas, os olhares diretamente entrecruzados, as mãos que se encontravam sem intermediários mecânicos. Na autenticidade dos encontros presenciais, em que tudo denota transparência, as emoções eram colhidas como flores de primavera: frescas, aromáticas, naturalmente coloridas e contagiantes.

Tal qual conversa de antigas comadres de cidades do interior, do tempo em que TV era luxo inimaginável nos lares da comunidade, o diálogo era amplo e longo e conferia ânimo à própria vida, com conversas que abarcavam os mais variados assuntos, ora de modo mais ligeiro, ora mais demorado, exigindo o ponderado aprofundamento das reflexões.

Já não era mais tempo de banquinho e fresca aragem diante da porta de casa, pois que moravam em apartamentos de vida comparativamente mais privada e de ritmo acelerado, embora famílias e crianças, lá como aqui, davam o tom da graça. Todavia, se o *modus vivendi* já não era idêntico àquele de outrora, as vizinhas conservavam um hábito íntimo e peculiar de configurar os seus encontros. Os seus respectivos lares reservavam um espaço próprio para a companhia imprescindível, e a prosa entusiasmada transbordava do coração daquelas duas amigas e em torno de uma mesa de refeições em que eram servidos os alimentos do bem-querer. Ali se praticava a comunhão de ideias, sentimentos e opiniões; ali se experimentava efetiva e simultaneamente a vizinhança e a amizade.

As estações do ano se sucediam ininterruptas, compondo a ambiência sempre diferenciada daquela prosa que se repetia em sua regularidade, mas que era sempre inédita de cada vez que, experimentada, invariavelmente consolidava a profícua amizade das vizinhas.

O verão emanava o calor e o desejo de se refrescar, bem como a festa das luzes mais altiva e a ciranda dos sabores que se desejam plurais e em combinações as mais surpreendentes. Tudo isso se manifestava no concerto de sabores que as amigas criavam como sucos de frutas da época.

Na primavera, as flores eram o próprio sintoma de vida e de atividade. Coloriam o colóquio afetuoso e o perfumavam.

Pela janela de seus respectivos apartamentos, penetrava suave o vento do outono, oferecendo mansidão e leveza à convergência fraterna.

O inverno ocupava lugar especial no coração das amigas, pois naturalmente sugeria ao aconchego dos lares a sensação de intimidade e reserva, proteção e conforto, amparo e quietude. Se é verdade que esses atributos sempre estiveram presentes em todas as reuniões das amigas, em qualquer período do ano, sobressaía no inverno um ímpeto de união, sobretudo porque o frio lembrava que o aquecimento da alma com palavras cordiais era curativo, consolo e aprimoramento do espírito de qualquer ser vivente.

Dois incríveis e amáveis personagens também povoavam a vida dialógica e afetuosa das amigas, de modo a acrescentar um halo de alegria extra e cativante à alegria que já lhes era própria. Tinham, pois, gatos. Entre as congruências de suas preferências, o amor por gatos as aproximava e lhes permitia conjecturar com regozijo de ambas o universo dos bichinhos, tornando-as *experts* no assunto.

Os bichanos eram belos, misteriosos por natureza e afetuosos por devoção, despertando inelutavelmente a sensibilidade amorosa de quem sabia e desejava apreciá-los. Mansos e cativantes, os gatos das vizinhas-amigas sabiam agradar e efetivamente agradavam a cada um e a todos.

Felina branquinha era delicada e amorosa. De olhar profundo, examinava de modo circunspecto cada filigrana da vida, traduzindo-a e expressando-a com gestos e miados. Parecia entender tudo (e efetivamente o fazia) e demonstrava interesse pelos sentimentos e pelas rotinas de sua companheira de todos os dias.

Gato persa alvo e silencioso, de passos elegantes e movimentos imprevisíveis. Revelava cálculo a presidir o seu desempenho e dominava majestoso a arte de definir territórios e estabelecer as suas regras.

Perspicazes e envolventes, os felinos mantinham relação de afeto com os seus tutores e um com o outro, criando sempre a qualquer observador uma aura de encanto. Mas também perplexidade a quem tentasse compreender os mistérios dos laços que modelavam aquela convivência pujante.

As vizinhas tinham as portas de seus apartamentos próximas e, toda vez que as abriam, os encontros eram inevitáveis: a gatinha procurava seu parceiro no apartamento defronte àquele em que vivia; o gatinho, por seu turno, disparava para o apartamento vizinho em busca da sua companhia. Reuniam-se no meio do caminho. Trocavam olhares apaixonados, miados de amor e com amor, pantomima que indicava estima, sinais da mais profunda entrega mútua. Depois saíam em disparada, trocando de lares, para encontrar os tesouros de sua íntima convivência.

Usualmente, adentravam os lares vizinhos com o coração acelerado, suspiros ofegantes e destino determinado, sempre apressados, em ritual felino mágico: deitavam-se, rolavam, produziam nuances significativas de miados (altos, baixos, curtos, longos...), repousando na graciosa cama de gato em que a cama dela era o recanto dele e a cama dele era o abrigo dela. Ali estavam a fonte e o cerne do convívio dos felinos. A satisfação dos bichanos dava-se com aquela sutil experiência em que mesmo ausentes ambos estavam presentes naquele canto de descanso, levando-os ao êxtase da conexão, o que bastaria para que se buscassem e se encontrassem.

Prática contumaz, diriam os explicadores ancorados no sensorial imediato. Eles sempre fazem isso. Todavia, o que se apresentava na convivência daqueles animais era o estreitamento cada vez mais intenso daquele relacionamento, uma comunicação de amor singular, mas que embaraçava aqueles que entendiam que o amor tem apenas uma única rota.

Contrariando o entendimento mais comum de uma convivência harmoniosa, os gatos das vizinhas não conseguiam permanecer juntos por muito tempo. O motivo: a gatinha atacava o companheiro, acertando-lhe com as patas dianteiras tapas certeiros e o intimidando. Transformava-se em leoa sob a aparência de delicada gata.

Ensino precioso para os expectadores: a linguagem do amor é extraordinária, ímpar e original. Impossível compreender sua gramática com o repertório de deduções, induções, análises e sínteses conhecido pelos especialistas e banalizado pelo senso comum.

O que é excepcional não guarda os limites da convenção social ou teórica, mas expressa nuances inimagináveis que só a linguagem do coração dos amantes é capaz de decifrar.

Naquele contexto amoroso *sui generis*, paradoxalmente os felinos enfrentaram a separação. E isso ocorreu no inverno, período em que o calor do ser amado aquece e é tão necessário como o próprio sopro da vida. Uma das vizinhas, administrando seu desempenho para fazer frente à pandemia, transferiu-se, provisoriamente, para sua cidade de origem e, quando retornou ao lar, o fez sem seu bichano, deixado com os seus familiares.

A cena que se viu, todos os dias, desde a separação dos animais, foi comovedora: uma gatinha branca, mais alva que a neve, dirigia-se à porta da casa onde antes vivia seu amado gatinho persa e se sentava dorida no tapete da porta tantas vezes demandada, soluçando miados de amor, de saudades e de esperança. O olhar e os gestos da felina, agora solitária e suspirante, daí em diante, eram a autêntica expressão da perene busca daquele bem-amado que lhe conquistou o terreno de coração com sua habilidade peculiar. Nos seus olhos translúcidos, embora melancólicos, reluzia a ausência presente (ou presença ausente), assim como, na via inversa, cintilava nos olhos, nas palavras, nos pensamentos, na alma e na mente das duas vizinhas gêmeas por afinidade, agora já reencontradas em triunfo sobre a ameaça da pandemia, a expressão do sempiterno bem-querer: absolutamente vigente.

Mensagem no inverno

Por Cris Rossi

Noite fria de inverno, chuva intensa, ruas que espelhavam as luzes dos carros e eu, carregando no banco ao lado do motorista meu pequeno Kalil. Yorkshire pequenino, 16 anos bem vividos, lindo, companheiro eterno de jornada e que estava nos últimos momentos de vida. O frio daquela noite não era superior ao congelamento do meu espírito sob o pensamento em perder meu amigo inseparável.

Depois de dirigir preocupada, cheguei à clínica onde ele era paciente por cerca de 10 anos. Imediatamente, ele foi levado para a unidade de tratamento intensivo, onde receberia oxigenação e tentativas de restabelecimento de sua saúde.

Sem mais o que poderia fazer, fui para casa, levando na memória suas travessuras, como morder a ponta dos meus sapatos, na tentativa de chamar minha atenção, sair do banho e esfregar o corpinho molhado nas paredes da casa e dormir carregando seu ursinho de pelúcia velho e desbotado. Com esses pensamentos suavizando minha dor, entrei em casa e abri a porta enorme da varanda, onde podia assistir ao Oceano furioso, travando brigas barulhentas com as suas ondas. O vento jogava na minha cara água da chuva gelada, com a intenção de demonstrar que eu deveria fechar a porta e procurar abrigo dentro da sala vazia.

No meu escritório, havia muitas fotos do bravo guerreiro Kalil e seus "aumigos" peludos, sempre dispostos a passearem na orla da praia. Ele andava altivo, esnobando determinação, pelagem brilhante e uma meiguice ímpar com bons humanos. Os ruins, ele fazia questão de morder as canelas.

Nesse clima nostálgico, coloquei a velha chaleira a ferver a água para apreciar um chá quentinho e foi aí que o telefone tocou...

— Por favor, retorne à clínica urgente! O Kalil não está bem!

Depois dessa fala da plantonista, não consigo me lembrar de como cheguei lá tão rápido! Recordo-me apenas de repetir várias vezes que eu pudesse ter a chance de me despedir do meu herói.

Na entrada da clínica, uma estagiária segurava-o nos braços. Aproximei-me vagarosamente, procurando por sinais vitais nele. Relaxei quando seus olhos abriram e fitaram firmes os meus. Abanava seu rabinho com certa dificuldade. Nesse momento, coloquei toda a minha força espiritual para abraçá-lo. Olhando bem dentro de sua valente alma, disse-lhe para seguir sua jornada em paz e que eu estava grata por todos os bons momentos que vivemos juntos. Dei minha permissão para que ele partisse e que sua frágil saúde parasse de lhe causar dores e desconforto. Disse-lhe baixinho:

— Vá em paz! E não se esqueça de me mandar recadinhos de sua próxima aventura...

Foi após essa última frase que ele deitou seu corpinho cansado nos meus braços pela última vez.

Muito frio tomou conta do lugar. Fiquei alguns minutos sentada em uma cadeira velha esperando alguém aparecer para receber um amparo, um abraço ou algo parecido, mas sumiram todos com a desculpa que o lugar estava cheio.

Cheguei a ligar para o veterinário que o conhecia desde pequenino e sua resposta foi um *emoji* com uma carinha triste.

Na manhã seguinte, ignorei o frio e a garoa fina, cabeça baixa, ombros caídos, triste, fui andar descalça na areia da praia. Não tinha mais meu guardião para caminhar lado a lado. Em poucos minutos, para minha surpresa, todos os "aumigos" do Kalil surgiram, com seus tutores, para o abraço mais caloroso da minha vida. Humanos maravilhosos e seus pets incríveis!

Um turbilhão de emoções! E eu nem sabia que dentro de um mês algo fantástico iria surpreender a todos!

Um mês depois, o inverno estava preocupado com o frio apenas. As chuvas haviam cedido espaço para os dias de sol fraco e noites estreladas e congelantes, atrativos para bebidas quentes e pratos deliciosos. Eu já estava pensando na viagem que teria que fazer na manhã seguinte e as várias casinhas simpáticas que iria adquirir para reformar e vender. Desta vez iria sozinha, sem meu *yorki* para correr pelas praças das cidades pequenas e sem minha amiga e sócia nos negócios.

Na pequena cidadezinha, após fechar um bom negócio com uma simpática casinha, resolvi procurar uma aconchegante lanchonete local e saborear um delicioso chocolate quente. Depois de vasculhar bem, encontrei um belo chalé de madeira rústica, janelas quadriculadas, cerquinhas brancas e um jardim perfumado com belas flores. O espaço dentro dele era tão charmoso quanto a fachada. Rapidamente, pedi meu chocolate quente e um pedaço do bolo de milho exposto no simpático balcão de madeira. Pessoas sorridentes ocupavam as mesas enfeitadas com flores e mulheres gentis serviam os clientes. Tudo regado a um som ambiente zen, frestas das janelas iluminadas por raios de sol e um cheirinho de chocolate no ar. Estava flutuando naquele lugar, observando cada detalhe peculiar, e minha concentração foi quebrada por uma senhora simpática que se apresentou como a Sra. Batata. Educadamente, solicitou-me sentar-se à mesa para poder compartilhar o que estava oferecendo em sua cesta de vime. Após dar sinal positivo para ela, fui ofertada, de forma gratuita, com um pacote de batatas chips fritas. Disse-me que eram as melhores do País e que eu iria adorar. Ela abriu um pacote da cesta e deu algumas para provar na hora. Uma sensação de felicidade invadiu meu coração após experimentar uma delas. A Sra. Batata levantou-se e disse:

— Olhe o endereço da minha fábrica! Está no verso do pacote. Se precisar de mais unidades, só vai conseguir nesse endereço. Elas não são vendidas em lojas nem em supermercados. Essa é a minha mensagem de inverno!"

Sorri e agradeci o presente. Paguei a conta e fui para o carro. O pacote de batatas chips, joguei no banco traseiro e segui viagem para casa.

Alguns dias passaram e o trabalho ocupou muito meu tempo. O pequeno pacote das batatas ficou esquecido no carro até certa noite gelada daquele inverno...

Deitei-me na minha cadeira favorita na varanda da casa, cobri os pés com uma manta, peguei um chá mate e fiquei lá até adormecer. Nessa noite, sonhei com meu cãozinho correndo até meu carro e latindo para o banco traseiro. Acordei com a imagem dele na memória e recordei que o pacote de batatinhas ainda estava lá. Imediatamente, desci até a garagem e fui olhar o verso do pacote e lá estava escrito o seguinte endereço:

Rua Teresinha Kalil, Peruíbe, SP.

Que estranho esse endereço! Foi uma surpresa e tanto! Sentei no banco do veículo, mordi os lábios, virei os olhos para cima e, depois de analisar a imagem confiante da Sra. Batata, os seus olhos expressivos e a sensação de bem-estar daquele lugar, decidi que pela manhã iria até o local citado.

Depois de dirigir algumas horas, encontrei Peruíbe. Cidade praiana, serena, possuidora de lindas imagens e cheia de ruas pitorescas. A Rua Teresinha Kalil era bem movimentada para o tamanho da cidade e foi fácil localizar a pequena fábrica de salgadinhos, que estava acomodada em uma simples casa. Lá, um casal de idosos eram os donos e, quando perguntei pela Sra. Batata, eles foram certeiros em dizer que jamais haviam ouvido falar em tal pessoa. Mas, generosos, convidaram-me a entrar e tomar um chazinho com bolo e, assim, pude contar-lhes toda a minha história. Depois de ouvirem com atenção, relataram que bem próximo dali uma mulher estava doando filhotes de cachorros e ela já havia insistido com eles mas, com a idade avançada e o trabalho, não poderiam assumir os cuidados com um bichinho.

Munida das características da casa onde estavam os filhotes, percorri a rua a pé. Não demorou muito e encontrei a casinha pequena, pintada de um amarelinho claro, jardim bem cuidado na frente e uma singular "campainha "em forma de sino. Após me divertir tocando o pequeno sininho, uma mulher sorridente apareceu, segurando um lindo filhote branco SRD (Sem Raça Definida). Logo pensei que seria esse o rapazinho que iria retornar para minha casa. Pensamento errado! Depois de um bate-papo gostoso, ela me contou que havia doado todos os filhotes e aquele nos seus braços ficaria com ela mas, sensibilizada com minha narrativa, contou-me que viu uma senhora, no centrinho da cidade, colocar cartazes nas clínicas veterinárias, ofertando um filhote de Yorkshire, nascido frágil, com o rabinho torto, dentes duplos e muito magro.

Imediatamente, entrei no carro e fui percorrer as clínicas. Uma cidade pequena, mas cheia delas. Seria uma busca gigante, se não fosse uma placa com a propaganda de um pet shop, com os dizeres "Procurando o endereço que alguém te passou? Chegou ao seu destino!".

Ao entrar no pet, já avistei um cartaz com as especificações ditas pela mulher dos filhotes. Anotei o celular e, depois de ligar, soube que o yorkizinho estava na cidade de Itanhaém. Nesse momento, mesmo cansada decidi ir até lá.

O endereço era de um pequeno sítio, com suas ruas repletas de lindas árvores e a temperatura gelada de um inverno com o céu azul claro. Na frente dele, um portão de madeira forte completava a altura segura dos muros. Com o coração pulsando em ritmo acelerado, e a mente racional brigando com o lado intuitivo, do tipo "O que você está fazendo aqui? Pirou?", claro que o lado emoção equilibrou meu debate interno e toquei a campainha com firmeza para acabar com todo aquele mistério.

Um homem magro e simples abriu o portão. Perguntei-lhe sobre o cartaz que ofertava um filhote de Yorkshire nascido há algumas semanas. Ele me olhou com certa curiosidade e disse que a família havia resolvido ficar com o cachorrinho. Exausta com a busca, caí no choro. Talvez fosse um mix de sentimentos guardados desde a morte do meu pequenino. A frieza da clínica, a partida dele, a saudade, o vazio e a falta de palavras para entender os sinais que a vida envia. Na tentativa de me amparar, o senhor convidou-me a entrar e conhecer sua família. No interior da casa do sítio, encontrei pessoas amáveis e, quando fui me sentar no sofá, um pequeno cachorrinho saltou de sua confortável caminha, correu na minha direção e foi morder meu sapato. Depois, agitadíssimo, pulou no meu colo e começou a morder minha gargantilha. Kalil fazia muito isso! Adorava olhar o pingente dourado da minha corrente, prestando atenção ao seu brilho refletido nas paredes. Ali tive a certeza de que era ele! Abracei, abracei e abracei muito meu pequenino guardião...

Percebendo tudo o que aconteceu naquele momento, a dona do sítio, uma jovem senhora, disse que sabia ser aquele York um serzinho muito especial. E que ela estava esperando alguém muito especial também para entregá-lo. Contou-me que havia recebido mais de 20 pessoas interessadas nele, mas recusou todas, pois sabia que ele pertencia a uma pessoa somente, e essa pessoa era eu.

Meu querido cãozinho agora iria voltar ao seu lar, no banco da frente, devidamente seguro em sua cadeirinha pet e, diferentemente de sua última viagem, não iria morrer, mas sim viver toda uma vida repleta de amor e carinho.

Inverno do ano de 2019. Com a ajuda de uma veterinária maravilhosa, o Rhavi, Yorkshire lindo, com pelagem impecável, rabinho torto, restabeleceu a saúde e passou a caminhar ao meu lado, na orla da praia, com céu azul, temperatura geladinha mas confortável, e foi seguido por todos os seus "aumigos" felizes.

Rhavi foi o nome escolhido, pois representa o sol, a luz e a força.

Eu, Anton e Lulu

Por Rosangela Soares

Há muito tempo sentia vontade de caminhar por aquelas ruas brancas, brancas... Enfim, retornei ao velho sítio. Aquele ar gélido percorria todo o meu corpo, mesmo com as mais pesadas roupas para sustentar o frio intenso que fazia naquele final de tarde de outubro.

Engraçado... As pessoas pareciam não se preocupar com a forte lufada de vento, a nevasca e a noite que já se aproximava com a imediata expulsão dos raios solares em plena tarde. Era frio para se esbaldar, para todos os gostos e idades. Que idade que nada! As crianças nem se preocupavam mais porque o único interesse que tinham era as brincadeiras invernais. Os adultos passantes, trabalhadores em seus vaivéns frenéticos, paravam nos cafés para o lanche de fim de tarde, antes de retornarem às suas casas. Os idosos, encolhidos num canto, despreocupados, passeavam pelas grandes lojas da cidade em busca de novidades naquela vida tão devagar, descansada, estagnada, porque em determinados lugares do globo terrestre a vida tem realmente dessas coisas. A vida simplesmente oferece essa parada obrigatória de mudança das estações. Será que estávamos vivendo o inverno de nossa vida?

Oh, triste, encoberta e gelada Sibéria! Quais são os prazeres da vida? O que há de sensações, glamour, brilho, luzes, calor neste canto inóspito e insalubre onde estão as construções?

Cada canto parece chorar. As pessoas parecem se esconder sob suas pesadas roupas invernais, num caminhar lento, pesado, monótono, sem sorrisos, sem risos, sem afeto, sem sons, sem cores... Onde nada acontece e o silêncio impera. Sequer um ruído para quebrar tamanha monotonia daquele que vem e vai num semblante fechado como os dias invernais.

Lá está a estação de Sludianka. Parada obrigatória para refletir sobre a monotonia da vida, embora ainda nem esteja vivendo o inverno de meus dias. Na verdade, eu era pura primavera, puro verão em meio à escuridão dos dias que imensamente desejava transformar.

A vida necessitava de frenesi naquele momento, mesmo que nevasse, dificultasse os passos e fosse preciso correr atrás do último transporte para chegar em casa e me abrigar sob as cobertas quentes e tomar a última xícara de chá para aquecer a vida antes das novas do rádio. Que vida! A noite passou com a rapidez de um cometa. Amanheceu. Mais um final de semana à espera de novos acontecimentos num frio que não cessava e a neve que ainda insistia em cair. Lulu, entretanto, estava impaciente, pois nunca o havia trazido para um passeio em meio a tempo tão fechado. Mas, para ele, tudo era festa, aventuras e descobertas de novos odores. Farejava aqui e ali. Sentei-me logo no banco da praça Pervomaysky antes que meu chapéu da moda voasse e destruísse todo o meu penteado para aquele meu encontro e passeio de mais um fim de tarde.

O vento era gélido. Tão gélido que me incomodava o toque dos meus próprios pés ao me desfazer um pouco dos sapatos apertados. Entretanto, valia muito a pena aquele encontro. Ajeitei-me com cuidado, passando as mãos sobre as roupas com o intuito de desamarrotá-las. Não desejava causar uma péssima impressão logo de início.

Lá estava ele, com seu sobretudo negro, sentado, pacientemente me aguardando em meio a pequenos flocos de neve que caíam.

— Anton, Anton! — chamei.

Ele, imediatamente, levantou-se e percebi, por detrás das lentes de seus óculos, seus lindos olhos sorridentes e surpresos em me ver com Lulu.

— Pensei que não viesse mais — disse, passando as mãos nos cabelos, ajeitando-os.

— Ora! Como não viria? O fato é que Lulu me fez caminhar por vários lugares hoje. Justo hoje, neste frio tão agressivo.

— Cachorros, cachorros... Sempre farejando algo e fazendo suas festas — respondeu delicadamente com um sorriso encantador.

Anton, imediatamente, tirou do bolso de seu sobretudo um pequeno bloco de papel e caneta — instrumentos de trabalho inseparáveis.

— O que tanto escreve aí? — perguntei com curiosidade.

— Sobre você e Lulu, meu amor. Que tal uma xícara de chá bem quente? — disse com animação.

Afastou uma mecha solta dos meus cabelos e me abraçou forte, muito forte, como se nunca quisesse se separar de mim. Foi o abraço de saudades mais aquecido, doce, amoroso e eternizado de mais um fim de tarde.

Lulu latia sem parar, pulando sobre Anton.

— Deixe-o, Lulu! Vai sujar toda a sua roupa!

— Não se preocupe, meu amor. A monotonia da vida me sufoca. Qualquer festa, som, movimento, indícios de vida neste lugar me sustentam.

Achei divertido o posicionamento de Anton, a sensibilidade, ternura e segurança que me transmitia. Não desejava me afastar mais dele por nada nesta vida. Queria segurar aquele momento precioso, único, só nosso para sempre naquela estância metafísica e cultivar nosso jardim, as nossas cerejeiras, nosso lar de doces palavras de amor.

Meu original

Por Dixon Guerra

Imaginei ter ouvido o relógio da igreja anunciar onze da noite, enquanto eu travava uma luta contra a folha de papel, ainda em branco, presa ao cilindro da máquina de escrever. Saturno, meu cachorro de estimação, tirava um cochilo em meio às dezenas de papéis amaçados, jogados sobre o tapete de barbante que ficava no centro de um quarto em minha casa, o qual converti em escritório. Talvez o animalzinho tentasse se aquecer, a sua maneira, do ar gélido que persistia em invadir minha residência.

O frio daquela noite vagava pelas ruas da cidade ameaçando arrombar portas e janelas. Por mais que eu tenha colocado panos na soleira das portas e fechado as cortinas, um vento glacial açoitava as paredes e o telhado, parecia vencêlos. Sem perceber em que momento isso aconteceu, eu já sentia a invasão daquele inimigo invisível.

Assim como meu cãozinho, a garrafa de café também me fazia companhia. Desisti das inúmeras idas à cozinha em busca da bebida balsâmica.

Além do frio, a cada minuto, eu sentia a pressão batendo a minha porta, pulando a janela como uma criminosa, colocando minha vida em risco. O prazo dado pela editora estava se esgotando e eu não tinha sequer escrito uma única palavra do meu novo projeto, nem mesmo o título eu havia desvendado. Meu editor me ligava frequentemente e aquilo não ajudava em nada… Nem um pouco.

Minha irresponsabilidade me alfinetava ao mesmo tempo em que os meus pensamentos fervilhavam, implorando por aquele vento gélido da noite. Peguei meu sobretudo e, enquanto o vestia, Saturno levantou a cabeça e as orelhas e me fitou como se eu fosse uma ameaça. Ou ele simplesmente estaria questionando minha sanidade, a que perdi ao decidir caminhar pelas ruas, àquela hora, até algum barzinho ainda aberto. Meu amigo de quatro patas se enrolou ao próprio corpo e voltou a dormir.

Ao colocar os pés na rua, mesmo estando imerso em moletons, luvas e touca, o frio fez morada em mim, parecia irradiar dos meus ossos. Minha respiração condensavase. Cruzei os braços, encolhendome ao máximo, e segui meu destino. Poderia eu estar enganado, mas tenho quase certeza de que aquela noite de julho de 1987 foi a mais fria da década. E a mais estranha também.

Chegando ao bar, caminhei até o balcão sem deixar de notar um certo movimento. Só então me lembrei de que era sábado.

Aquele projeto estava me deixando sem norte, roubando meu senso de tempo. Não! Eu não vim até aqui para remoer esse assunto outra vez. Balancei levemente a cabeça e me concentrei apenas no cardápio sobre o balcão. Pedi um caldo de mandioca com calabresa e, para beber, um vinho.

Quando eu já estava prestes a terminar meu caldo, um homem magro e alto se aproximou do balcão. Ele usava um sobretudo preto, abotoado até o pescoço.

— Boa noite! — o recém-chegado levantou suavemente o chapéu que usava, na mesma cor de suas vestes, em cumprimento. Ele se sentou na baqueta ao meu lado.

— Boa noite! — respondi.

No momento em que ele me encarou, todo o efeito que o caldo e o vinho causaram em mim, o de aquecer meu corpo, foi anulado. Sua íris era tão negra que fundiase à pupila, tornandose únicas. Os lábios dele arquearam em um sorriso felino, sinistro.

— Eu o conheço de algum lugar… — comentou com uma voz suave, nada compatível com sua feição. — Estevão Martins, o escritor.

Levei tempo demasiado até descongelar. Então acenei com a cabeça e um "sim" tardio escapou dos meus lábios. Ele me estendeu a mão e nos cumprimentamos.

— Olha como é o destino! — as palavras dele vagaram.

Ele enfiou a mão dentro do sobretudo e tirou um dos meus livros de contos.

Aquele estranho deve ter notado algo em meu rosto, nada proposital, mas ele justificouse logo em seguida:

— Me desculpe o incômodo… É que sou um grande fã do seu trabalho! — ele colocou o livro sobre o balcão, próximo a mim, e retirou uma caneta dourada e vermelha de um dos bolsos de sua veste.

— Que isso! Fico agradecido — respondi, apanhando o livro e a caneta de suas mãos. — A quem dedico?

O homem sustentou o olhar e não sei dizer o porquê, mas me causou desconforto, um desconforto diferente, como se ele pudesse ler meus pensamentos, me senti vulnerável. Então desviei o olhar para a folha de rosto do livro.

— Pra mim mesmo. Lúcio Fernando — ouvi a voz dele dizer.

Assinei o livro e o devolvi junto com a caneta, em cuja beleza não pude deixar de reparar. Nunca havia visto nada parecido. O dourado cintilava como raios de sol; o vermelho, ao movimento sob a luz, parecia labaredas de fogo e a tinta, carmesim vivo, quase incandescente.

Em seguida, o batepapo informal tornouse sólido. À medida que íamos conversando, nos conhecendo — ele mais a mim do que eu a ele —, aquela sensação estranha desvaneciase. Em questão de minutos, era como se nos conhecêssemos há anos.

❄

O relógio do bar marcava vinte para a uma da manhã quando nos acomodamos à uma mesa no canto do estabelecimento. As pessoas ainda chegavam e saíam, mesmo naquele horário.

— É difícil! É como se eu não pudesse mais fazer isso... Algo que fiz a minha vida toda... — confessei.

— Todo artista passa por isso em algum momento da vida, Estevão. Isso é extremamente normal.

— Sinto que escrever é minha única maneira de estar vivo. E, sem isso, é como se eu me perdesse na minha própria existência.

— Essa história é a última que falta pra você concluir seu novo livro, não é mesmo? — ele questionou retoricamente.

Lúcio Fernando me encarou com os olhos semicerrados, arqueou uma das sobrancelhas e sorriu da mesma maneira de sempre, mas isso já não me afetava mais.

— E se de alguma forma eu te ajudar nesse projeto?

Aquela questão pairou sobre nossa mesa por um tempo. Não sei como ele poderia me ajudar. Nesse momento, o prazo da editora voltou a me sufocar.

— Eu não saberia nem como lhe pagar…

O sorriso dele ameaçou alcançar as suas orelhas, os seus olhos faiscaram. Ele assentiu lentamente, colocou sobre a mesa algumas folhas em branco, retirou a caneta do bolso novamente e me entregou.

— Vamos falar sobre você! Todo mundo adora uma boa e velha autobiografia, *ver* o sofrimento, a alma dos outros — persuadiu Lúcio.

Um emaranhado de rabisco cruzava as folhas de cima a baixo, frente e verso. Eu ouvia a voz dele me auxiliando com as minhas próprias palavras, mas tenho quase certeza de que não vi os seus lábios, que ainda sustentava aquele sorriso, se moverem uma única vez, eu o ouvia em minha mente. Os borrões de tinta pareciam uma aquarela de sangue, respingando sobre todo o papel…

Eu me perdi no meio da minha própria história.

De repente, no momento em que me sentei para escrever, percebi que não sabia mais; nada deslizava de minha cabeça às minhas mãos, aos meus dedos. Pontes da criação desmoronaram em rios de desesperança que desaguavam por minhas veias. Essas águas turvas que em mim correm certamente precipitaram das grandes e pesadas nuvens cor de chumbo que vagam por meu cérebro, afogando meus pensamentos, sufocando minhas ideias.

A frieza talvez tenha furtado minha sensibilidade; o desespero, o meu prazer, aquele que sentia ao converter inspirações em letras, sílabas, palavras…

Já não sei se continuo sendo o mesmo de antes ou se eu sou o que sempre deveria ter sido.

Será que tudo não passou de uma ilusão, algo que apenas surgiu como forma de pôr para fora meus momentos de angústias, amores, as minhas lembranças?

As náuseas em minha cabeça já não me fazem mais vomitar os meus desejos. Por mais que eu tenha ânsias por isso, já não sou mais capaz.

As lágrimas de minh'alma não transbordam mais em meus papéis alvos. Minhas mãos não escrevem mais o toque nos outros.

Estou estéril de minhas vontades, sem rumo em minhas páginas antes tão quentes, transbordantes; hoje, frias. Vazias...

Devo eu entregarme a minha nova realidade? A essa realidade que soa tão cruel em meu ser, questionadora de minha existência?

E se eu desistir de mim mesmo? Alguém continuará por mim?

Encontrarão por mim a brisa da esperança? Aquela brisa que rompe ao amanhecer, nas auroras douradas, nos horizontes cor âmbar. Aquela que passeia pelas planícies, pelas campinas verdejantes, que desce pelas colinas, acariciando os vales serpenteados por águas cristalinas.

Se no ápice da minha loucura é na escrita do meu próprio original que encontro minha sanidade, se nesse mundo que se embolora a cada dia é na criação da minha história que encontro o refúgio, se eu posso ser quem realmente sou no desenvolver do meu próprio manuscrito, devo mesmo entregar-me a esses pensamentos, a esses sentimentos improváveis?

Não! No fundo, não sinto que devo.

Nada em minha vida foram simples devaneios, muito menos algo que beirasse as margens da insinuação de que não tenha valido a pena.

Não quero que tudo que fiz seja comparado a um capricho, que tenha sido uma brincadeira, um jogo.

Meus desejos não são fúteis como caprichos, nem meus sentimentos não são simples ilusões. São reais, verdadeiros, e minha vida não é um jogo, há horizontes a seguir.

Eu até posso ter me perdido em alguma página de mim mesmo, alguma empoeirada, frágil, quase rasgando, não sei… Todavia, exatamente nesse momento, percebi que algum novo capítulo poderá romperse a qualquer instante, em branco, a minha espera, a espera de que meu eu o complete.

Devo eu continuar a sonhar com minha ancestral realidade?

Sim! Porque ninguém poderá fazê-lo por mim a não ser eu mesmo. Porque, enquanto vivo, apenas eu posso usar meu coração para tocar, os meus pés para viajar, os meus olhos para explorar, minha mente para compor e as minhas mãos para contar.

E assim seguirei: retirarei da minha história aquele marcador de páginas que interrompeume pela metade e continuarei, de onde parei, o meu próprio original.

❄

Ao longe, ouvi uma voz chamando meu nome.

— Senhor Estevão, já passam das três da manhã, vamos fechar.

Abri os olhos e percebi que havia dormido à mesa. Pisquei várias vezes, tentando focar a visão e me localizar. Logo me lembrei de onde estava. Não havia mais ninguém no bar.

— Escute, Pedro — chamei o balconista, que já se afastava. — E o senhor Lúcio Fernando?

Ele voltou até minha mesa.

— Não sei… Quem é esse?

— Um homem que estava sentado aqui comigo, conversando…

O funcionário estreitou os olhos e me encarou.

— Me desculpe, mas acho que o senhor bebeu um pouco além da conta... Vá descansar, Sr. Estevão.

Naquele momento, quem ficou sem entender nada fui eu.

— O senhor esteve sozinho o tempo todo. Não havia mais ninguém.

Então, notei que na mesa havia duas garrafas de vinho vazias e apenas um copo pela metade da bebida. Balancei a cabeça, tentando organizar os meus pensamentos, acertei a conta e me retirei no exato momento em que, no rádio, o vocalista do *Cutting Crew* cantava que "eu deveria ter me afastado".

A madrugada estava ainda mais fria e cruel do que na hora em que saí de casa.

❄

Assim que cheguei em minha residência, retirei apenas o sobretudo e me larguei na cama, sem nem mesmo tirar os sapatos. Só acordei ao meiodia com o rosnado de Saturno dentro do quarto. Ele olhava para meu sobretudo como se fosse algo ameaçador.

— O que foi *garoto*? — ele baixou as orelhas e abanou o rabo, olhando pra mim.

Uma forte dor de cabeça despertou junto comigo. Com dificuldade, senteime na beira da cama e apanhei o sobretudo no chão. Foi então que vi um amontoado de folhas no bolso lateral. Assim que puxei as folhas, algo caiu. Logo, um arrepio percorreu meu corpo, eriçando os pelos da nuca. Meu cachorro rosnou ainda mais forte e agressivo ao ver uma caneta dourada e vermelha cintilando no chão do quarto.

Trêmulo, comecei a desdobrar os papéis, cheios de borrões avermelhados.

Seriam minha salvação ou minha maldição?

No momento, apenas o rascunho de uma história. Estremeci ao ver as primeiras palavras, que diziam:

Eu me perdi no meio da minha própria história.

De repente, no momento em que me sentei para escrever, percebi que não sabia mais...

QUANDO A NEVE CHEGAR

Por Anderson Ferrari

Estava completando uma semana em Barcelona quando Arnaldo sentou-se em frente à televisão para assistir ao telejornal das 21 horas. Tinha sido uma semana intensa, com muitas novidades, informações, emoções. Já esperava que seria assim. Naquela noite, repetiu os mesmos movimentos. Era quase um ritual. Gostava de terminar o dia como fazia quando ainda vivia no Brasil. De pijama, assistia às notícias que diziam do que tinha acontecido e aquelas que anunciavam o dia seguinte. A única novidade era a taça de vinho tinto espanhol, surpreendentemente mais barato que a água. Era um sujeito organizado. Gostava de controlar a vida. Achava que podia controlar tudo.

Tinha aprendido com Cris que aquele telejornal era o mais confiável. Era o Jornal Nacional da Espanha, como ela tinha definido. Cris era sua mais nova amiga de infância. Haviam se conhecido naquela semana. Descobriu rapidamente que, uma vez fora do seu país, se tornava amigo íntimo de gente com quem nem conversaria no Brasil. Amiga de uma amiga, foi ela que recebera Arnaldo na cidade. Ela que lhe ensinou como comprar bilhetes e circular pelas linhas do metrô. Que o levou aos órgãos certos para legalizar seus documentos. Que o apresentou aos melhores cinemas e aos locais turísticos. Que o informou sobre os hábitos de organização da cidade, como os horários de funcionamento do comércio, das instituições e da universidade. Que o introduziu ao pão com tomate regado de cava, além da *crema catalana*. E foi ela que disse que os *catalanes* eram sovinas e secos, bastante grossos, beirando à falta de educação. Com tudo isso, já se sentia dominando a cidade. Era uma pessoa sugestionável.

Assim que soube que ganhara uma bolsa de estudos de um ano em Barcelona, Arnaldo tratou de buscar, entre os amigos, aqueles que conheciam alguém que vivia na cidade. Queria se organizar para evitar sustos e dificuldades. Era um sujeito tenso. Preocupado. Um pouco medroso.

Foi assim que conheceu Cris. Uma amiga, essa sim, de infância, era amiga, também de infância, de Cris. Foi ela quem estabeleceu contato entre eles, sem deixar de contar a história da amiga, que já vivia em Barcelona há quatro anos. Fazia questão de contar, porque gostava de histórias de amor imponderáveis, sobretudo quando terminavam em finais felizes. Cris havia conhecido um catalão no Rio, durante um carnaval. O relacionamento resistiu à festa do Momo e a certa xenofobia do rapaz. Um catalão legítimo e orgulhoso de seu pertencimento. Defensor da independência da Catalunha. Dizia que primeiro se sentia barcelonês, em seguida catalão, depois europeu e, por último, espanhol. Evitava falar espanhol, insistia no catalão. Todo domingo dançava sardana no parque de La Ciutadella, como membro de um grupo de resistência cultural composto por seus familiares. Gostava de levar as pessoas que conhecia ao Museu de Arte da Catalunha. No início, não queria nenhum relacionamento sério com uma brasileira. Na verdade, não queria compromisso com nenhuma mulher que não fosse catalã. Não resistiu aos encantos da carioca. Depois de um tempo de namoro virtual, ela tinha resolvido ir para a Catalunha para se casar. Parecia satisfeita.

Era fevereiro. Um mês do inverno europeu. Arnaldo não sabia se aquele era um ano especialmente frio ou se ele que não estava acostumado àquelas temperaturas. Quando ainda estava no Brasil, Cris afirmava que ele iria adorar o clima da cidade. Era um Rio de Janeiro que tinha dado certo, comparava a moça. Sol o ano inteiro e ainda tinha a vantagem de estar no nível do mar e, portanto, não fazia tanto frio quanto o interior do país. Não nevava nunca. Essa era a única coisa que Arnaldo lamentava. Era doido para conhecer a neve. Era cinéfilo. Achava romântico filmes ambientados no inverno do Hemisfério Norte, com neve, fumaça saindo da boca ao falar, as pessoas bem vestidas, brincando de bolas de neve, rindo na brincadeira. Era essa a imagem que esperava encontrar quando escolhera começar seu período de bolsa no inverno.

Ele não aguentava mais o calor carioca. Queria um ar condicionado potente em toda cidade. Mas bastou uma semana no frio europeu para sentir saudades de caminhar mais à vontade pelas ruas. Aquele vento cortava a alma de Arnaldo. Não havia casaco que o esquentasse. Colocava três agasalhos e mais duas calças para poder sair, além de luvas, cachecol e gorro. Pensava duas vezes antes de sair de casa naquele frio congelante. Por isso, a última parte do telejornal prendia mais sua atenção. Era quando a mocinha do tempo dizia sobre como seriam as temperaturas do dia seguinte. Cris também afirmava que as previsões do tempo na Espanha acertavam sempre. Eram diferentes do Brasil. Assistia acreditando que o tempo iria melhorar. Era otimista. Achava que o dia seguinte sempre seria melhor em todos os sentidos e isso incluía sua relação com o tempo também.

Uma semana no frio de Barcelona e já estava doido para ver a cidade na primavera. Esses dias já tinham sido suficientes para saber que as pessoas saíam menos de casa. As ruas ficavam mais vazias. As pessoas andavam mais apressadas. Os bares não colocavam mesas nas calçadas. Escurecia mais cedo e amanhecia mais tarde. Ele gostava do dia. Gostava de andar na cidade. Queria andar na cidade para conhecer mais. Gostava de sentar às mesas das calçadas para ver as pessoas. Era um observador da cidade. Das pessoas. Da vida. Sentia falta de vida naquela cidade que tinha aprendido a amar antes mesmo de conhecer.

Desde as Olimpíadas de 1992 que Arnaldo nutria uma vontade de conhecer Barcelona. Nunca havia passado por sua cabeça a possibilidade de morar lá. Tudo foi muito inesperado. Ainda estava sob o impacto dessa novidade e demorava a acreditar que tinha conseguido ir. Assistia ao telejornal atento às falas para ir apurando seu espanhol. A imagem que tinha na memória era de uma Barcelona ensolarada. Sentia falta dessa imagem. Atento às notícias, ficou surpreso quando a mocinha do tempo anunciou neve para Catalunha no dia seguinte, especialmente para Barcelona. Impossível, pensou Arnaldo. Barcelona nunca neva. Essa foi a informação que Cris tinha passado. Ela também tinha dito que a previsão do tempo do telejornal era confiável, nunca errada. Pois dessa vez errou, concluiu Arnaldo.

No dia seguinte, tinha uma reunião marcada na Faculdade de Belas-Artes, no final da tarde. Teria que atravessar toda a cidade. Acordou ainda com a certeza de que a previsão do tempo tinha errado. Olhou pela janela só para confirmar. O céu estava cinza. Uma cor que insistia em se manter sobre a cidade. A rua estava vazia. Era uma rua de bairro, com pouco movimento mesmo. Não teve coragem de abrir as janelas e correr o risco de levar uma rajada de vento gelado no rosto. Isso iria acabar com seu ânimo. Olhou para o chão e para o céu procurando sinais de neve. No fundo, mesmo querendo que o telejornal estivesse errado, também queria ver e sentir a neve pela primeira vez. Mas não vai ser dessa vez. A previsão errou mesmo, concluiu Arnaldo.

Sentou-se a sua mesa de trabalho, que ficava na parede, dividindo espaço com a janela. Concentrou-se no que teria que fazer como preparação para a reunião agendada. Esqueceu-se de olhar para a janela. Passaram-se algumas horas até ele se dar conta das primeiras partículas de neve que caíam de forma tímida, colorindo o cinza da cidade.

A primeira reação de Arnaldo foi de susto. Tanto pela neve em si quanto pelo fato de ter se concentrado tanto e não ter sentido essa novidade. Depois foi tomado por uma alegria. Confirmou que a neve era linda. A cidade ficava cinematográfica. Encantadora. Era apaixonado. Era emotivo. Teve uma vontade de chorar. Ficou emocionado por ver aquela cena com flocos finos e brancos caindo delicadamente e pousando sobre a copa das árvores, sobre os carros, nas sacadas, nos tetos, nas pessoas. Lembrou que estava sozinho. Há muito tempo estava sozinho. A vontade de ter um amor ficou mais forte. A dor por não ter ninguém ali para comentar, para viver aquela emoção também ficou mais evidente.

A solução seria tirar uma foto. Uma não. Várias. Tantas quantas fossem necessárias para tentar dar conta do que estava vivendo. E era melhor fazer isso rápido porque tinha certeza de que essa neve seria breve. Estava fraca, não iria resistir muito. Rapidamente iria acabar. O jornal confiável tinha errado. Era essa a certeza. Depois de tirar uma série de fotos e postar nas redes sociais anunciando que tinha conhecido a tão esperada neve, voltou para o trabalho. Ainda não tinha terminado. Ele exigia mais atenção do que aquela neve fraca.

Concentrou-se novamente. Depois de um tempo, buscou a janela só para confirmar o fim da neve. Novamente foi surpreendido. A neve tinha aumentado e a cidade não estava mais cinza e, sim, branca. Ela caía com mais intensidade, parecendo mesmo uma chuva branca. Assustou-se. Com a força da neve. Com a transformação na cidade. Com o erro da previsão do tempo. Com suas crenças. Era um cabeça--dura. Tinha certa dificuldade de mudar e rever caminhos. Aquela neve obrigava-o a olhar para dentro de si. Para como lidava com as suas crenças. Para como estava sozinho naquela cidade e na vida. Não tinha ninguém para brincar de fazer boneco de neve, para se jogar nos montes de flocos brancos como crianças, para travar guerras de bolas de neve. Teria que ver e viver aquilo tudo sozinho. O frio ficou mais forte. Era um sujeito romântico. Não queria estar sozinho. Não tinha vindo ao mundo para estar sozinho.

Como em outras situações, fugiu desses sentimentos. Desviou o foco para o trabalho, como já fazia há muito tempo. Era um sujeito focado. Um sujeito que tinha dificuldades nas relações mesmo depois de oito anos de terapia. Buscou esquecer a neve e voltar-se para o trabalho e para a reunião programada.

Ficou o dia todo monitorando o tempo, num misto de encantamento, susto e preocupação. Afinal, tinha uma reunião agendada. Tentou verificar se ela ocorreria. Telefone e redes sociais indisponíveis. Supôs que era resultado da nevasca. A rua já apresentava blocos de neve nas calçadas impedindo a circulação. A neve continuava caindo com força. Os carros não passavam mais.

Próximo à reunião, Arnaldo começou a se arrumar para sair como se nada estivesse acontecendo. Colocou duas calças compridas novamente, aumentou o número de agasalhos para quatro, além das luvas de couro, cachecol e gorro. Não se esqueceu do guarda-chuva. De sua casa à mais próxima estação de metrô teria que andar três quadras. Perto. Rápido. Não teria problemas, pensou ele. Era responsável. Não seria uma nevasca que iria impedi-lo de participar de uma reunião. Era disciplinado. Sabia que essas eram as duas heranças deixadas pelos pais.

Mal conseguiu chegar ao metrô. Nos primeiros metros andando, percebeu que não tinha escolhido bem o calçado. Estava com um tênis All Star. Encharcou rapidamente e congelou o pé, além de escorregar e exigir o máximo de atenção para ver onde pisar. O guarda-chuva não dava conta. A neve se acumulava e pesava. A cidade estava parada. Os carros não conseguiam andar no asfalto escorregadio. As ruas estavam imundas, com uma mistura de neve branca com o preto das sujeiras. Mesmo assim, Arnaldo insistiu. Era um persistente. Chegou ao metrô e achou que meio caminho estava andado. Agora era atravessar a cidade e chegar à Universidade. Estranhou o pequeno número de pessoas nos trens e nas estações.

Chegou à estação desejada e quase não conseguiu sair de tanta neve acumulada. Foi então que se deu por convencido. Não haveria reunião. Estava tudo fechado. A cidade que não estava acostumada com neve não funcionava com neve. Voltou para casa com a certeza de que neve só é bonita no cinema. Ser estrangeiro, Barcelona e o inverno europeu começavam a fazer transformações nesse sujeito.

Inverno

Por Ney Ribeiro

Aquela voz feminina, suave e aveludada, poderia estar cantarolando palavras bonitas em alguma melodia qualquer, mas ao invés disso estava confortavelmente invadindo o sonho agoniante de Pedro, que, sem relutar, abre os olhos rapidamente.

Enquanto sua visão embaralhada vai-se desanuviando, nota um vulto a sua frente. Não consegue distinguir bem a forma, só consegue reparar que o vulto lhe entrega algo.

— Seus óculos, Seu Pedro.

Pedro pega os óculos, desconfiado, e ao colocá-los, consegue ver perfeitamente a pessoa a sua frente. Vestida de branco, cabelos castanho-claros, presos em coque no topo da cabeça, rosto fino com um queixo arredondado, olhos claros grandes (seriam verdes ou azuis?), meio puxados no canto, com longos cílios; abaixo do delicado nariz fino, grossos lábios carnudos emolduravam um sorriso reconfortante. "Mas quem é essa?", pensa ele.

— Bom dia, Seu Pedro. Como o senhor se sente hoje? — e é quando Pedro associa a ideia de estar deitado com o fato de que aquela moça o está acordando: "O que essa mulher tá fazendo no meu quarto??!!!"

A moça, ao ver a cara de estranheza de Pedro, sorri enquanto o tranquiliza:

— Sou eu, Andrea, a enfermeira. Está lembrado de mim, Seu Pedro?

— ...Hummmmm... tô, tô lembrando... — mas Pedro não se recordava daquele rosto e nem daquele nome. Andrea? Enfermeira? O que faz uma enfermeira no meu quarto?

— Andrea, Seu Pedro. Se lembra que ontem eu levei o senhor para passear no pátio, pela manhã?

— Hã... tô lembrando...

— Vamos. Deixe eu ajudar o senhor a sentar, pra tomar os remédios.

— Ahhhhh! Andrea! Sim, Andrea...

— O senhor se lembrou que eu sempre ajudo o senhor a se sentar?

— Não. Me lembrei que você sempre me puxa o braço e me faz engolir aquelas porcarias! — e termina a frase num resmungo, enquanto franze a testa.

Pedro senta-se na beirada da cama, olha para o chão a procura de seus chinelos e os calça. Ao olhar para o lado dos pés da cama, fica surpreso com o que vê: logo acima da cômoda encostada na parede, um espelho. E nesse espelho vê um rosto que, à primeira vista, não lembra que era o seu:

— Meu deus! Eu tô velho!

— Até que não tanto, Seu Pedro. Não muito mais do que ontem... — Andrea brinca, tentando ser simpática, enquanto segura o riso.

Após tomar seus remédios, Pedro resmunga e braveja muito quando Andrea tenta levá-lo para o banho — "Deixa que eu tomo banho sozinho! Eu sei tomar banho sozinho!" — mesmo com toda a insistência dela, que alegava cuidados, já que ele poderia vir a escorregar ou a machucar-se de alguma outra forma.

— Menina intrometida! — resmunga sozinho durante o banho. — Só faltava essa! Querer me dar banho! Vai ver ela queria era me ver pelado! Onde eu coloquei o sabonete?

Após o almoço — "Comida mais sem gosto! Pior que a de ontem! O que foi que eu comi ontem mesmo?" resmunga —, mais uma vez discute com Andrea quando ela pede para que se sente na cadeira de rodas. Enquanto ela leva Pedro para o pátio, ele tenta lembrar-se que lugar é esse para o qual está sendo levado. Por um instante, ao chegar ao pátio, se confunde: "O parquinho! Cadê Maria do Carmo? A bicicleta, as crianças…?". Mas esse raciocínio não dura nem um segundo, pois se recorda que todos os dias Andrea o leva para aquele pátio para tomar sol.

Tomar sol no pátio. Isso parece uma ideia contraditória para ele, por mais que o dia estivesse claro. Naquela época do ano, apesar de o sol brilhar intensamente, o vento enérgico parecia navalhas deslizando na pele por causa do frio.

Não que estivesse um frio tão intenso. Afinal, Pedro já havia passado por frios piores, e se lembrava bem disso. Lembrava-se do dia que ficou mais de meia hora na chuva, embaixo da janela de Maria do Carmo:

— Aquela chuva gelada, naquele vento frio… não, não estava ventando frio, era verão. Era uma chuva de verão… uma pancada rápida, passou logo… não, não passou logo, era uma chuva muito forte…

Pedro olhava ao redor. Via homens, mulheres, todos idosos, em suas cadeiras de rodas, observados pelas enfermeiras que rondavam por ali, zelando pelos pacientes. Pedro olhava seus rostos, observava suas rugas, atentava para seus cabelos brancos e pensava, entre resmungos:

— Ficar velho é uma merda! Todo dia a mesma merda, acordar pra tomar uma merda de remédio, ter que tomar banho naquela merda de água pelando e, depois do banho, ter que enfrentar essa merda de friaca desgraçada, ter que comer aquela gosma sem sal que te jogam no prato. E ainda por cima nem se pode reclamar que aquela gororoba é horrível! E depois, ter que ficar como um aleijado, um inválido, sendo empurrado pra cá e pra lá nessa merda de cadeira!

Puxa o cobertor colocado sobre suas pernas um pouco mais para cima, levanta um pouco a gola do casaco, olha as árvores com os galhos secos, fazendo da silhueta das árvores algo parecido com um cenário de filmes preto e branco antigos de terror. A luz do sol é intensa, não há nuvens no céu; causam a projeção de sombras negras e longas pelo chão, para as quais Pedro olha intensamente, pensando que logo sairia dali:

— É, logo Sabrina vai chegar pra me ver, e então ela me tira daqui — nesse instante, ele se vira um pouco para trás a procura de Andrea. — Enfermeira, falta quanto pra começar as visitas?

— Seu Pedro, hoje não é dia de visitas — vira-se para a colega e cochicha: — Coitado, faz uns dois anos que ele pergunta sobre visitas, todo dia.

— Hum... — resmunga Pedro — tomara que aquele merdinha do marido dela não venha. Safado! Eu vi que ele não prestava desde que peguei os dois transando no sofá! Cansei de aconselhar a Sabrina pra não se casar com ele! André?... Mateus?... Como era mesmo o nome daquele desgraçado? Não, Mateus não era... Mateus era aquele gordinho da escola... outro desgraçado!

Um latido na rua chama sua atenção e ele dirige instintivamente o olhar para a direção de onde vinha o barulho, que mais parecia um uivo de choro.

— Deve estar com dor — pensa. — Coitado... cachorro velho... Ninguém toma conta, solta pra morrer na rua! Quando é novinho, é um tal de "que lindinho", "que gracinha", todo mundo paparica!

Naquele instante, passa pela frente dele um rapaz, de terno, gravata, bem-afeiçoado, quando então se lembra de um antigo colega de serviço da repartição pública onde trabalhou:

— Anderson! Era Anderson o nome daquele safado! Queria virar chefe de qualquer jeito! Pilantra! Ainda bem que passei a perna nele! Perdeu a promoção!

Pedro repara que o rapaz, enquanto conversa com uma das enfermeiras, faz um cumprimento abanando a mão. Repara que está sorrindo, e resolve corresponder à saudação.

— É... o Anderson mereceu mesmo aquele puxão no tapete... pena que foi a Ana Cláudia que acabou promovida... aquela vaca! Piranha! Só conseguiu a promoção porque transou com o chefe!

Pedro se pega sorrindo, quase rindo, se lembrando com saudades daquele tempo:

— Quando a gente é jovem, acha que pode tudo! Acha que é forte, que nunca vai ficar velho! — o sorriso vai se esvanecendo. — A Sabrina cansou de me peitar, menina desaforada! Aí o tempo passa, a idade vem... a gente acaba ficando cansado por qualquer coisa, os filhos enfiam a gente num buraco desses e daí vem ver a gente só nos dias de visita... — limpa os olhos lacrimosos com as costas da mão e se dirige à Andrea — A que horas a Sabrina disse que ia chegar?

— Seu Pedro, presta atenção: ela não vai vir hoje, Seu Pedro. Hoje não é dia de visita.

— Mas ninguém contou pra ele que a filha dele morreu há mais de um ano? — murmura outra enfermeira, que estava conversando com Andrea.

— Já falaram pra ele um monte de vezes, mas ele sempre esquece... — responde, também cochichando. — Não adianta contar isso toda hora, faz ele sofrer à toa, é melhor enrolar... e ele acaba esquecendo depois, mesmo...

Pedro não ouviu o que as duas falavam entre si. Neste instante, sua preocupação ainda estava centrada em Sabrina:

— Será que ela ainda está casada com aquele desgraçado? Como era mesmo o nome dele? Aquele infeliz, nem deixava eu visitar meu neto... Se naquela época eu tivesse mantido tudo a pulso, nos eixos, eu tinha dado umas porradas naquele pilantra e fazia a Sabrina se separar dele! — com um ligeiro sorriso, suspira. — Ah!, quando eu era mais jovem!... Ninguém me passava a perna! Mas aí vêm os filhos, a gente vai ficando coração mole, os filhos começam a achar que já são donos do próprio nariz...

— Seu Pedro, vamos entrar? Está no horário de assistir TV — pergunta Andrea, enquanto destrava as rodas da cadeira.

— E eu tenho escolha? — responde entre resmungos.

Entrando na sala de convivência, ele vê alguns dos idosos sentados em um dos sofás frente à TV; outros, sentados ao redor de mesas, tentam passar o tempo jogando cartas ou dominó.

— Que porcaria de vida! E têm uns que ainda riem!!! — Pedro pensa, enquanto se ajeita em uma das poltronas livres. — Mas, pelo menos, estou livre daquela cadeira!

Na TV, um daqueles programas destinados às mulheres termina de mostrar uma receita qualquer. Pedro olha, na dúvida se é de doce ou de salgado. "Faz tanto tempo que eu não como um bolo..." pensa, enquanto lhe vem à memória a lembrança de uma mesa farta, numa sala escura, iluminada apenas pela luz vinda das velas de aniversário. Sua esposa, sua filha, ainda criança, e algumas outras pessoas ao redor, cantando "Parabéns pra você" enquanto Pedro apaga as velinhas, com um sopro conjunto com o de Sabrina.

— Ela gostava tanto de apagar as velinhas quando era criança... era o aniversário dela ou era o meu? Não eram velinhas de número, então devia ser o meu...

Absorto em seus pensamentos, não estava prestando atenção na TV. Ruminando suas próprias lembranças, enumerava as festinhas de aniversário que tinha comemorado: as de sua esposa, as da Sabrina, as dele... "Quando foi a última mesmo?" Remoía, forçava a memória, mas não conseguia lembrar quando comemorou seu aniversário pela última vez.

— Vamos bater umas pedras, Seu Pedro? — interrompe um senhor, de pijamas e roupão, como todos os outros idosos.

— Quê?

— Um dominó, Seu Pedro! Vamos jogar um pouco? — aquele rosto sorridente simpaticamente insiste no convite.

— Quem é você? Nem te conheço!

O idoso se afasta, entre pedidos de desculpas, enquanto uma das enfermeiras justifica que "Seu Pedro é assim mesmo, ele anda muito esquecido...".

Dando de ombros, ele volta a olhar a TV. o programa mostra duas mulheres que, enquanto conversam sorridentes, terminam a confecção de um pequeno arranjo de flores. Pedro então se lembra, com um sorriso, do pequeno buquê de flores que chegou a fazer.

"Que besta que eu era...", pensa, enquanto quase deixa escapar um riso. "Pegar as flores daquela pracinha, embaixo daquela chuva... não, não estava chovendo naquele dia... o guarda me deu uma carreira!..."

E, com um suspiro, as divagações continuam: "Que breca será que levou a Maria do Carmo? Eu gostava tanto dela... ela ficava tão bonita com aquele vestido rosa, de decote quadrado, rendado..." Os pensamentos de Pedro são então interrompidos por uma voz feminina suave, envolta em uma meiguice que o acalmou naquele instante:

— Seu Pedro? Está tudo bem com o senhor? — era Andrea que, delicadamente, sacudia-o — O senhor está chorando...

— Maria!

— Não, Seu Pedro. Sou eu, Andrea.

— Ah!, desculpa... por um minuto pensei que fosse outra pessoa...

— Mas o senhor está bem, Seu Pedro?

— Estou sim.

Depois de um breve silêncio, enquanto Pedro respira profundamente e tenta se abrigar em seus próprios braços para se aquecer, com o olhar perdido no nada, ele se dirige à enfermeira:

— A que horas minha filha disse que vinha?

Entre um suspiro e outro, Andrea arruma o cobertor, enquanto responde "Logo logo ela chega, Seu Pedro... logo logo...".

Pedro então ouve novamente, na rua, a lamúria do cachorro e, quase automaticamente, volta sua atenção para a janela. Enquanto o vento sopra forte o suficiente para sacudir os galhos secos, Pedro se aconchega na poltrona, enrolando-se um pouco mais no cobertor, enquanto seus olhos se fecham. A noite começa a tingir de marinho o céu, que promete ficar estrelado.

Na TV, a câmera fecha o quadro sobre o arranjo de flores, que repousa sobre uma mesa, com uma toalha de crochê, enquanto o letreiro sobe, anunciando o fim.

Metástases

Por Félix Barros

— Filho! Que bom que você veio!

— Eu disse que viria. Promessa é dívida.

— Eu sei. Você nunca me falta.

— Como está essa força?

— Ah! Você sabe. Aqui é um foco de resistência. Sempre assim. Desde menina, segurando a barra de todo mundo. Sua mãe é forte, tem que suportar porque a responsabilidade me chama.

— Está sentindo dor? Às vezes a vejo franzindo a testa…

— Não, é desconforto. Muito tempo aqui dentro, sabe como é.

— E o que é que eles dizem?

— Ah, meu filho, que estou reagindo bem e que, se continuar assim, vou embora logo. É questão de tempo.

— Que bom!

— Não vejo a hora de sair daqui. Sabe, a comida é horrível. A hora do almoço é um suplício. Já cansei de falar com os nutricionistas, mas o problema é quem cozinha. Não tem quem coma uma coisa dessas.

— Realmente. Notei a senhora mais magrinha. E não tem nenhuma alternativa?

— Não, meu filho. Eles não deixam que a gente traga comida de fora. Às vezes, como alguma besteirinha da lanchonete escondido, mas mesmo disso já estou enjoando.

O filho toma sua mão e a beija. Contempla as marcas do tempo em seu corpo. Quantas rugas, cicatrizes e olheiras serão por sua causa? Quando a vaidade estancou e as vicissitudes da vida fizeram casa?

Passa a mão nos cabelos ralos, herança paterna. Desde antes dos trinta anos, quase todos brancos. Percorre a tênue ramagem relembrando histórias.

O dia em que conseguiu largar da mão de seus pais e, num lapso de segundos, estava na mira dos carros na rua movimentada. Seu pai correu com a velocidade que não tinha, alcançou seu corpo e se jogou na calçada, salvando-o do desastre iminente.

O dia em que sua mãe decidiu tirá-lo do jardim da infância, pois não parava quieto nem tinha concentração para prestar atenção na professora.

O dia em que desafiou um aluno cinco anos mais velho que estudava em sua classe para brigar, e mais uma vez sua mãe teve que convencer o rapaz que era coisa de criança, que não levasse em conta.

Contemplou aquela face alquebrada, de olheiras fundas, sem o viço de tempos atrás. O olhar perdido no infinito, contemplando o nada, por mais que o aparelho de televisão esteja ligado e de vez em quando mude de canal. Pouco importa.

— Está fazendo fisioterapia? Tem saído da cama?

— Faço, sim. Quando eu vou ao banheiro, ando um pouco. Mas tenho ficado cansada. Aí peço para fazer na cama mesmo.

Olha os pés mais inchados, a perna direita mais afetada, que quase não movimenta, da qual reclama quando mobilizam.

Ver aquele corpo emagrecido lhe traz dor, mas tem a compreensão de que não pode interferir na dor de quem ama. Apenas confortar e estimular a ter um comportamento mais positivo diante das dificuldades que a vida impõe. A decisão de reagir partirá exclusivamente dela.

Pela janela, contempla o frio do inverno. Poucas pessoas na rua. Alguns animais em busca de comida. O céu com poucas estrelas. Nuvens de incerteza prometendo tempestades.

É inverno em seu tempo. Tempo em que as flores feneceram, as esperanças deram lugar ao ceticismo e as alegrias degeneraram em revolta. Um ser amargo encontrou o tempo frio e pouco receptivo. A luz que guiava tantas pessoas hoje é uma lamparina escondida em meio à noite escura. Sente que seu tempo passou.

— Como está papai?

— Está daquele jeito, meio perdido, desorientado. Ele teve que tomar conta das coisas de casa, depois que eu fiquei sem força na perna. Até as despesas. Antes quem fazia as contas era eu. Até ensinar a preparar um macarrãozinho eu tentei, mas é desajeitado com as coisas. Você sabe, o mundo não foi feito para os canhotos…

— É verdade. Mas ele continua daquele jeito, sem sair de casa à noite, um cinema, um restaurante, um showzinho?

— Igualzinho. De manhã, os mesmos rituais. Para sair, o banco, o shopping, o supermercado, uma ou outra consulta médica. Antes de descobrirem o que eu tinha, me levava à fisioterapia. Mas uma viagem, um lugar diferente, isso não é com ele. Se eu quiser ir, que vá sozinha.

Seu semblante fica mais avermelhado. Sinto que a raiva e a revolta tomam o ambiente, e procuro mudar o rumo da conversa.

— Esse inverno está esquisito. Chuva e frio ao mesmo tempo. Com tanta gente nas ruas. É triste.

— Muita gente precisando, meu filho. E poucos para doarem. Mas a vida é assim. Só quem tem pouco é que geralmente doa.

— É mesmo. Mas agora está na hora de dormir.

— Você já vai? É tão cedo...

— Não, senhora. Eu que prolonguei o papo. Agora é hora de descansar.

Deu um beijo afetuoso e a cobriu com a manta até o pescoço.

— Amanhã você vem?

— Estou sempre com a senhora. Não se preocupe.

Sentiu o carinho em suas madeixas, e foi fechando aos poucos os olhos cansados. Logo se sentiu passear por um jardim florido. Céu aberto e poucas nuvens no horizonte. Uma brisa suave parecia carregá-la. Sentia-se flutuando, livre do peso daquele tumor e das pernas inchadas. Exercitava sua liberdade planando sobre as flores, as plantas e os animais daquele campo. Algumas pessoas acenavam, alegres. Não havia surpresa em seus olhares, apenas felicidade. Uma delas era o filho.

❄

— Bom dia, pai.

— Olá, meu filho. Dormiu bem?

— Mais ou menos. Algum problema durante a noite?

— Não. Só o incômodo das técnicas de enfermagem com medicação na hora boa do sono. Mas ela não reclamou de nada. Parece que dormiu bem. Pelo aspecto, parece melhor que ontem.

— É. Parece, sim. O clima aqui está agradável. Lá fora está correndo um vento frio, de tremer a alma.

Lembrou então do tempo em que chegaram ao Distrito Federal. Tinha então nove anos. Estranhou aquele frio em Taguatinga. Gostava mesmo era de acompanhar as chuvas de granizo, de pegar as pedrinhas de gelo e vê-las derretendo em suas mãos. Hoje tem plena consciência de que a vida também pode escorrer entre as nossas mãos.

— Meu filho, sei que você teve que diminuir sua carga de trabalho. Queria saber se você precisa de alguma coisa.

— Não, pai. Pode ficar tranquilo.

— Se precisar, já sabe. O dinheiro que eu tenho é para situações como essa. Estou velho. Não lembro de nenhum parente vivo. Só tenho você, sua mãe, sua esposa e meus netos.

— Não se preocupe. Se eu precisar, aviso.

— Está certo. Então eu vou indo. Você chama o Uber pra mim?

— Sim, claro. Classic prata MOR8743.

Ficam apenas os dois e a chuva, que bate inclemente na janela. O céu continua cinzento. O movimento na rua é bem menor, mesmo em pleno dia.

A mãe ressona no leito. Palidez da face. Corpo inchado, quase inerte. Leves movimentos inspiratórios.

Sinais vitais. A técnica de enfermagem entra de uma vez, dá bom dia e acende a lâmpada. Sua mãe acorda, sobressaltada. Só o susto deve ter aumentado a frequência cardíaca para além do normal.

Após se recuperar do susto, reconhece as pessoas e o ambiente.

— Filho! Já chegou? Cadê seu pai?

— Já foi pra casa. A senhora estava dormindo e ele estava cansado.

— Minha querida, tudo normal, viu?

— Obrigado, meu amor.

— Se precisar, é só avisar. Com licença.

— Tenho uma boa notícia para a senhora. A doutora me avisou pelo WhatsApp que o convênio já autorizou a sua quimioterapia.

— Que bom, meu filho. Pensei que fosse como a biópsia: uma peleja sem fim.

— Amanhã vai ser a primeira sessão.

— Graças a Deus.

— Dei uma olhada em seus exames. Estão todos normais. Sua creatinina está ótima. É bom, porque a quimioterapia pode sobrecarregar os rins.

— Será que tem previsão de eu ir para casa?

— Se tudo correr como o esperado, eles dizem que em uma semana depois da primeira sessão. A partir da segunda, a senhora vem ser medicada e vai embora. A não ser que tenha algum efeito colateral.

— Mas não vai ter não. Eu tenho fé.

— Assim seja!

— E o que aconteceu ontem me fez ter mais fé ainda.

— É? E o que houve assim de tão importante?

— Seu irmão veio me ver!

— Meu irmão?

— Sim. Queria que você estivesse aqui para ver. Estava tão bonito…

— E sobre o que ele falou com a senhora?

— Perguntou como eu estava, se estava comendo, sobre a fisioterapia, sobre seu pai, falou sobre o tempo. Fiquei muito feliz. Até sonhei com ele!

— Bem que eu achei que a senhora estava com uma carinha melhor hoje.

— Seu irmão deveria aparecer mais. Sinto muitas saudades.

— Eu também, mãe.

— Mas ele estava tão bem. Nem parecia aquele que a gente viu tão doente.

Os olhos de ambos ficaram marejados. Uma pausa se fez, para que se mirassem entre lágrimas e lembranças. Ele se aproximou e a acolheu num abraço. Se não fosse pela máscara, teria lhe beijado a testa.

Passaram a tarde entre lembranças e expectativas. Um mês de exames para chegar a um diagnóstico e começar um tratamento. Um mês dentro de um hospital, vivendo uma rotina de descobertas duras e esperas angustiantes.

Despediram-se à noite, quando a cuidadora chegou. A mãe com um semblante cansado, mas tranquilo. O filho com esperança de virar essa página de dor que subitamente envolveu sua família.

Abriu o aplicativo e solicitou um carro. Cinco minutos de espera. Para quem esperou um mês, não é nada.

Abre a porta do carro e entra. Ajeita a máscara e põe o cinto de segurança. E se inicia a viagem.

A viagem se inicia alguns anos atrás. Seu voo chega ao final. Acompanhar a cirurgia de seu irmão. Tumor inoperável. Ausência de plano de clivagem. Autoriza fazer traqueostomia? Cantor perdendo a voz. Precisa de *home care*. Tirar tremendo um pedaço de carne que obstruía a traqueostomia, enquanto ele se asfixiava. Radioterapia. Quimioterapia. Definhamento. Morte. Luto. Revolta. Apatia.

Chega em casa. Beija a esposa. Pergunta o que houve, quando vê suas lágrimas. Foi ignorada numa loja, mal atendida em outra. Foi preciso o motorista que a acompanhava reclamar para o gerente.

— É o estigma! Ninguém respeita! E não vai melhorar! Depois da cirurgia, eu não tenho mais corda vocal! E ainda ficam perguntando toda hora por que eu estou rouca. Ninguém passa por um tumor de laringe impunemente.

Aos poucos, ela se acalma. Ele não tem palavras que a confortem nesse momento. Oferece abraços e beijos. Oferece seu silêncio para acompanhá-la.

Observa o céu claro na noite fria. Do calor de seu quarto, sente frio em sua alma. O sono não vem. O dia não vem. Vêm lhe visitar as imagens: o irmão morto, a esposa disfônica, a mãe caquética, o pai desorientado. Que adjetivo lhe restou?

Segredos da UTI

Por Jane Barros de Melo

Em um inverno cruel e massacrante, muitas coisas acontecem dentro de uma UTI. É possível vivenciar vários acontecimentos. Mesmo no clima frio de um ambiente hospitalar de alta complexidade, histórias confusas acontecem de forma tão isolada e tentadora que eu, como paciente, me sentia parte dessa experiência secreta e cheia de desejos. Os personagens — identificados pelos pseudônimos de Mel, uma jovem médica, e Zangão, um médico experiente e sedutor — pareciam não perceber a possibilidade de uma paciente escutar, entender e principalmente fazer parte dessa fascinante história.

O tempo parece congelar todas as possibilidades da existência de um amor secreto, no entanto, a UTI não para. Poucos com autorização frequentam essa sala, porém Mel e Zangão pareciam ter horário marcado para seus encontros. Mel chega e fala, trêmula pelo frio que castiga os corpos ofegantes, e balbucia palavras um pouco desconfortantes. Eram 13h15 e Zangão ainda não havia aparecido. Ela começa a me tocar. Entendo que está verificando meu estado. Percebo também que escreve algo, certamente preenchendo o prontuário médico. O tempo passa... quando finalmente a porta se abre. Era Zangão. Seu passo rapidamente se aproxima e para. Ofegantes, parecem se olhar, como se fosse um alívio, para o momento esperado, que deveras se repetia nas madrugadas geladas, embora dosadas com altas temperaturas. Escuto os lábios trêmulos de tanto frio, os corpos pedem calor, um amor para incendiar o silêncio eloquente dessa paixão.

Mel quebra o silêncio:

— Porque demorou tanto? Estava preocupada.

Um momento de silêncio, Zangão responde:

— O salão estava lotado, muitos pacientes nesta madrugada fria. Fiz o possível para terminar. Estou aqui, isso é o que importa agora.

Mel parece concordar, muda de assunto e, por cima do meu corpo, algo acontece. Duas mãos se cruzam, como se fosse um alívio pelo encontro esperado. Sinto uma enigmática pressão sobre meu frágil corpo, meu coração dispara... estava presenciando um sentimento caloroso, de mãos que se apertam, no destemor da emoção, que se enroscam por minutos. Naquele momento, eu deixava de existir. Uma paciente que não reagia, mas que escutava e entendia os fatos e toda a situação. Trinta e cinco dias de pura emoção. Desde o primeiro dia, ainda turbulenta, entendi que algo acontecia. Não era eu, mesmo que por alguns momentos sonolenta dos efeitos colaterais dos medicamentos que a mim eram administrados, sempre na mesma hora.

Zangão se manifesta:

— Enfim, como está sua paciente? Teve melhoras? Como reagiu à nova dosagem de medicamentos? — Mel responde que muito bem, seu quadro clínico continuava estável, porém evoluindo aos poucos. — No entanto, é preciso estar alerta aos sinais e sintomas por causa da sua gravidade. A vida é assim, precisamos aproveitar os bons momentos, nunca sabemos o que o amanhã nos reserva — disse ele.

A tarefa dos plantonistas não era fácil. Cada um tinha sua vida pessoal, eram comprometidos. Em determinados momentos, demonstravam um certo desconforto, estavam se conhecendo. Dois anos de companheirismo, trabalhando no mesmo hospital e no mesmo horário de plantão, embora com pacientes diferentes. Eu era a que menos dava trabalho, assim, deduzi ser a paciente mais oportuna para os encontros amorosos, de amigos que já não conseguiam separar os sentimentos que os envolviam a cada dia, se manifestando nas madrugadas da UTI.

Esse que se tornaria o mais fascinante e perturbador caso de amor passou a ser para mim o momento mais esperado. Pensava que alguns dias naquela UTI seriam importantes para entender e conhecer um pouco mais dessa história. Evidente que pensava em meus familiares, e deseja voltar, no entanto mantinha uma curiosidade aguçada, como uma invasora, que de forma oculta compartilhava desses sentimentos.

Em meio aos dias intensos e congelados, à espera de mais uma madrugada, não poderia sequer hesitar em dormir. Normalmente, costumava acordar às 3h15 da madrugada. Para mim era confortável, algo espiritual. Entendo agora que muitas coisas acontecem nas madrugadas, uma experiência a mais para minha vida, embora o momento não fosse tão propício, um inverno avassalador, mas que permitia um clima caloroso.

O dia passou e a noite chega bem agitada. Escuto os sons dos monitores da UTI, eu estou bem, não me preocupo, talvez não seja comigo. Por alguns momentos, pensei que talvez por causa da grande movimentação não fosse possível presenciar mais um encontro. Ontem foi caloroso, parecia não ter fim. Tive a sensação de um novo enredo marcante. Teriam eles um desfecho para essa história.

Mel, obviamente, nutria uma preocupação com esse romance, mas não hesitava em querer sempre mais. Sua vida, de uma hora para outra, mudou, colocando em xeque seu relacionamento de dez anos com uma pessoa que conhecera no trabalho mas que mexia profundamente com seus sentimentos.

Em sua fala, percebia que Zangão escondia fatos importantes da própria vida. Alguns questionamentos da Mel eram interrompidos, e ela sempre perguntava:

— Você tem algo mais para falar? — assim, o romance tem em sua essência um misterioso segredo que parece reprimir os sentimentos da jovem médica.

A noite parecia intrigante. No mesmo horário eles chegaram, como sempre conversaram bastante, e Zangão perguntou:

— Você está pronta? — Não entendi. Zangão ressalta:

— Precisamos tomar uma decisão. Não consigo mais ficar longe de você. Não está correto ter um amor sem poder vivenciá-lo todos os momentos. Ontem, ao sair, pensei bastante e tomei uma decisão. Vou me divorciar... — um silêncio moroso me aflige, porque ela não responde, parece justificar sua dúvida. Não esperava que seria uma noite tão difícil, um plantão gélido de decisões. Eu já apresentava melhoras, estava ansiosa por um desfecho, já não havia motivos para permanecer na UTI. Mel tinha comentado que logo eu seria transferida, tudo ia depender da minha recuperação. Era tudo que eu queria, porém, naquele momento, o resultado mais importante envolvia outros pacientes, infectados pelo amor, pelo desejo, que certamente deveria ser tratado com muito cuidado.

Mel, balbucia em um tom ameno:

— Tenho receio do que possa acontecer. Você parece esconder algo, fala pouco da sua vida. Eu sempre fui muito transparente. Essa é uma decisão muito importante, vai mudar o rumo da minha vida. Se você de fato quer levar esse relacionamento adiante, não pode omitir nada. Eu decido se devo ou não aceitar, ou entender, não sei o que dizer...

Zangão logo responde:

— Sim, eu tenho algo para te falar... — quando os acontecimentos não fazem parte da sua vida, tudo parece acontecer de forma simples. No entanto, eu também era protagonista dessa história, e tudo parecia fazer parte da minha vida. A ansiedade me matava, o frio intenso não era capaz de congelar meu coração, a grande expectativa aquecia meu corpo. Afinal, qual o segredo de Zangão?

Alguns minutos se passam, e a tortura que parecia distante é instintivamente revelada. Zangão, de forma amorosa, fala para sua amada que desde o primeiro encontro decidiu que Mel seria o encanto e alegria de sua vida, porém, ao saber que tinha um compromisso com seu melhor amigo, hesitou em alimentar algo que para ele poderia ser egoísmo, afinal continuava casado. Mesmo em processo de separação, não seria justo. Logo com seu melhor amigo! No entanto, suas palavras eram promessas para o coração que não resistia aos encantos doces e salutares de suas madrugadas frias, um inverno abrasador de ansiedade e paixão.

Obviamente, Mel não esperava que todo esse mistério fosse de certa forma algo cauteloso. Em sua simplicidade, acalmou o amado, que estava livre, por isso o motivo de tanta ansiedade. Temia se envolver por alguém que não poderia corresponder ao amor que nutria e já não conseguia controlar.

Neste momento, sinto um calor imenso, os corpos se aquecem, e finalmente suas mãos, quase que entrelaçadas às minhas, se apertam, como se fossem minha primeira madrugada.

Então, tudo resolvido! Sorrisos, o momento esperado, amores renovados, e precisava reagir. Aos poucos, tento movimentar minhas mãos como se fosse a primeira vez. Hilário pensar que vivenciei um grande amor. Seria esse um motivo proposital para trazer sentido à vida, um alimento necessário para minha alma? Foram 35 dias de UTI. Precisava acordar aos poucos, apesar da ansiedade em abrir os olhos e conhecer os ilustres personagens dessa história, que embora eu fosse a protagonista, coube a mim também ser a guardiã desse segredo na UTI. É possível imaginar que para o amor não existem barreiras e, sim, momentos oportunos que são entrelaçados de segredos e mistérios.

A QUE HÁ DE VIR

Por Genedilson Monteiro

Ao lado da porta da cozinha, tinha um pote com água. Em cima dele, encostado na parede de barro, um caneco velho de alumínio. Seu Zé apoiou a mão na parede mal rebocada, assungou o brim da calça e lavou pacientemente os pés, que traziam o barro empoeirado do roçado distante. Com as mãos ainda molhadas, alisou a cabeleira grisalha que lhe contava os sessenta e poucos anos. Tirou a camisa que trazia nas costas, pendurando-a num cambito pendido da ripa do telhado, desarregaçou a calça das canelas até os pés, meteu-os numa japonesa e entrou cabisbaixo.

Sentado à mesa, observava os raios do sol furando as telhas e cravando de laranja o petisqueiro, no canto de onde Dona Nina tirava o café e o açúcar. Sobre o fogão à lenha, a cuscuzeira, a panela fervente e a frigideira estalante se escondiam e reapareciam no diáfano fumo que subia, engradado pelos cortes de luz branca rabiscados no ar pela fumaça cruzando os feixes do pôr de sol distante. Lá fora, a terra esticava sobre si o lençol escuro da noite, cobrindo o arrebol.

Dois copos de vidro, dois pratos, duas colheres; a chaleira, a cuscuzeira, a fritadeira. Cuscuz, macaxeira, carne e café. Esticando o braço, seu Zé liga um rádio. Dona Nina senta-se. Duas cadeiras, duas pessoas, duas fomes. Nenhuma palavra. As bocas ocupadas mastigam o peso do dia quente que se esvai. O vento frio da noite aconselha que se fechem as portas e janelas. O rádio toca a Ave-Maria.

Os últimos fiapos da costela de porco ainda dançam nas papilas quando ele deita o garfo sobre o prato vazio. Engole o café, passa a língua nos dentes e a mão, no rosto. Dona Nina recolhe as sobras, lambuza tudo na banha cheirosa da frigideira e entrega a ele, para que possa dar ao cachorro, Arrupiado, que grunhe baixinho ao pé da porta, sob as estrelas que já borrifam de prata o céu.

— Céu limpo. Sem chuva de novo — disse Seu Zé.

— É a vontade de Deus, Zé. Vem na hora certa. É de agradecer mais pela chuvinha que já caiu... Graças a Deus... do que se maldizer — retrucou Dona Nina.

— E quem tá se maldizendo? Só disse que o céu tá sem uma nuvem. Cheio de estrelas. Sem sinal de chuva. Plantei o milho em São José, já tá findando São João. Se não chover até Santana, a gente perde até a palha. Já tá quase tudo murchando. Chuva pouca demais. Já tem boneca perdida. É preciso uma chuva, nem que seja essa semana. Do contrário, o que for de milho tá perdido... Só a palha, e olhe lá.

— A chuva da gente tá preparada — finalizou Dona Nina.

O galo, na cumeeira da casa, chamava o Sol aos gritos. Aos poucos, pássaros, bichos e gente iam se acordando com a algazarra do lusco-fusco matutino. Dona Nina já estava de pé, na cozinha, tilintando os utensílios com seus passos já lentos. O cheiro de fumaça de lenha misturado ao cheiro doce do café preto entufava a casa. Seu Zé se levanta. Vai ao banheiro. A mesa vai sendo posta: copos de vidro, pratos, colheres... Ele sentado à cabeceira da mesa, o braço esticado, o rádio... Ela remoendo o pão trazido ontem da bodega... o café, o leite, o queijo...

Saindo pela cozinha, virando à direita, passando pela cerca que continha um bacurim gordo, passando por trás do galinheiro, depois do cercado de arame que era o curral dos garrotes (dois magrelos anelorados engordando para o corte), bem atrás do açude com pouca água, ao lado de um poço com menos água ainda ficava a rocinha. A coisa de uns noventa metros da casa.

Era uma roça verde. Apesar das poucas chuvas caídas até aqui, com o apoio do açude e do poço, dava para manter verdes o milho, o feijão e as favas. Eram mais ou menos quinze braças de largura por umas quarenta de extensão. Manter tudo aquilo limpo e aguado dava muito trabalho para um homem naquela idade. Mas era a sua lida diária. Assim que acordava e tomava café, descia, pegava a enxada e xaxava os leirões. Algumas fileiras por dia. Depois, com uma lata, aguava-os um a um.

Quando plantou, em São José, havia chovido bem e a terra estava molhada. Prenunciava um ano bom de inverno, diferente dos anteriores, nos quais todo o roçado havia se perdido. Chegou São João e as chuvas não vieram suficientes. O milho nasceu, o feijão nasceu, a fava também, mas a chuva pouca não os deixou florescer e frutificar para compensar o trabalho. Do ano anterior, os provimentos ensilados já se esgotavam. Neste, se não vier água do céu, a rega diária será insuficiente e será mais um ano laborado em vão.

Hoje a labuta vai terminar um pouco mais cedo. Eles precisam ir à cidade, ao banco, receber os proventos. Seu Zé tem um celular que usa pouco. Somente quando sai de casa ou quando recebe uma ou outra mensagem dos filhos que moram em Campina. Tem medo de mexer no aparelho para tratar assuntos de banco e dinheiro. Prefere, mesmo, a boca do caixa. Ainda assim, receoso com olheiros e estranhos que se aproximam muito.

Descem à pé pela estradinha, por volta de dez horas da manhã, até o distrito, de onde sai o ônibus, quando não está quebrado. Do contrário, vão no alternativo. Pegaram o ônibus. Demora mais um pouco e não tem parada na porta do banco, mas Dona Nina prefere o coletivo. Por conta da janela grande. Por conta do espaço da poltrona. "Pra afastar os pés e ver as paisagens." Também porque "para velho, descer da lotação é diferente de sair de carro pequeno".

Voltam à noitinha com a feira engordando o salão do ônibus. Seu Zé sobe a estrada de casa assobiando, baixinho, e cantando, mentalmente, uma antiga canção:

Eu quero a minha feira feita
Que tenha de tudo
Macarrão, carne, tempero, costela e miúdo
Traga coco, abacate, cenoura e galinha
Uva preta, batatinha, peixe e colorau
Traga queijo de manteiga, jabá e pipoca
E a goma da mandioca pra fazer mingau
Recomendo pra trazer fava e melancia
Alho, cebola e coentro, coco-catolé
Se tiver demais na feira, traga logo um cacho
E um quilo de fumo-macho pra fazer rapé
Quero farinha-de-roça e feijão mulatinho
Traga um quilo de toucinho de um suíno novo
Quatro cordas de piada da água brejeira
E se você errar a feira vai fazer de novo.

Depois do jantar, antes da novela, Dona Nina se senta para ver televisão. Notícias do mundo inteiro ecoam pela sala pequena. Eita mundo mudado. Eita mundo doido o de hoje em dia. O noticiário do tempo é aguardado como cinema. Porém, os gráficos da televisão nunca pintam de azul a região caririzeira. Toda vez é, somente, aquela mancha amarela na TV. E aquelas palavras de "nuvens esparsas" que ricocheteiam pelos quatro cantos da sala. Mais uma noite sem boas novas.

— Nem um pedaço azul no mapa. Eita tempinho mudado. Eita tempinho doido — conclui seu Zé.

E Dona Nina:

— Oh homem sem fé!

— Que sem fé, o quê? Um cabra que trabalha feito um jumento como eu, se não tivesse fé, nem levantava de manhã. É o tempo mesmo, que tá doido. E esse povo de televisão que não fala mais nada que se aproveite, que só traz notícia ruim — resmungou Seu Zé, buscando a cama.

— E eu não trabalho, não? — perguntou dona Nina, esparramando as pernas no sofá enquanto debulhava o restante da fava na bacia de alumínio e via a novela. Seu Zé só coçou a cabeça e deitou-se.

O galo, o Sol, os bichos, as aves, o café e o caminho da roça. À noite neblinara um pouco, pois o chão amanhecera enxumbrado. Menos trabalho: a economia da aguação. Tinha só que bater e catar umas lagartas que ameaçavam o feijão, campinar uma ou outra fileira e, no mais, alimentar e dar de beber aos animais. No céu, algumas nuvens escuras se agrupavam no poente.

— Se vier de recuada é água que enche tudo — desejou ele, olhando o céu.

A chuva não veio de novo. Neblinou, mas não choveu. Passou uma água na Malhada, disseram. Falam de um vídeo que circulou contando de muita chuva no Logradouro. Ali sempre chove. Passou cortando do Estreito e subiu para as bandas de Boa Vista. Por aqui continua tudo necessitando de água. Amanhã o trabalho continua. E a previsão, de novo, é de dia ensolarado. Nuvens esparsas.

Um dia de sol no Cariri oprime. Se por um lado revela as belezas da caatinga que renasce, por outro, é quente e agressivo. A região apresenta os maiores índices de radiação UV e a vegetação não ajuda no amparo. A mata branca, durante o tempo seco, se transforma com as primeiras precipitações e o que era calcinado, quebradiço e pálido renasce em milagre verde.

Os cactos brotam, a relva sobe e os franzinos ramos explodem em folhas, flores e frutos. O juazeiro, a craibeira, a maniçoba, as aroeiras, algarobas, umbuzeiros, umburanas, preenchem de verdor o horizonte que o vento sacode. As ramas rasteiras de melancia-de-porco, pega-pinto e mata-pasto entapetam o chão, estendendo uma passarela farta para o pisoteio de cabras, ovelhas e bois que catam, a bocados, os brotos noviços.

E aí volta o sol. E tudo murcha. Um verde triste e cabisbaixo domina a paisagem. A caatinga sente. As plantações não se comportam de maneira diferente. Sentem o mormaço, a inclemência das emanações solares, tão insistentes. E vão entregando seu viço. Primeiro envergam-se humilhadas, depois sentem, a queimar, seus extremos, as pontas das folhas, os brotos dos frutos, as faces dos galhos... tudo se verga, tudo se entrega, tudo se queima. É preciso chuva.

Véspera de São João. Seu Zé volta da roça com um feixe de lenha seca nas costas. Antes de lavar os pés, e de ir para a cozinha, descarrega tudo na frente da casa. Aos poucos vai montando um castelo de lenha e pau, de gravetos e mato seco. Vai montando a fogueira junina.

— Meu desejo, São João, é que essa fogueira se apague com chuva — mentaliza.

O dia de São João é um dia especial para o nordestino. A família chegou da cidade, os meninos correm pelo oitão, tem muita comida de milho: cuscuz, pamonha, mugunzá, canjica. Tem muita cerveja e uma cachacinha. Muito forró e muita alegria. Tem balão, tem bandeiras, tem bomba e rojão. Mas nada de chuva.

No outro dia, de novo a labuta. De novo a rotina. Os pés lavados, a cozinha, a mesa, pratos, colheres, copos, o café, o rádio... Na sala, da TV ecoam notícias de que as chuvas chegarão, enfim, para o Cariri, talvez na semana que vem.

— Se Deus quiser — reza Dona Nina.

Da janela da sala, Seu Zé observa o braseiro ainda fumegante da fogueira que ontem estalava brasas pelo ar e que queimara expedita todas as suas esperanças para a noite de hoje. Dona Nina, sorrindo, consola-o:

— A chuva da gente tá preparada.

O CASACO DE *VISON*

Por Ivan Reis

O motorista me esperava no aeroporto segurando uma placa pequena nas mãos com meu nome naquela manhã fria de Paris. As letras borradas escritas à mão mostravam o acento na vogal errada. João Salvador estava exposto na passarela do desembarque internacional. O vento gelado delatava o rigor daquele inverno enquanto pegava minhas luvas e ajeitava o cachecol no pescoço. Meu trabalho estava começando. A Cidade Luz abaixo do meu nariz.

O voo de mais de dez horas e um atraso pela pista escorregadia foram o suficiente para que o motorista me tratasse com mau-humor; impaciência típica francesa temperada com atenção e cuidado. Fazia tempo que não retornava a Paris. Vivia uma rotina atribulada na redação, e ser jornalista era mais que saber sobre livros, exposições e espetáculos. Era preciso viver para escrever, pois o pulso da vida era parte do texto.

Eu iria cobrir a semana de moda parisiense nos próximos dias, naquele inverno. "Estamos à frente dos outros, João. Temos que olhar para o futuro", disse meu editor, entregando-me as passagens e o *voucher* do hotel. Eu ficaria três dias e um final de semana escrevendo sobre desfiles e exposições e enviaria as matérias para a redação no Brasil.

Estava extasiado de viver aquele inverno. No trajeto até o hotel, eu me deparei com a arquitetura clássica e contemporânea da paisagem; animada por bicicletas e ciclomotores acelerados. Não era difícil encontrar casacos, gorros e botas caminhando nas ruas para enfrentar o vento congelante dos pés à cabeça. Tradição e modernidade se misturavam na Paris dos filmes que eu vivia naquele momento.

Mais à frente, eu chegaria a uma construção antiga e de pintura levemente descascada, elevada pela colina em que foi construída, com janelas grandes de vidro e cortinas fechadas como o tempo naquele dia. Muitas avenidas depois, estávamos aos pés do Château Mirabilia.

Ladeado por vegetação volumosa, o hotel tinha uma construção em forma de castelo cuja torre principal segurava uma placa com nome e endereço em neon vermelho e emoldurada por uma linha dupla verde. A calçada larga de pedra britada e mármore branco compunha a entrada com o pequeno espelho d'água no jardim.

Dois manobristas fazem as honras da casa. Percebo que o hotel poderia ser a locação de um filme de Godard na década de 1960. O reflexo do vidro da porta giratória e o transporte da bagagem reluziam pelo aço escovado dourado sob os cuidados dos funcionários em uniformes de distintivos com nome e função abotoados na lapela direita do casaco. Na entrada, reparei no *lobby* projetado com móveis escuros e escoltados por luminárias de luzes esmaecidas à frente da lareira. O carpete vermelho e as poltronas de encosto alto em couro construíam uma atmosfera decadente pelas arestas craqueladas das almofadas e pelos tapetes desbotados. As frestas das cortinas que cobriam o vidro da janela deixavam ver a névoa e sentir a temperatura.

— *Monsieur* Salvador? — disse o funcionário quando me aproximei da recepção. Depois de saber os horários das refeições, respondi: — *Oui! C'est d'accord*! — afirmando com a cabeça para disfarçar meu parco francês. Depois, pedi ajuda com a bagagem.

— *Merci, monsieur* — eu disse ao mensageiro quando lhe entreguei a gorjeta depois de ter colocado as malas ao lado da cama. O jovem rapaz viu o agrado nas mãos. — *Merci beaucoup* — respondeu ele com um sorriso amarelo.

Conhecer quartos de hotel traz a sensação extasiante de começo de viagem. Além dos produtos *premium* de higiene, o quarto 201 era amplo, bem equipado e limpo. O mobiliário era antigo, com brocados nas almofadas e manta de *piquet* estendida na cama. Na pequena área externa, havia uma piscina ovalada com vista para a avenida principal. A água iluminada refletia a ondulação líquida no quarto. Projetada no armário embutido, a luz me chamava atenção. "Não há motivos para não duvidar de tudo e de todos." A frase do meu primeiro chefe, aos dezoito anos, virou meu mantra de trabalho.

❄

Fiquei impressionado com o gélido banheiro de mármore com torneiras e puxadores prateados no dia seguinte. Desci para o café da manhã com direito a todos os clichês. *Croissants*, queijos e todos os tipos de pães faziam parte daquela empolgação. Há tempos não me sentia animado para o trabalho naquele começo de inverno na Europa.

Prestes a pegar o táxi que estava esperando, acabei me dando conta de que me esqueci da carteira. Afinal, chegar ao desfile daquele dia levaria alguns minutos. O trânsito existe no mundo todo, infelizmente.

Andando a passos largos após o soar da campainha do elevador, ouço o toque surdo na parede e percebo que meu quarto estava aberto. O ar gelado passa pelo meu corpo quando me deparo com vassoura, pano de chão e toda a sorte de produtos de limpeza arrumados em um carrinho. Aproximo-me com cuidado, mas o silêncio era maior que o impacto dos meus passos.

— Que susto — escutei a mulher de rosto largo e boca fina, pernas pequenas e com uniforme um tanto apertado dizer em voz alta. Estranhei por não ser em francês com sotaque.

— Desculpa. Vim pegar algumas coisas. Fique tranquila — eu disse. — Finalmente, uma brasileira nesse lugar — desabafei sem querer.

— Sim. Sou de São Paulo. Moro aqui há dez anos com meu filho. Muito prazer, Maria — a camareira disse gentilmente, recompondo-se da minha presença inoportuna.

— Muito prazer, Maria. Sou João Salvador, repórter do Jornal Paulista. Vou correr agora. Tem um táxi me esperando lá embaixo — disse, indo em direção à porta.

— Fique à vontade. Eu te conheço da televisão. Vi quando recebeu o prêmio de repórter do ano. Que prazer te ver aqui. Já estou terminando — ela disse sem jeito.

— Obrigado — eu falei entre os panos para apertar o botão do elevador.

Foi tudo muito rápido, mas, por algum motivo, aquele susto foi um tanto exagerado. Era estranho alguém se sentir constrangido no próprio local de trabalho.

❄

Eu queria muito que todo o glamour de Paris fosse exatamente como as revistas e os sites mostram. Ficaria feliz, mas não é verdade. Ninguém mostra os atrasos dos motoristas, o trânsito infernal para chegar aos eventos, o receio em não poder entrar nos lugares, muito menos a demora e o frio nas salas de imprensa. Os perrengues por traz da imagem.

A coreografia de vestir e tirar casacos naqueles dias somaram-se aos atrasos e aos aplicativos de celular para conseguir uma viagem até o hotel. Nessa realidade, encontrei Amanda, minha amiga repórter de uma revista feminina.

— Que surpresa! — ela disse, abrindo os braços em tom de ironia. Afinal, havia uma verdadeira excursão do Brasil a Paris naqueles dias.

— Você está bem? Só te encontrei hoje. Muito trabalho à noite e ainda com esse frio — eu disse, para tornar aquele momento agradável, sem interjeições de desespero ou uma lamentação sem fim naquele pôr do Sol que mudava a cor do céu enquanto a temperatura abaixava mesmo por baixo dos casacos.

— Hoje é o último dia, João. Amanhã, estaremos de volta. Paris é maravilhosa, mas voltar para casa é ainda melhor — respondeu, com o semblante cansado. — Você está em qual hotel? — ela perguntou.

— No Château Mirabilia — respondi.

— Jura!? Dizem que é supercharmoso, mas acontecem coisas estranhas por lá. É verdade? — perguntou.

— É um hotel antigo, mas não notei nada. Ando tão cansado à noite que durmo depois de mandar as matérias para a redação — disse, desconfiado.

— Foi um hotel luxuoso no passado. As atrizes da era de Hollywood ficavam hospedadas lá. Greta Garbo, Vivien Leigh e Fred Astaire foram alguns, além dos artistas daqui. Dizem que é mal-assombrado. Sabe como são essas histórias, né? — insinuou ela.

Depois de conseguir confirmar uma viagem com o motorista, Amanda se despediu com um abraço. "Se precisar de alguma coisa, liga para mim. Ok?", disse com um aceno. "Pode deixar. Chegarei vivo em casa", respondi sorrindo.

No final daquele dia, desci do táxi do outro lado da avenida para comprar água no posto de gasolina em frente ao hotel. De onde estava, via toda a fachada, a torre principal com a placa em neon e as janelas dos três primeiros andares meio escondidos pela vegetação. Reparando bem, vejo certa luminosidade em um dos andares. Para minha surpresa, a luz trêmula refletida da piscina era no meu quarto.

Quando cheguei, tranquei a porta depois de pendurar o casaco e, para minha surpresa novamente, vejo a porta do armário entreaberta. Pela pequena fresta, vi a brancura dos lençóis e a presença de um material rígido. Abrindo, vejo uma caixa de tamanho médio, encardida pelo tempo e apoiada nas toalhas. Com textura enrugada, era larga, profunda e até grande para ser esquecida. Um laço de fita preta acetinada tinha fechado a caixa.

Não demorou para que eu a abrisse, enfrentando o cheiro de mofo e a camada de poeira naquele quarto gelado, pois havia me esquecido de ligar o aquecedor. O volume estava embrulhado em folhas de seda. O farfalhar do papel nas mãos desata os dois lados do embrulho e vejo um casaco de pele dobrado. O toque macio e aveludado da pelagem entre os dedos me hipnotizou, até que decidi tirá-lo dali. Levantando-o sobre o corpo, percebi recortes de jornais e revistas, bilhetes escritos à mão, fotografias antigas, embalagens de maquiagem e anéis nos cantos da caixa. Objetos carcomidos pelo tempo.

Tratava-se de um *vison* legítimo da década de 1960-70. Em uma época em que ainda não se pensava no risco de extinção dos animais, ter um casaco de pele era como uma joia de família que atravessava gerações. Com gola proeminente e mangas compridas, o casaco era pomposo e exuberante pelo brilho fosco e amendoado. O que me chamou mais atenção foi uma fotografia antiga, manchada pela oxidação. Uma mulher de feições esguias posa com aquele casaco saindo de um carro de bancos estofados. Ela olha além da câmera como se estivesse sendo aguardada. Usa um vestido simples, como uma camisola de renda, sandálias de salto com tiras finas. O cabelo desce em camadas pelos ombros e destaca a cascata de brilho nas orelhas. Um lampejo de olhar captado pelo fotógrafo.

Não sei ao certo o que me ocorreu naquela madrugada. Acordei deitado sob o casaco de *vison* e com todos os recortes espalhados no quarto. O que me lembro é de algumas cenas de um sonho estranho. Uma mulher vinha na minha direção e dizia que eu deveria guardar o casaco no armário. Ela ainda beijava minhas mãos e me dava as costas de uma forma gentil, seguindo um caminho iluminado por abajures e borboletas. Surrealismo à parte, o sonho me dizia que aquele casaco foi (ou ainda é) importante para alguém.

Como meu voo de retorno era mais tarde, tomei banho, arrumei o casaco na caixa e o coloquei de volta no armário. Ainda arrumei minha mala e desci para o café da manhã e, logo em seguida, fiz o *check-out*. No corredor, encontro com Ana, a camareira que levou susto comigo no primeiro dia. Não hesitei em lhe contar o que havia acontecido. Ela disse que ninguém da equipe de limpeza esteve naquele andar no dia, e pediu para que eu deixasse a caixa no armário. Confesso que fiquei sem jeito com a história e por tê-la incomodado.

Não quis incomodar mais ninguém com aquela história de casaco. A temperatura estava despencando e eu ainda receava que meu voo pudesse ser cancelado e eu passasse horas no aeroporto. Esperando os documentos na recepção, dois hóspedes estavam conversando no *lobby*. Impossível não os escutar.

— Dizem que existe um fantasma que mora neste lugar. Uma atriz muito famosa ficou hospedada aqui e foi morta dias depois por seu namorado com ciúmes — disse o rapaz alto com roupas alinhadas.

— O que ela faz para as pessoas? — o menino ruivo perguntou.

— Ela deixa objetos, fotografias antigas e a roupa que usou na estreia de seu filme de maior sucesso — respondeu.

— Mas o que um fantasma poderia usar? — o menino perguntou incrédulo, sorrindo entre os dentes.

— Um casaco de *vison* — respondeu o rapaz.

A INIMIGA DO INVERNO

Por Ramon Sanfins

Para Ana Júlia, inverno era sinônimo de inferno. E o destino vivia tirando uma com a cara dela, desde que veio ao mundo.

Logo de cara, nasceu na cidade mais fria do Brasil. Urupema virava notícia quase todo ano na televisão por ser um dos únicos municípios a registrar ocorrência de neve no país. Com isso, uma multidão de turistas invadia a cidade, muitas vezes de madrugada, só para presenciar o gelado fenômeno na serra catarinense.

Ana Júlia achava aquele povo muito louco. Revirava os olhos todas as vezes que passava por um grupo que ria feito bobo ao lado do termômetro de temperatura ou dançava na neve diante do celular. Não entendia onde estava a graça em ficar congelando no sereno até pegar um resfriado.

Enquanto Urupema virava notícia por causa do seu frio extremo, sua filha mais rebelde sempre quebrava o gelo por onde passava. Quando menina, vivia mergulhada em revistas que revelavam as mais belas praias tropicais, seus filmes favoritos eram aqueles com ares de verão, músicas *calientes* sempre tocavam seu coração. Detestava tanto *Frozen* que tinha vontade de sair correndo cada vez que ouvia a música tema do filme, aqueles agudos sempre lhe soavam como uma ode máxima ao frio que todos os invernos congelava suas pernas e mãos. Insuportável Elza!

Quem ouvia Ana declarando isso tudo a princípio podia interpretá-la mal. Para alguns na escola, Ana Júlia era a garota do contra, uma guria pra lá de chata. Mas aqueles que tinham a chance de conhecê-la de perto rapidamente descobriam suas cores e flores, o sol que raiava entre seus cachos naquele sorriso contagiante. A simpatia em pessoa. Bem, quando fazia calor. O que era relativamente raro em sua região natal.

Quando criança, perdeu a conta de quantas vezes entrou numa fria só para agradar os outros. Aquela excursão para Campos do Jordão na terceira série, as viagens em família para o gelado rancho de seus avós na Serra Gaúcha ou as intermináveis festas juninas que a molecada de sua idade não via a hora de chegar.

Não sabia se aquela sua aversão ao frio vinha do fato de já ter gasto toda sua cota de calafrios de uma vida ao longo da infância ou por algum outro motivo que só Freud explica. O que tinha convicção é que por ela o inverno podia entrar em extinção e o Papai Noel devia andar sem camisa, de bermuda e chinelo. Ainda mais no Brasil.

Na primeira oportunidade de independência que teve na adolescência, poupou dinheiro por uns meses e voou direto para o Rio de Janeiro num feriadão prolongado. No entanto, em vez de Rio quarenta graus, deu de cara com a maior frente fria dos últimos vinte e sete anos, em plena Cidade Maravilhosa. Os termômetros chegaram a marcar inacreditáveis nove graus, com direito a garoa gelada todos os dias. O mar nem se fala, parecia água de congelador quando sua mãe descongelava a geladeira. Ana Júlia começou até a desconfiar que existia alguém rindo muito de sua cara em algum lugar lá em cima.

Voltou para seu cantinho gelado em Santa Catarina num misto de frustração e desânimo. Sentia que o frio a perseguia por onde quer que fosse. Chegava a comentar com seus amigos que em outra vida só podia ter sido um general responsável por ter enviado um exército inteiro para morrer congelado numa batalha na Sibéria ou algo do tipo. As gargalhadas eram sua única resposta. Alguns colegas a provocavam ainda mais depois de ouvir coisas exageradas como aquelas.

Depois, arrumou um namorado que amava esquiar e sonhava em ver a aurora boreal na Noruega. Deu um fora nele no dia em que completaram um ano juntos, quando Beto propôs a ela uma viagem para Bariloche. E ele ainda teve a coragem de se justificar, dizendo que naquela viagem ela iria mudar a percepção preconceituosa que tinha em relação ao inverno, mas Ana preferiu mudar de namorado mesmo.

Depois de um primeiro emprego frustrado numa sorveteria, conseguiu realizar o sonho de começar a cursar faculdade.

Apesar de também amar as plantas da Amazônia e da Mata Atlântica, no fim das contas decidiu que a melhor opção era estudar oceanografia, para aumentar suas chances de um dia viver no litoral, entre gaivotas e corais multicoloridos. Num lugar bem quente e tropical, é claro.

Durante o curso, conseguiu um estágio de férias dos sonhos em Maceió. Espalhou a notícia para a família inteira, toda radiante. Mas não contou para ninguém que passou 90% do tempo lá trancada dentro de um laboratório com o ar-condicionado no máximo, estudando microbiologia marinha.

Pouco depois da formatura, teve outro namorado calorento que amava Urupema, pois dizia ser aquele o único lugar do

Brasil em que não sentia calor o tempo todo. Marcelo tinha um sorriso de aquecer qualquer inverno, mas Ana Júlia não o aguentou nem por dois verões. O ponto final se deu depois de uma viagem surpresa, que ele planejou em comemoração ao primeiro aniversário de namoro. O destino Ana só descobriu no embarque: o Alasca!

Entre quase ser atacada por um urso numa trilha e noites insones, nas quais quase congelou enquanto ouvia o ronco do namorado e o vento uivando pelas frestas daquele chalé no meio do nada, a parte que Ana Júlia mais gostou foi quando o avião decolou no retorno ao Brasil. Voltaram tão brigados que não trocaram uma só palavra durante o longo voo. Uma semana depois, Marcelo até tentou se desculpar por sua má escolha de destino surpresa, prometendo que na próxima iriam juntos para o Nordeste para compensar, mas Ana não quis saber mais dele. Não se imaginava passando o resto da vida ao lado de alguém tão egoísta. E se ele amava tanto o frio, que ficasse com ele e sem ela.

Inconformado com o ocorrido, Amon, seu amigo de cabelos azuis, tentou de todas as formas ensinar truques para que ela começasse a pelo menos tolerar o frio. Passou a levar Ana Júlia às cafeterias mais aconchegantes, ensinou-lhe uma receita única de chocolate quente e mostrou como era bom ler um bom livro numa noite fria à beira da lareira. Ainda mais se fosse nos braços de um *love* para aquecê-la, igual esse último que ela, pra variar, tinha dispensado por incompatibilidade climática. "Menos frieza e mais calor humano, amiga!", Amon vivia aconselhando-a. Mas Ana achava aquilo tão forçado, e o trocadilho tão ruim, que respondia quase sempre com uma bufada.

Só em seus anos de mestrado Ana Júlia enfim conseguiu realizar o sonho de se mudar para uma das regiões mais quentes do planeta, o interior do Estado de São Paulo. Chegou em Votuporanga comemorando como quem ganha na loteria, marcou até um churrasco com os novos amigos. Estava radiante como um milhão de sóis, mais plena que uma diva. Dessa vez, não havia vento gelado nem nuvens pesadas capazes de sombrear seus dias.

O calor, que tantos diziam ser insuportável por ali, só a fazia sorrir cada vez mais e usar suas roupas mais floridas. Foi lá também que se apaixonou, casou e teve dois lindos filhos. Impressionou-se consigo mesma ao perceber o quanto havia virado uma mulher forte e destemida naquela última década acalorada.

Mas justo quando sua vida parecia perfeita um convite irrecusável jogou um balde de água fria naquele verão sem fim.

O Dr. Rocha em pessoa entrou em contato com ela, simplesmente o oceanógrafo mais respeitado do Brasil. Mal acreditou quando ouviu com todas as letras, depois de um discurso cheio de elogios acadêmicos, que ele a queria em sua equipe. Mas um pequeno detalhe ao final da ligação fez o sorriso reluzente da jovem se fechar rapidinho: a próxima expedição de seis meses para a qual ela estava sendo convidada seria na Estação Brasileira Comandante Ferraz, em plena Antártica!

O dilema de Ana abriu uma sofrida rachadura em seu ser. A situação parecia ser claramente irrecusável para qualquer pessoa friamente racional, mas não para ela, que era puro sangue quente pulsando nas veias, ainda mais desde que havia virado mãe. Entre permanecer com sua família no "aconchegante" calor votuporanguense, ameaçando com isso estagnar na carreira, ou atingir outro patamar acadêmico após árduos seis meses sem eles e num dos lugares mais frios do mundo, Ana parecia realmente dividida, sem saber o que fazer.

Depois de quinze dias difíceis e quase sem dormir, arrumou as malas e partiu rumo ao Polo Sul entre lágrimas de alegria e angústia.

Já a bordo do barco da expedição, seu lado maternal não parava de questionar, aos berros, onde ela estava com a cabeça para aceitar uma coisa daquelas enquanto observava o porto argentino, já muito gelado, desaparecendo cada vez mais longínquo no horizonte. E com ele, toda sua família e qualquer último resquício de calor que existia dentro dela.

O gelo da saudade era o mais cortante que já havia experimentado na vida. Mas todas as vezes que era assolada por aquelas rajadas, tentava justificar para si mesma que aquilo era um pequeno sacrifício ao qual havia se proposto para o benefício futuro justamente daqueles que mais amava. Ainda assim, aquele semestre de estudos no deserto de gelo foi tão intenso para uma chama acesa como ela, que Ana Júlia, em certos momentos, chegou a acreditar que iria se apagar.

Assolada pelos pensamentos repetitivos que a questionavam sem cessar se aquilo tudo valia mesmo a pena, Ana Júlia resolveu depois de três meses congelantes seguir seu instinto mais profundo. Despediu-se da neve sem olhar para trás e deixou nela a antes sonhada Dra. Ana Júlia.

Hoje em dia, vejam só a ironia de seu destino mais uma vez, tornou-se um dos maiores nomes da oceanografia no combate ao aquecimento global. Entre o interior do país, férias no Caribe e ocasionais expedições aos Pólos Norte e Sul, vive feliz com sua família em qualquer estação. Porque eles são a lareira de sua vida, em seu lar é impossível passar frio. Até porque, hoje eles vivem em Cuiabá!

PRELÚDIOS DE INVERNO

Por Simone Aparecida Ribeiro da Mota Almeida

Tarde de inverno. As nuvens alaranjadas se sobrepõem ao azul do céu próximo à linha do horizonte, fazendo uma perfeita sintonia de cores no momento do crepúsculo. Recordo-me que mamãe dizia que esses são sinais de que teremos uma noite gélida.

Ao lado, observo as flores amarelas de meu ipê que ontem começaram a desabrochar e, involuntariamente, esboço um sorriso, pois sei que nos próximos dias a árvore seca, que outrora parecia não ter vida, estará toda florida, mostrando que o inverno de 2020 está chegando ao fim e que, independentemente dos rumos que vida tomou, a primavera chegará.

Ao longe, ouço a voz de Taylor Swift cantando *Epiphany* e, neste ano estranho, em que a humanidade se recolheu ainda no fim do verão para viver um ano todo de privação, recordo-me de minha jornada para a felicidade e dos prelúdios que vivi naqueles invernos.

❄

O inverno é a estação do ano em que a solidão dói demasiadamente e o único remédio é um amor para nos aquecer, para juntos tomarmos um chocolate quente, sentir o aconchego e o calor um do outro, encostar a cabeça no ombro, dormir juntos de conchinha e fazer amor!

Quando menina, este sempre foi meu sonho, especialmente quando nas noites de inverno eu pensava que, um dia, eu e aquele menino de olhos cor de avelã, que durante o recreio no pátio da escola sorria para mim, seríamos adultos e juntos, na nossa casinha, viveríamos invernos felizes e todos aqueles sonhos se tornariam realidade.

Mas nós não somos donos do destino. O tempo passou, a família do menino de olhos cor de avelã mudou-se da cidade onde morávamos e eu nunca mais o vi. Trilhei caminhos diferentes daqueles que imaginei e, após algum tempo, ingênua, influenciada por terceiros e temendo viver eternamente sozinha os meus invernos, tomei uma atitude que mudou a minha vida.

E foi numa tarde de inverno em que predominavam o luxo, as flores, as pessoas bem vestidas, muita comida saborosa e uma aparente alegria que eu pensei estar vivendo o prelúdio da felicidade. Tudo isso porque eu diria o "sim" em frente ao altar. As pessoas achavam que eu e o Felipe formávamos um belo casal e eu deixei me levar, achando que seríamos felizes.

❄

Aquilo que parecia um conto de fadas foi efêmero, explícito já na lua de mel. Faltou carinho, amor e o sonhado aconchego. Felipe só queria satisfazer as suas próprias vontades. Meu coração foi invadido pelo inverno de minha existência!

Conforme o tempo passava, os dias se tornavam desenxabidos e tudo foi perdendo o sentido. Felipe, usando argumentos pérfidos, paulatinamente podou minha vida. Após algumas discussões, nas quais seu lado perverso e possessivo era explícito, ele me persuadiu a deixar o emprego que eu tinha no departamento de contabilidade de uma grande empresa.

Fui abatida pela tristeza com a solidão dos meus dias, mas qualquer sacrifício era válido para manter o casamento, pois naquela época uma mulher separada era marginalizada pela sociedade.

Depois de algum tempo, ele passou a criar obstáculos para não me deixar sair de casa. Eu só queria cuidar de mim e ir aos lugares onde me sentia bem para que a ansiedade, que já habitava em mim, não se transformasse em depressão.

Mas os nossos diálogos eram curtos e Felipe, usando argumentos pérfidos, nunca permitia que eu vivesse minha vida da forma que eu queria:

— Felipe, eu vou à cabeleireira.

— Não, seu cabelo está ótimo assim.

— Felipe, eu vou à manicure.

— Não vai porque é perigoso você sair de casa sozinha.

— Felipe, eu vou visitar uma amiga.

— Não, você é uma mulher casada, não fica bem andar por aí com moças solteiras.

— Felipe, eu vou visitar mamãe.

— Melhor telefonar. Não tem necessidade de incomodá-la.

Com o tempo, ele nem ouvia os meus argumentos. Inexorável, sua resposta era direta e aos gritos:

— *NÃO, ALINE, VOCÊ NÃO VAI!*

As agressões aumentaram! Além de psicológicas e verbais, passaram a ser físicas. Felipe batia em mim e fazia ameaças horríveis para que eu fingisse estar tudo bem nas poucas vezes em que no supermercado, o único lugar no qual éramos vistos juntos, encontrávamos alguém da família ou alguma pessoa conhecida com as quais trocávamos algumas palavras.

Naquele tempo, o único meio de comunicação era o telefone fixo, que ele desligou alegando ser desnecessário e caro para mantê-lo em casa. Felipe, literalmente, me prendeu dentro de casa e me deixou incomunicável!

❄

Dois anos depois daquela noite de inverno, quando achei que vivia o prelúdio da felicidade, eu já não era mais a mesma pessoa! Completamente controlada pelo Felipe e tendo crises de ansiedade que me deixavam entre lágrimas e tremores, eu cheguei ao meu extremo.

Era imprescindível tomar uma atitude e, num ato de loucura, pensando em poupar a própria vida, decidi acabar com aquele inferno e a única saída seria dar fim à vida dele.

Pensei numa solução que não me comprometesse e, como Felipe chegava quase toda noite embriagado e muitas vezes passando mal, seria fácil, bastaria eu colocar alguma substância tóxica em sua comida e ninguém perceberia o que aconteceu. Todos achariam que ele foi abatido por um infarto.

E foi num crepúsculo de inverno, quando eu achei que estava vivendo o prelúdio da liberdade, que resolvi agir colocando uma substância no macarrão que preparei para o jantar do Felipe.

Mas minha desastrosa ação fora na verdade o prelúdio do caos! Eu deveria saber que sempre fui fraca e obediente e, mesmo com tudo o que eu sofria, não teria coragem de misturar à comida uma substância forte o suficiente que acabasse com a vida do meu algoz.

E assim aconteceu. Meu "veneno" foi inócuo, mal causou uma diarreia ao Felipe, mas, percebendo que havia algo errado na comida, foi o suficiente para que ele, ardiloso, fizesse aquilo que ansiava há tempos: livrar-se de mim!

Maledicente, dizendo que eu mantinha um relacionamento extraconjugal, Felipe me denunciou à polícia por tentativa de assassinato. A sociedade extremamente machista do século passado nem quis me ouvir, todos ficaram do lado dele, incluindo minha família.

Alguns dias depois fui presa, e por pressão do Felipe, logo eu fui julgada, condenada, transferida para a prisão de São Paulo e marginalizada. Eu não recebia mais visitas e já não tinha mais ninguém, todos repudiaram minha atitude, pois Felipe argumentou que eu queria matá-lo para viver com meu amante.

Com o passar do tempo, eu já não sabia o que era pior, viver casada com Felipe ou reclusa na prisão, onde eu precisei ser obediente entre as demais detentas para conseguir sobreviver.

❄

Cinco anos depois, graças ao meu comportamento exemplar, ganhei a liberdade, mas eu não sabia o que fazer com ela, pois não tinha mais emprego, casa, família e nem amigos.

Passei a dormir nas ruas da grande metrópole, onde o inverno não me poupou, a comer o que me davam e a catar materiais recicláveis para em algumas tardes ter uma moeda com a qual eu pudesse comprar ao menos um pão.

E assim o tempo foi passando e nas poucas vezes que, com minha formação acadêmica e experiência profissional, eu achei que teria chance de um emprego que me devolvesse a dignidade, eu me decepcionava, pois era preterida no momento em que os empregadores se deparavam com meu passado.

Mesmo resiliente, eu percebi que ter uma vida normal era uma utopia e aos poucos fui perdendo a vontade de viver e a esperança que ainda me restava. Nunca foi fácil sobreviver nas ruas, mas foi numa noite de inverno em que a chuva fria predominava, a fome me enfraquecia e a indescritível tristeza do abandono doía na minha alma, que tudo aconteceu!

Desabrigada, eu caminhava sozinha pelas ruas da metrópole e achava que naquela noite de inverno eu estava vivendo o prelúdio de meu fim, pois não tinha mais forças para lutar.

Foi cambaleando por entre as esquinas, com o frio congelando meu corpo molhado e a dor consumindo minha alma, que eu resolvi me entregar ao destino, com a esperança de que num outro plano espiritual o inverno não fosse tão rigoroso e a vida, menos injusta comigo.

Lágrimas brotavam dos meus olhos e corriam pela minha face. Cansada, sentei-me numa sarjeta. Os carros passavam e jorravam água em mim, mas eu já nem sentia mais nada, pois já estava entregue ao meu fim, quando percebi que um carro parou e alguém que também acabou se molhando aproximou-se de mim e, colocando a mão no meu ombro, disse:

— Vamos moça, vem comigo. Vou te levar para um lugar seguro onde irão te aquecer, te dar pouso e comida.

Embasbacada, achei que estava delirando quando olhei para aqueles olhos cor de avelã e no mesmo momento reconheci o menino que na quinta série era apaixonado por mim e eu por ele mas, envergonhada, desviei o olhar e, apesar de aceitar sua oferta, pois seria um bálsamo que atenuaria meu sofrimento naquela noite, eu permaneci cabisbaixa e não disse nenhuma palavra durante o percurso, com medo de ser reconhecida.

Por algum momento, duvidei que estivesse diante da mesma pessoa mas, ao chegarmos ao abrigo, a mulher solícita que nos recebeu disse:

— Venha comigo, moça! Eu vou te acolher! Obrigada, Enrico, por trazê-la aqui! — Naquele momento, eu tive a certeza de que estava diante do menino de olhos cor de avelã, pois esse era o seu nome.

Sem que eu olhasse para ele, Enrico se despediu. No abrigo, eu fui acolhida, me deram uma cama quente para dormir e comida que matou minha fome, mas eu sabia que seria apenas por aquela noite. Ao amanhecer do dia seguinte, eu deveria partir e resolvi que me distanciaria daquele lugar, pois tinha muita vergonha de mim! Eu não queria que o Enrico me reconhecesse.

Ao amanhecer daquele dia congelante do inverno de 1988, levantei-me, vesti roupas e agasalhos limpos que me deram no abrigo e fui até o refeitório para comer um pão com manteiga e tomar café com leite. Peguei minha sacolinha e, no momento em que eu me preparava para partir, a mesma mulher simpática que me recebeu na noite anterior veio até a mim e disse:

— Bom dia! Qual é mesmo o seu nome, moça?

Envergonhada, titubeei, mas não menti. Eu disse:

— Eu me chamo Aline, senhora! Obrigada pela acolhida, eu já estou partindo!

A senhora sorriu e me disse:

— Não, moça, venha comigo, tem alguém que deseja conversar com você.

Desconfiada que esse alguém fosse o Enrico, eu pensei em partir em ritmo fugaz, mas a acompanhei e as minhas suspeitas foram confirmadas. Bem vestido com trajes de inverno, aparentando um executivo pronto para ir ao trabalho, Enrico me aguardava.

Cabisbaixa, adentrei a saleta, onde era a recepção do abrigo. Ao olhar para mim, Enrico esboçou seu sorriso lindo, dizendo:

— Aline, eu te procurei tanto! Ontem à noite, eu tive certeza que era você, mas resolvi não dizer nada com medo que fugisse de mim. Eu não estou acreditando que te encontrei!

Enrubescida e cabisbaixa, respondi:

— Por favor, Enrico, vá embora. Eu estou com muita vergonha de mim! Por favor! — implorei, ainda cabisbaixa.

Ele se aproximou de mim e disse:

— Olhe pra mim, Aline!

Naquele momento, foi inevitável não vislumbrar aqueles olhos vívidos. Então, Enrico disse:

— Aline, eu voltei a nossa cidade para te buscar, mas me disseram que você não estava mais lá. Então, investigando, descobri tudo o que aconteceu na sua vida, assim como descobri que você morava nas ruas de São Paulo. Faz seis meses que trabalho como voluntário para esta instituição, faz seis meses que percorro as ruas de São Paulo todas as noites com a esperança de te encontrar! Venha comigo, eu tenho emprego, uma casa, eu nunca me esqueci de você e meu maior sonho é ser feliz contigo.

Olhando para as minhas mãos calejadas, eu disse:

— Não, Enrico! Hoje eu sou um trapo com um passado indelével! Você merece uma mulher bonita, que possa fazê-lo feliz!

Enrico sorriu e os seus olhos cor de avelã ficaram ainda mais lindos. Então, ele disse:

— Aline, eu só serei feliz contigo! Dê uma chance para nós dois!

❄

E foi naquela manhã gélida, quando estava perdendo todas as esperanças na vida, que eu, assustada com as surpresas do destino e as vicissitudes dos invernos da minha vida, vivi o verdadeiro prelúdio da felicidade.

Um conto de amor

Por Adriane Gonzalez Michel

A história que irei contar aconteceu num lugar perdido entre montanhas longínquas. Isso foi num tempo em que as gramíneas ainda floresciam aos pés das montanhas.

Naquele tempo, eu era uma mulher jovem ainda para compreender certas sinuosidades da vida, mas madura o suficiente para saber me prevenir de algumas armadilhas.

No entanto, o fato a ser narrado não requeria esperteza, pois foi guiado por duas almas antigas e apaixonadas.

Essa história poderia ter ocorrido em qualquer outra estação do ano…

No verão, com seus dias escaldantes, quando o Sol incidia seus raios e seu calor, fazendo as paredes das montanhas refletirem uma luz branca sobre o vale. E com suas noites quentes, em que o sono não vinha, pois tudo pulsava ainda de forma abafante.

Ou na primavera, com seus ventos mornos e, às vezes, cruéis, batendo nos ramos que costeiam as montanhas, na relva dos campos, nas hastes das flores que plantei em torno da casa e, também, nas janelas, fazendo tudo florescer de vez.

Ou, até mesmo, no outono, quando eu via, com uma certa dor, as árvores amarelarem e deixarem cair tantas folhas que me davam a sensação de solidão e abandono.

Mas, não…

Quis o universo ou a vida que o que irei narrar tenha acontecido no inverno. Foi durante um daqueles invernos em que o frio e a chuva despertavam um desejo de aconchego e aninhamento.

Meu aniversário se aproximava e eu quis enfeitar a casa com flores. Enquanto colhia, com dó, algumas flores que abriam no inverno — como eu — ouvi uma voz desconhecida.

— Com licença. Você é Ailin?

Virei-me e vi aquela voz grave ganhar um rosto bonito e um corpo esguio, alto, com ombros largos e pernas compridas.

— Sim, sou eu. Como sabe meu nome? Quem mandou você aqui?

Aquele homem, aparentando a minha idade, sorriu, ficando mais belo.

— Eu estava na cidade procurando por alguém que pudesse me ajudar com um problema... E na loja de produtos esotéricos um senhor indicou você e me deu seu endereço.

— Humm... E quem é você?

— Sou Ian. Sou músico e estou precisando de ajuda. Espero não estar incomodando.

— Que tipo de ajuda? Vamos ver se posso ajudar.

— Procuro uma planta, uma erva mágica e curativa. Disseram que você conhece bem as plantas.

— É, pode ser. Que planta é essa?

— Uma planta pra me devolver o dom de criar belas canções. Faz um tempo que perdi minha inspiração. Não consigo compor. Então, tentei todas as formas possíveis de terapia, meditação, respiração, relaxamento... Até medicamentos prescritos por médico tomei. E nada... Nada fez efeito. Foi aí que resolvi buscar algo relacionado à natureza... Um chá, um elixir... Algo assim.

— Sei... Entendo. Vamos sentar aqui fora. Quero dizer algo.

Nós nos sentamos num dos bancos que havia no jardim. Era branco, de metal, com o encosto trabalhado, formando vários corações. Incrivelmente, este detalhe eu nunca havia reparado, até aquele momento. Quando nos aproximamos do banco foi que percebi os desenhos no metal. Quase parei, surpresa, mas disfarcei e prossegui falando com Ian.

— Ora! Você quer uma planta, uma erva que lhe traga de volta sua inspiração? O que faz você pensar que uma planta poderá ajudá-lo nisso?

— Bem, não sei se uma planta poderá me ajudar a me inspirar e voltar a compor, mas não sei mais o que fazer. Como disse, já tentei de tudo, ou quase tudo. E na loja de produtos religiosos e esotéricos me disseram que você poderia me ajudar com alguma planta.

— Vamos ver...

Pensei em como ajudá-lo de fato. Sempre gostei de auxiliar quem precisasse e, realmente, eu conhecia bem as plantas. Fazia tempo que tinha escolhido viver mais próxima delas do que das pessoas.

Fechei os olhos, respirei fundo e senti o vento frio gelar meu rosto. Em seguida, a imagem de uma de minhas amigas ervas surgiu em meu pensamento. Abri os olhos, levantei-me do banco e fui buscá-la.

Ian, surpreso, arregalou os olhos, levantou-se e me acompanhou.

Percorremos o jardim de minha casa e saímos, porque a planta se encontrava mais distante. Eu sabia exatamente onde ela estava.

Ela era uma daquelas ervas que crescia no inverno, próxima ao pé da montanha. Naquela hora da manhã, os raios de Sol iluminavam, mas não esquentavam o suficiente. Olhei para Ian e ele estava com o rosto vermelho de frio. Com certeza, eu também estava assim.

Então, eu me aproximei da planta, pedi desculpas e licença a ela, como sempre fazia, colhi alguns ramos e agradeci.

— É essa, então?

— Sim. Acredito que ela vai ajudar a entrar em contato com seu Eu mais profundo, seu Eu Superior, buscando aí sua fonte de inspiração. O resto é com você.

— Humm...

— Agora, vamos pra minha casa. Vou prepará-la em forma de infusão pra você tomar. Depois, você vai embora e leva os outros ramos pra preparar mais infusão, quando quiser tomar.

— Está bem. Muito obrigado.

Voltamos para minha casa. Ao entrarmos, ele parou e olhou em volta.

— O que você esperava? — perguntei, rindo. — Uma casa de bruxa, com teias de aranha, caldeirão, coruja e gato preto?

— Ah! Não, não... Quero dizer... Sei lá... Sua casa é muito aconchegante e colorida. Dá vontade de entrar e ficar... Opa! Me desculpe! Não quis ser invasivo.

— Tudo bem. Que bom que gostou. Agora, por favor, sente aí que vou fazer sua infusão.

Fui para a cozinha, coloquei água para ferver, separei algumas folhas dos talos e as lavei. Quando a água ferveu, desliguei o fogo e coloquei as folhas dentro. Após alguns minutos, coei e despejei numa xícara.

— Assopre, porque está bem quente! — falei, levando a xícara para meu visitante, que estava sentado no sofá estampado de um tecido florido. — Beba devagar, pedindo pra entrar em sintonia com seu Eu Superior e profundo, pra que você recupere seu dom de criação musical. Não se preocupe, porque esta planta não produz nenhum transe nem estado alterado de consciência.

— Está bem — disse ele, respirando fundo em seguida.

Fui até a janela. Eu podia ver a montanha logo mais defronte, com suas cores estranhas por causa da claridade dessa época do ano. Algumas vezes, ficava cinza, outras, amarelada e até alaranjada. Eu amava as ervas que viviam em sua encosta. Uma delas era essa, que aquele belo homem bebia em forma de chá.

— Pronto! Já tomei todo o chá!

— Que rápido! Você fez conexão com você mesmo?

— Sim, sim... Bem, eu tentei. Acho que consegui.

— E o que sentiu?

— Senti vontade de ficar... Viver por aqui... Aqui, neste vale.

— Não me diga!

— Pois é. Foi o que eu senti e estou sentindo ainda. Este lugar é mágico, especial. Digo... o vale, as plantas, sua casa... Na verdade, desde a hora em que cheguei, me senti atraído por tudo aqui. Não foi só o chá que fez isso. Não sei o que foi, mas parece que aqui é o meu lugar.

— Entendo...

— Ailin, será que há alguma casa vaga pra eu alugar?

— Não sei. Você terá que procurar.

— É o que irei fazer. Mas, antes, me diga quanto lhe devo.

— Nada. Não se preocupe com isso.

— Como assim, nada? Quero pagar. É justo.

— Não, não é justo. Não posso cobrar por um simples chá e por uma planta que a natureza nos dá a todos.

— Por que não?

— Não teria cabimento. Não insista.

— Humm... Você é que sabe. Te agradeço muito.

— Também te agradeço pela confiança.

Fui até a cozinha e peguei os ramos restantes, entreguei a Ian e expliquei como preparar. Ele agradeceu mais algumas vezes e se despediu, dizendo que já iria procurar uma casa para passar um tempo ali.

Quando saiu, fechei a porta e comecei a rir.

Eu sabia que a planta apenas havia facilitado a conexão daquele homem consigo mesmo. E era isso que estava faltando a ele. Logo que o vi no jardim, a me chamar, percebi que seu lugar era ali. Não provoquei nada, não usei de magia. Apenas o universo ou ele mesmo o havia guiado até o vale onde eu vivia, porque ali era seu verdadeiro lar, assim como era o meu.

Quando chegou meu aniversário, três dias depois daquele encontro, levantei cedo, apesar do frio do final de julho. Enquanto tomava meu chá, admirava os tons amarelados das montanhas, lembrando, com saudade, do verão, quando os raios de Sol produzem uma luz muito branca e brilhante que chega a ofuscar a visão.

Eu tinha enfeitado minha casa com flores que havia colhido no dia em que conheci Ian.

Ouvi batidas de leve na porta. Sabia quem era. Abri a porta e sorri.

Ian sorriu, dizendo:

— Oi, Ailin! Bom dia!

Respondi seu cumprimento e o convidei a entrar.

— Encontrei uma casa aqui perto. Aluguei e me mudei hoje, bem cedinho.

— Que bom! Quanta sorte! Você conseguiu uma casa bem rápido! Então, seremos vizinhos por um tempo!

— Por muito tempo, Ailin! Larguei tudo onde eu morava. Aluguei a casa por três anos. Tenho umas economias e voltarei a viver da minha música. Ainda não sei bem como, mas estou com muitas ideias e inspirações. Este lugar e aquele chá me fizeram muito bem! Você me fez muito bem! — falou isso tudo e ficou ali na minha frente, me olhando com seus olhos verdes, de um tom escuro, raro de encontrar.

— Não me diga!

Eu não tinha mais palavras para lhe dizer. Olhava para ele, fingindo que eu não sabia que ficaria morando ali no vale antes mesmo de me contar.

— Tome um chá comigo! É de pêssego. Aceita?

— Ah! Sim, Ailin. Obrigado.

Nós nos sentamos próximos da janela, com a vidraça fechada para nos aquecermos. Ele me contou sobre sua vida, sua solidão e sua alegria com a música. Também lhe contei sobre minha vida, minha solidão e minha paz com os livros e as plantas. Falei que era dia do meu aniversário. Ele ficou surpreso. Então, me abraçou, meio sem jeito, desejando tudo de bom para mim. E nos beijamos.

Ficamos em silêncio, com as mãos unidas, aninhados na quentura um do outro.

Eu tinha a impressão de que o conhecia profundamente há muito, muito tempo. Ele falou exatamente isso a meu respeito. Com certeza, nós éramos duas almas muito próximas, que se amavam há longas eras.

E Ian ficou ali, junto a mim, não apenas alguns anos, como planejara, mas por toda a vida, me trazendo a alegria de suas músicas e recebendo a paz das plantas. Mas, sobretudo, nosso amor e nossa afinidade foi o que nos uniu como uma só alma.

Maduras peras de rua

Por Caren Schultes Borges

A rua larga vestia o cenário do jogo diário de apanhar peras caídas e correr ao apertar campainhas de casas muradas. O trajeto entre a escola e o lar parecia longo. Caminhavam por meia hora, com uma mochila pesada de livros e os casacos amarrados à cintura. No inverno, próximo à hora do almoço, o calor na capital do tabaco sempre se acirrava. Demoravam o dobro do tempo porque brincavam pela passagem. O irmão mais novo adorava chutar pedras soltas e apostar corridas nas esquinas. O danado desafiava a vida e fazia amizades facilmente. Cecília se sentia a personagem Chapeuzinho Vermelho a escolher caminhos iluminados e seguros. Entre irmãos tem sempre uma relação de amor e ódio, não? Contudo, de muita cumplicidade.

A timidez não permitia que Cecília interagisse com mais pessoas na caminhada. Seguidamente, desviava o olhar e apertava o passo quando alguém se aproximava. Giuliano insistia. Cezinha e Júlio quatro-olhos também. Ambos vizinhos que moravam pelo trajeto e faziam questão de acompanhá-los. Um era seu colega e os demais, do seu irmão. Mas bom mesmo era quando estavam a sós, pois traquinavam genuinamente. E assim não tinham vergonha de recolher as peras com fungo que lhes pareciam tesouros descobertos.

Certa vez, um senhor de bengala apareceu na porta antes que tocassem a campainha. Foi o maior susto que já tomaram na vida. Nem a figura televisa do Zé do Caixão causou tanto impacto nos jovens palpitares. Giuliano, logo atrás, salivava como nunca, falava tanto que se cuspia. Cecília o imaginava como um radialista ou narrador de futebol. Ela carregava esse dom: desenhava as pessoas no futuro pelas suas habilidades de lidar com a vida. Ele era enérgico e criativo e foi logo inventando uma história para o homem. Disse que precisavam fazer um trabalho escolar sobre as origens germânicas no bairro. O velhote mudou as feições na hora e os convidou para um refrigerante com biscoitos. E, mais uma vez, a versão Chapeuzinho sobressaiu como um alerta. Disseram que a resposta era por escrito e outro dia buscariam o papel.

As peras nem sempre chegavam intactas: parte roíam, outra jogavam em terrenos baldios e o que sobrava servia de alimento para os girinos do córrego, que atravessavam pelo pátio do bizarro vizinho. Naquela época, o curioso era que as casas possuíam um misto de urbano e rural. Além de uma pequena ponte, seu Benno tinha um galinheiro de rinha e, pasmem, recebia em sua casa a visita da santinha da paróquia. E quando vieram o asfalto e as indústrias, ainda assim, havia terra de chão no terreno do Benno. Ali, aos domingos, jogavam com suas netas e netos, entre carros estacionados, estátua e caçador. Cecília não entendia como um senhor que colocava galos para brigarem num círculo de areia ficava insano com a ideia do progresso nas ruas do bairro.

Houve um final de semana em que Cecília esqueceu as peras mofadas na mochila. Ficou tão impressionada com as apostas nos galos que nem se lembrou das lições escolares…

Foi escondida assistir ao show noturno que os velhos moradores tinham como vicio e hábito dominical, assim como as senhorinhas, que rezavam para a santa abençoar suas mazelas e redimir os pecados. Vai ver a senhora B. rezava pelos sacrilégios do próprio esposo. Ser um galista brasileiro já era crime nos anos 1980.

O plano não foi estratégico, pois os seus pais a resgataram facilmente após os latidos. Embora o precoce resgate, conseguiu espiar o combate pela fenda de uma das tábuas. O local era um galpão com luz de bico que tinha duas paredes de gaiolas enfileiradas e, no meio, um círculo de uns três metros. Ao redor da rinha, vários homens com dinheiro na mão gritavam e apostavam. As penas saltavam junto com a areia e os galos, mesmo sangrando, não paravam a luta até o próximo *round*. As esporas pareciam armas. Depois soube pelos rumores que um galo da raça índio gigante, da variedade crista bola, foi o grande vencedor.

Testemunhar aquele encontro "maçônico-galista" mexeu com Cecília. A confraternização diante do duelo dos galos foi inesquecível para ela. Algo de fato a fez refletir sobre a exclusividade do masculino perante a necessidade de equiparar coragem à virilidade. Ela, tão menina ainda, viu ali o lado lobo mau dos humanos... Tão mais simples coletar peras pelo caminho e se distrair com meninos risonhos.

Júlio Quatro-Olhos tinha uma bicicleta e não usava mochila. Ela já previa que o caçula pretendia uma vida leve e breve. Já Cezinha era oposto do irmão, levava tudo a sério. Porém, esquecia de curtir o dia. As diferenças dentro da mesma família são incríveis de perceber. Estudavam todos na mesma escola pública, lugar de referência na cultura da cidade. Lá, os sobrinhos de Cecília um dia frequentariam.

Uma tarde foi o suficiente para Cecília escrever a redação de literatura. Usou sua experiência pessoal de olho mágico na rinha para incrementar a escrita. Cedo já adotava estratégias de persuasão e um modo singular de delatar "ocorrências". A professora de biologia era vizinha do senhor Benno e ficou sabendo da escrita crítica. Isso bastou para que a vizinhança ficasse alarmada sobre as possíveis "visitas" da vigilância sanitária. Alguns vizinhos tinham outros animais sendo criados e "domesticados". Até mesmo um chiqueiro. Em dias de muito calor, quando o vento batia, um odor sem igual espalhava-se pelas ruas. As memórias de Cecília estavam repletas de rostos, gostos, desgostos e aromas.

O mofo das peras e a podridão na mochila ficaram registrados, tanto quanto as feições dos apostadores e a saliva-chafariz de Giuliano. Óbvio que preferia guardar o rosto do colega risonho. Na escola, também colecionava cenas e memórias. Tornou-se amiga de uma menina igualmente introvertida. Ambas estudavam química no turno inverso, porém a parceria ficava mais divertida e intensa nas aulas de educação física. Cecília e Fabíola formavam uma dupla colegial. Cultivavam um ódio de dar voltas na quadra em marcha atlética e, ao final, pular polichinelos. A professora dessa disciplina era exigente e rígida para com as garotas. Talvez fosse frustrada por ter somente filhos rapazes... No fim, Cecília não fazia ideia do motivo da amargura da educadora. Percebia os adultos tão sérios e, portanto, preferia não crescer, mas sabia que os ponteiros só girariam no sentido avante.

Transpassar a ponte do senhor Benno foi sempre uma alusão ao mundo doméstico e *rurbano*. Cecília despia-se da urbanidade, da movimentação às ruas e mergulhava no ambiente seguro do entorno daquilo que considerava lar. No entanto, após a revelação do espetáculo da rinha, nunca mais sentiu a mesma vibração. Passava pela pequena ponte diariamente. Por vezes, assistia às peras do dia anterior se decomporem e imaginava que a força da água fosse branda, mas não, cursava voraz. Deleitava-se com o barulho das curvas que a correnteza fazia nas pedras roliças e devaneava. Nesse ínterim, admirava o espelho que a água formava nas poças. Visualizava ali o reflexo das nuvens passageiras. Assimilava a vida acontecendo e superaquecia a face com os raios solares. Ir para casa significava uma aventura sensorial de coragens.

Abaixo da ponte, havia uma laje de concreto e canos que a prefeitura providenciou após um período de chuvas volumosas. Nesses tempos, os efeitos do *La Niña* não influenciavam em demasia o ciclo da natureza. No verão, descia a margem e molhava os pés no gelo vibrante. No inverno, passava correndo pela ponte e temia ser engolida pela onda de água turva e espumosa. Os medos, enfrentava-os sozinha e protegia o irmão. Em dias assim, os irmãos evitavam a ponte e contornavam a quadra. A distância parecia maior quando o lado Chapeuzinho a acompanhava.

As peras também eram lançadas como quem brinca com a distância. O irmão trazia um carregamento na própria camiseta. Sabendo de sua força, por ser a mais velha, raras vezes fingia fraqueza e deixava o irmão ganhar. A disputa em corridas e nos lançamentos de peras faziam da amizade com o caçula uma relação de solidariedade. Ele chorava quando perdia ou ficava tomado de raiva e exigia revanche. Na relação entre irmãos, treinam-se habilidades e exercitam-se virtudes que se embrenham na identidade para o resto da vida.

Cecília ficou aliviada quando o irmão, no ano seguinte, mudou de turno escolar. O retorno para casa tornou-se mais fluido. Embora menos divertido, outros interesses afloraram. Um colega novo agora lhe fazia companhia, e as peras transformaram-se em meras frutas de rua. O coração vibrava intenso na urbanidade, só que com outras coragens.

Cecília aprendeu *às duras peras* que em briga de galo mulher brasileira não impõe voz nem visão e que nem visita de santa protege o lar da violência do humano. Um conto de fadas não dá conta da complexidade da vida, mas se torna um recurso útil ao repertório das meninas para que compreendam as vicissitudes entre o bem e o mal.

INVERNO, A VIAGEM DOS SONHOS!

Por Celina Rodrigues de Moraes

O inverno estava chegando e eu mal podia esperar. Era um sonho meu que iria se realizar! Desde a adolescência eu tinha esse sonho de conhecer a Suíça, esse país lindo e encantador! Eu, Carol, era artista plástica e gostava muito da cultura e das artes de diferentes países. Nunca tinha viajado de férias para um país gelado e com muita neve, como a Suíça. Minha viagem dos sonhos seria no inverno e na Suíça!

Minha família era muito unida e morávamos numa casa muito aconchegante. Tínhamos muitos amigos! Minha mãe era costureira de primeira e meu pai era comerciante de um pequeno armazém. Éramos quatro irmãos. Meu irmão, o mais velho, era advogado, minhas irmãs trabalhavam no fórum da minha cidade, Piracicaba, em São Paulo.

Meu namorado, o Danny, era um amor de pessoa! Era médico veterinário e amava de coração sua importante profissão! Ele era muito querido por todos e os animais o tinham como um verdadeiro herói, tamanha a dedicação por eles.

E foi por meio do meu cachorrinho que eu o conheci. Foi assim que aconteceu: eu tinha dois cachorros e dois gatos. Eram meus grandes companheiros e da família também! Eu era a caçula e morava com meus pais. Meus irmãos casados! E aconteceu que, num dia à tarde o Chulico, um dos meus cachorros, começou a passar mal. Aí liguei para o Dr. Danny, que era um veterinário recém-formado, indicado por uma amiga, já que o veterinário da família estava em um congresso. Logo o Dr. Danny chegou. Quando eu o vi, meu coração disparou e senti algo estranho por dentro. Foi amor à primeira vista! Nós nos cumprimentamos e ele se apresentou à família e já prestou socorro ao Chulico, que estava dando pequenos gemidos de dor. O Dr. Danny logo percebeu seu estado grave e o levou para o hospital veterinário. Ele ficou internado por causa da doença do carrapato. Eu pedia a Deus, a São Francisco de Assis e a São Roque, meu santo de devoção e padroeiro dos animais, pela cura dele. O Chulico ficou 15 dias internado, teve alta e voltou para casa. Estava curado. O Dr. Danny foi um verdadeiro anjo da cura para o Chulico. Eu não cansava de agradecê-lo e elogiá-lo. Ele tinha conquistado meu coração!

Ele era solteiro também e morava com os pais. Era filho único e tinha se formado médico há pouco tempo e já era uma referência, muito querido e requisitado. Seus pais o amavam muito. Ele nem pensava em casamento, pois já tinha namorado com algumas garotas mas não pensava em se casar. O namoro lhe trouxe decepções. Se um dia encontrasse um verdadeiro amor, talvez se casasse. O Dr. Danny disse que logo voltaria para ver como estava o Chulico. A rotina voltou ao normal. Meu cachorrinho tinha muita vitalidade.

Um certo dia, o Dr. Danny veio visitar o Chulico e nos visitar também! Quando eu o vi, meu coração acelerou de novo e ele disse que gostou muito de nós. Após os cumprimentos, ele me presenteou com um grande buquê de rosas vermelhas e amarelas, muito lindas. Parece até que ele sabia que a rosa era minha flor preferida! Agradeci muito, beijei as rosas e ele, me olhando firme, deu um belo sorriso de satisfação! O perfume suave das rosas espalhava-se pela casa. Estavam bem acomodadas num lindo vaso de cerâmica. Em breve, minha mãe ia servir o jantar, polenta com frango ao molho de tomate. Um bom suco natural e um vinho do Sul, para brindarmos a vida! O Dr. Danny já era nosso amigo e parecia um membro da família e gostava de ser chamado de Danny, simplesmente. Nós nos divertimos durante a janta e brindamos à saúde do Chulico, dos outros animais nossos e a nossa saúde também. Tim-tim! Vida e saúde para todos nós, enfim! O Danny foi embora. Amanhã era dia de trabalho.

Eu, como artista plástica, pintava muitas telas, eram muitas encomendas. Pintava no ateliê onde eu trabalhava e em casa também. Eu amava as artes e era muito prendada, sabia muitos tipos de artesanato e os praticava, mas meu amor maior era pelos quadros, pintura em tela. Pintava animais, paisagens, flores e tudo mais que me interessasse. Mas eu sabia que faltava algo em mim. Estava faltando um verdadeiro amor, o grande amor da minha vida!

Tive dois namorados que, na verdade não me compreendiam e tinham ciúmes de mim. Tratavam-me como se fossem meus donos e aí, depois desses, fiquei meio desiludida e não quis saber de mais ninguém! Foi por pouco tempo, ainda bem! Foi uma experiência não tão boa, mas eu evoluí em minha condição de mulher, com essa experiência. Passei a acreditar e valorizar mais o verdadeiro amor! E a vida é assim! Tudo faz parte.

E o tempo foi passando e já éramos namorados, eu e o Danny! Ele se apaixonou por mim e sempre vinha em casa e eu ia à casa dele também! Nossas famílias se tornaram muito amigas e unidas! E nosso amor se fortalecia cada vez mais.

Eu tinha um grande amor pelos animais e gostava muito do modo tão especial e carinhoso com que ele tratava os animais doentes e carentes. E o Danny era um grande amante das artes plásticas e gostava demais dos meus quadros. Dei um de presente para ele com o desenho de um cachorrinho, muito bem pintado. Era o dia dos namorados e ele me presenteou com um lindo par de sapatos, muito confortáveis e ideais para levar em nossa viagem para a Suíça. O Danny era meu companheiro de viagem e ia ser um mês de férias, com tudo pago e preparado pelos nossos pais.

Já estava fazendo muito frio e a gente saía feliz pelas ruas! Mãos dadas, amor verdadeiro e entramos numa cafeteria renomada para tomar aquele café delicioso, com biscoitos caseiros, pães de vários tipos, presunto, salame, muçarela, manteiga, tudo artesanal. As geleias eram demais! Uma delícia! Ficávamos à vontade! O lugar era tranquilo e aconchegante. Um local ideal para um casal romântico frequentar!

O Danny nunca me deixava pagar a conta, salvo uma vez que fomos lá e eu, com muita insistência, o convenci a me deixar pagar. Íamos ao cinema assistir a bons filmes entre abraços e beijos. Eram filmes de ficção, romance e histórias reais, muito emotivos em nosso coração! A gente aproveitava passear pelo shopping, olhando as vitrines cheias de artigos de inverno. O Danny me viu "namorando" um casaco de oncinha dupla-face e muito bonito e pediu à funcionária que atendia para pegar um no tamanho grande que era para eu experimentar, já querendo saber como ficaria em mim. E não é que me caiu como uma luva? Era como se tivesse sido feito sob medida para mim! Aí ele me abraçou na fofura daquele casaco e pediu para embrulhar para presente. Era um presente caro, mas aceitei, foi dado de coração! Ele viu em mim uma linda expressão de gratidão e me abraçou sorrindo por dentro, igual eu.

Um outro dia, fim de semana, fomos a uma pizzaria e, com aquele frio, nada melhor que uma boa pizza e um bom vinho. Era uma pizzaria muito boa, com excelente qualidade nos cardápios! Tudo isso num ambiente confortável, muito bem decorado com peças de arte e quadros para todo lado. Tinha muitas folhagens e o verde se destacava. Estava quentinho e foram momentos preciosos que vivemos lá. Novamente, brindamos à vida! Tim-tim! Quando saímos, já era tarde da noite e ventava muito, com um frio de arrepiar. Mas nosso coração estava aquecido com o amor que nos unia. Abraçados, ríamos muito até chegarmos ao carro, e parecia estarmos embriagados. Mas não. Era pura alegria mesmo! Quando ele me deixou em casa, meus pais já estavam dormindo e então nos despedimos, prontos para outra!

Como eu o amava. Realmente ele era o grande amor da minha vida! E nossa viagem? Já estava chegando o dia. Já começamos a fazer as malas. As malas estavam cheias e nossa mente também. Cheias de vontade de aproveitar ao máximo essa viagem! E chegou o dia tão esperado. Nossas famílias se uniram para a despedida. Até os nossos animais se juntaram e nos festejaram! Estava muito frio e finalmente embarcamos.

Ao chegarmos, não pude conter a emoção, estava no país dos meus sonhos! Que maravilha! A paisagem que nos rodeava era deslumbrante. O hotel ficava envolto pela natureza, muitas árvores e plantas o cercavam. Uma recepção muito amável e calorosa, apesar de tanto gelo e frio. Fomos tomar um café reforçado e depois fomos conhecer nossos aposentos e como funcionavam os serviços prestados. O lugar era perfeito para nós. Um mês íamos ficar ali.

Fomos descansar um pouco para nos prepararmos para os passeios e aventuras naquele país gelado! A neve caía solta e formava uma maravilhosa paisagem. Fomos esquiar e ficamos engraçados com aqueles trajes próprios para esqui. Levamos vários tombos, mas até que nos saímos bem. Pura alegria e diversão!

Fomos ao parque e era lindo. Todo forrado de neve, as árvores estavam brancas de neve e a gente fazia bonecos e castelos de sonhos! Eram só risadas e parecíamos duas crianças em plena alegria da infância. O tempo parecia ter parado para nós. À noite, a gente tomava sopa e caldos deliciosos, além de muito chocolate quente. Maravilhosos a qualidade e o sabor do puro chocolate suíço! Tinha muitos petiscos e iguarias, próprios de lá. Tradicionais. Várias foram as noites românticas, com jantar à luz de velas, músicas de excelente qualidade e a lareira nos aquecendo. Um brinde ao nosso amor e o Danny enchia as taças de vinho e Tim-tim! Enquanto selávamos nosso amor, com um beijo ardente. Éramos amigos, namorados e amantes. No mais puro amor, íamos dormir abraçados e nos amávamos como dois pombinhos apaixonados. Tudo ali era pura emoção, romance e beleza!

Tiramos muitas fotos em lugares pitorescos e cheios de rara beleza! Passeamos de barco, visitamos os principais pontos turísticos e as famosas lojas de *souvenirs*, onde compramos lembrancinhas para presentear a família e os amigos. Cada coisinha linda, muita arte envolvida. Ficamos contentes com as compras. Comprei um presentinho para o Danny e ele comprou um para mim também! Para ficar de lembrança dessa nossa viagem.

O Danny me surpreendeu no mais lindo parque que havia lá: o parque das quatro estações! E, no meio de tanto gelo, ele pediu para eu fechar bem os olhos e, quando pediu que os abrisse, ele pôs delicadamente uma aliança de noivado no meu dedo. Vendo minha reação de emoção e alegria, pediu para eu pôr a outra aliança no dedo dele. Pronto! Estávamos noivos. Ele ficou muito feliz! Beijou-me e me carregou, como se fosse um pai para mim. Depois disso, até já pensávamos em casamento. Acho que nascemos um para o outro.

E já chegou o dia de partirmos. O povo de lá gostou muito da gente e pediu para voltarmos logo. Tiramos muitas fotos com eles e nos despedimos com muitos abraços e beijos. Obrigada, povo suíço. Obrigada, país azul, país dos meus sonhos! Até um dia...

Quando voltamos, nossas famílias estavam nos esperando com uma verdadeira festa. Muitas emoções e muitos parabéns, afinal ficamos noivos. Tinha um lindo bolo, salgadinhos, docinhos, champanhe, vinho, cerveja e muito amor! O Chulico e os outros animais nos rodeavam, nos lambiam e latiam, miavam e estavam numa grande alegria. E teve até balões coloridos em forma de coração, que foram soltos ao vento, colorindo tudo!

Começamos a distribuir os presentinhos e era só alegria! Varamos o dia todo nessa comemoração. Parecia uma festa surpresa de casamento, mas era uma festa de noivado! Surpresa! Quando já era quase noite, foram se despedindo e indo embora. Ficamos à sós, eu e o Danny, pois meus pais fizeram questão disso. E ficamos ali nos olhando, abraçados, e até deitamos um pouco no sofá. Estávamos cansados e acabamos dormindo depois de um longo beijo quente.

Quando acordamos, eu estava muito contente e ele também, mas eu me sentia diferente. Seria efeito colateral da viagem?

Muita emoção vivida?

O noivado?

Sei lá, pensava eu. Não sei explicar. São coisas do coração e deixa para lá. Estamos felizes, unidos e prontos para a próxima atração! Em qual estação? Na primavera, com certeza. Onde será a viagem? É surpresa! Até lá!

Está escrito

Por Daniela Castro

— Isso é um sonho?

— Depende — respondeu, tomando um gole de café e pousando a xícara no pires. Em seguida: — Nós dois? Ou jovens marcando encontro na cafeteria?

Realmente um pouco incomum… era inverno, final dos anos 1990 e nossa geração dificilmente frequentaria lugares assim, preferência dos mais velhos. Certeza que se fosse "paquera" ou entre amigas seria em barzinhos, praça de alimentação do shopping ou algo do tipo.

— Desculpe — falei à garçonete. — *Maktub?* — indaguei, olhando o cardápio. — Este é o nome da cafeteria? Eu nem gosto tanto de café… não que eu me lembre.

Servindo-me um *capuccino* da bandeja que trazia nas mãos, comentou:

— Se não gosta, certamente ainda irá… está escrito.

Ele sorriu. Seu olhar azul hipnotizante era um convite irresistível ao mergulho profundo e inevitável… e realmente talvez eu nem quisesse evitar.

— *Maktub* — continuou a garçonete, sua voz parecia cada vez mais baixa, parecia se afastar cada vez mais — significa está escrito.

❄

O alarme irritante do rádio-relógio tocava alto e esganiçado! Eu acordava quase sempre aos pulos:

— Mas que droga! Esqueci outra vez de colocar a música para despertar e tirar esse alarme barulhento!

Joguei o lençol para o lado e tratei de levantar. Uma sensação inusitada insistia em trazer a lembrança de qual seria o sentido daquele sonho em que eu bebia café. No entanto, não demorou nem dez minutos para esquecer algo aparentemente tão sem importância. Aos 15 anos, minhas preocupações eram básicas para alguém dessa idade: estudar, diversão e "ficar". Ok, não necessariamente nesta ordem. Na década de noventa, namorar era para quem estivesse quase noivando, e "ficar" significava namoro sem compromisso. Tradução: beijar muito e muitos! E, sinceramente, compromisso era algo que eu não desejava nem morta! Filhos, então, dava até alergia só de pensar! — e continua dando. Nada contra quem nasceu com esse sonho, porém eu sempre me senti cidadã do mundo. Existiam e ainda existem incontáveis coisas excepcionais, esperando uma descobridora dos sete mares como eu! Na verdade, já havia traçado meu destino para a vida adulta.

Maktub — era o nome da tal cafeteria do sonho, lembrei.

Que seja. Eu queria ser arqueóloga e viajar o mundo desenterrando a história, uma dessas coisas que mais adorava na vida. Desde pequena, tenho fascinação por tudo que é antigo. E que trabalho melhor para exercer do que esse? Além disso, casamento, a não ser que fosse com outro arqueólogo, nunca daria certo ao lado de alguém que sonha acordar no Egito e jantar em Roma! Rotina? Eca! Não conheço nada mais chato. Enfim, a única dificuldade seria convencer meus pais. O que mais poderia me impedir?

— Filha! Telefone!

— Eu atendo aqui no meu quarto, mãe!

Era a Cris. Hoje BFF, naquela época, melhor amiga. Seus pais tinham uma casa na praia de Ilhabela, o sonho dourado de qualquer adolescente! O melhor lugar para passar feriados, fins de semana ou qualquer outro motivo, ainda que estivéssemos na estação menos convidativa do ano. Afinal, para quem mora no litoral, a verdade é que nunca está frio o suficiente para rejeitar um convite desses!

— Lógico que eu vou!

E a partir dali, *Maktub* provou que não era apenas uma palavra maluca no meu sonho de garota.

❄

— Acho que você ainda não gosta de café.

— Não é bem assim, eu prefiro chá... mas sei lá, este lugar... eu não marcaria um encontro aqui. É mais a cara dos meus pais! — comentei, olhando a xícara fumegante.

— Também não gosto muito de café. Ainda!

Qual seria o motivo daqueles olhos azuis insistirem em me olhar desse jeito tão íntimo? Será que já nos conhecíamos há muito mais tempo do que sequer pudesse imaginar?

— Olha, isso tudo é estranho para mim, da mesma forma que é para você — confessou, comendo o biscoitinho de nata. — Mesmo com o clima mais frio, não sei o que fazemos em uma cafeteria, se nem gostamos de café. Ainda mais com esse nome estranho... *Maktub*!

— A garçonete disse que significa "está escrito".

— O quê? Nós dois? Mas nem nos conhecemos! Quer dizer, não nesta vida... engraçado, você me lembra muito alguém.

— Não existe "nós dois" — desdenhei, apesar de sentir o mesmo sobre outras vidas, quem sabe. — Falava da tradução da palavra *Maktub*. Porém, confesso que você me lembra alguém sim, alguém bem convencido!

Rimos juntos e então eu lembrei!

❄

— O cara da moto! Aquele lá de Ilhabela, no inverno do ano passado, quando passamos o final de semana na sua casa, lembra, Cris?

Era começo de mais um inverno e, contrariando a brisa gelada, a noite literalmente fervilhava ao som da banda Os Paralamas do Sucesso. Os famosos shows de rock no litoral paulista rendiam muitos "Pelo Amor de Deus, mãe! Me deixa ir! Prometo que não volto tarde.". E valiam cada minuto do castigo, no dia seguinte. Claro que nunca voltávamos antes de a madrugada avançar!

— Quem?! Não consigo te ouvir!

Logo a música colaborou e entre o final dessa, breve respiro do vocalista Herbert Vianna, e início da outra, minha amiga finalmente respondeu:

— Ah! Aquele cara convencido que te deu uma fechada de moto, logo quando o Beto te ensinava a andar na moto dele? Praticamente te devorou com os olhos!

— Olha ali! É ele, não é?

Um misto de ansiedade e antipatia — ele era mesmo muito convencido — me revirava por dentro, como uma onda furiosa em alto-mar! Era ele. O dono daqueles olhos azuis sorridentes, pareciam tão familiar... um convite irresistível ao mergulho profundo e inevitável. Percebia a Cris falando e gesticulando, entretanto, àquela altura, não conseguia ouvir mais nada.

A música recomeçou:
Não sei bem certo, se é só ilusão
Se é você já perto, se é intuição
E aonde quer que eu vá, levo você no olhar
Aonde quer que eu vá

Entre nós dois o caminho parecia livre. Todos foram afastados por uma força poderosa que nos atraía, calma, sem pressa, um para o outro. Então, vagarosamente, começamos a andar na mesma direção. A cada passo, sentia meu coração disparar dentro do peito!

Longe daqui, longe de tudo
Meus sonhos vão te buscar, volta pra mim
Vem pro meu mundo, eu sempre vou te esperar

De repente, como se despertassem de um transe, casais se formaram e agora dançavam embalados pela música romântica, dificultando nosso encontro. Começava o último refrão:

Não sei bem certo, se é só ilusão
Se é você já perto, se é intuição
E aonde quer que eu vá, levo você no olhar
Aonde quer que eu vá

Tentávamos abrir caminho entre eles... até que o vi estender a mão para mim. Aceitei o convite. No entanto, antes que nossas mãos se tocassem, tudo aconteceu "ao mesmo tempo agora"! A música terminou, o centro da pista lotou e a Cris me puxou pelo ombro.

"Soltaram a tecla *slow motion*, só pode!"

— Ficou surda? Estou falando com você! Estava indo aonde?

— Oi?

— Falei para não beber cerveja de barriga vazia. Vem! Vamos embora, porque dessa vez ficaremos meses de castigo! São quase duas da manhã!

Olhei para trás e não havia nenhum sinal dele.

❄

Dois anos depois, nem lembrava mais dos sonhos. Aliás, sumiram de uma hora para outra. Exatamente como me esquecera do encontro nebuloso no show dos Paralamas. Parece que não, contudo, na vida de uma adolescente, 365x2 é muito tempo! Ainda mais para esta sagitariana de memória curta que mal sabia o que comeu no almoço.

"No entanto, aquele olhar de azul profundo eu reconheceria em qualquer lugar e à primeira vista!"

O problema é que eu tinha meu próprio *Maktub*. Para que abrisse mão dele ou na melhor das hipóteses fizesse adaptações, digamos assim, só se fosse amor. Amor mesmo! Do tipo que em segundos leva você às alturas e igualmente, às vezes, o derruba com mais força ainda. Um amor que o completa em coisas que você nem imagina que faltam, porém, é capaz de reconhecer imediatamente na outra pessoa.

Desafiador, fala o que for preciso ouvir e não o que deseja escutar. Falo do amor que ensina a ceder quando necessário. Perdoa, por mais arrasador que seja o erro, porque ninguém é perfeito e é assim que se aprende. Entretanto, se for amor de verdade, jamais desiste até se reerguer ainda mais intenso.

Um amor que, até aquele dia, ainda duvidava sequer existir na face da Terra. Era muito jovem, tinha todo o tempo do mundo para encontrar esse sentimento da vida toda, que supera qualquer dificuldade, que caminha junto na doença e vence, até mesmo a velhice. Porque depois que a beleza e a juventude acabam é somente o amor que permanece até a morte, ardente na medida certa, eterno companheiro. Em nome desse amor qualquer mudança, por maior que fosse, valia a pena. Tudo se encaixaria ainda melhor do que foi planejado sem ele.

Que fique claro: tais pensamentos passavam bem longe assim que resolvi caminhar na praia naquela manhã ensolarada, quando o inverno finalmente se despedia de mais um ano. Prestes a sair, meu pai pediu para deixar o carro no lava-rápido ao lado de casa, aberto há apenas alguns dias. Enquanto conversávamos, o rádio da cozinha começou a tocar a música dos Paralamas.

❄

— Com licença — entrei no pequeno escritório do estabelecimento. Estranhamente, pude ouvir a mesma música tocando. — É com você que deixo a chave do carro?

Largou a caneta em cima dos papéis onde escrevia, levantou os olhos azuis e disse, sorrindo timidamente:

— É comigo, sim. Aceita um café?

Folhas do pacová

Por Getúlio Canuto Vieira

Degustava uma taça de vinho sem rótulo, onde a cortiça inchada não conseguia mais vestir a garrafa. Entornava uma taça atrás da outra, tentando viajar mais rapidamente para meu interior. Era um processo surrealista, onde os olhos queriam ver tudo aquilo que as mãos não conseguiam tocar. Misturava objetos deslocados em meio às imagens refletidas, como os relógios de Salvador Dali, uma casualidade a ser entendida. Nestas noites frias de inverno, perto de uma fogueira sem lenha para queimar, era um convite para transportar-me pela imaginação. Começava por uma longa estrada esta jornada.

Para quem olhava de cima, via um buraco, uma caçarola sem tampa, dentro dela um casebre entre as costelas-de-adão. Uma escada encravada no barranco, tendo como corrimão as folhas do pacová. Um som que subia e descia pelas escadas esculpidas no barro. Não conseguia entender de onde vinha aquela voz. Quando soava, arrepiava e grudava como perfume. A garoa continuava fria naquela tarde de inverno, onde os degraus escorregadios eram o incentivo a chegar mais rápido.

Na entrada, as folhas das palmeiras abraçavam aquele casebre. De repente, o vento frio de inverno tentava arrancar as chaves do claviculário de quem esconde algum segredo. Era uma prova de silêncio: manter-se firme, calado e paciente, como se colocasse cadeado na boca ou como quem vende seu silêncio a peso de ouro. Equilibrando-se em uma perna só, como um objeto de forma monomonostática, enquanto o resto do corpo instável desafiava o exercício. Seria alguém num mantra em um silêncio ensurdecedor querendo atrair seguidores?

Nos fundos daquele casebre, embaixo da árvore do cambuci, uma mulher com uma bandana amarrada na cabeça prendia seus cabelos selvagens e ela vestia uma camiseta larga e um shortinho, como quem acabara de sair de uma corrida. Parecia que era a única roupa que tinha para suportar o rigoroso inverno. Entre as unhas negras, grudavam as sujeiras da argila de tanto produzir vasos. Era uma forma de arrumar recursos para dar sustento a sua família. Nem tinha noção do valor do trabalho, não sabia quanto valia o vaso, assim, aproveitava as folhas esverdeadas do pacová para enfeitá-los. E aquela voz que subia e descia as escadas, poderia ser daquela mulher querendo atrair seus clientes?

Do outro lado do terreiro, o garoto brincava naquela invernada. Era uma caminhada solitária até ouvir o barulho da lata riscando no chão batido. Um barbante era a guia na mão do garoto, que puxava aquela lata lúdica como um animalzinho de estimação. O garoto não perdia o foco e conversava com tanta intimidade com seu animalzinho, que parecia entender tudo e respondia com o som da lata batendo nas pedras. Tinha um dom incrível de saltar alto e rolar sem embaraçar no barbante. Será que era esta voz querendo chamar um amigo para a brincadeira?

Com certeza, aquele som ficava escondido bem atrás das unhas-de-gato que subiam pelas paredes de tijolos, era como se o casebre aprisionasse a verdadeira voz. Enquanto os pássaros gorjeavam aquela canção como uma resposta à liberdade. Eles pousavam sobre as poças d'água que se formavam durante as inesperadas garoas, com aquela coragem para retornar, dia após dia, até aprender a sintonizar a frequência daquele som.

O barulho do vidro nas pedras quebra o silêncio. Era a garrafa vazia que rolava pelo chão avermelhado, pois acabara de perder seu ponto de equilíbrio. E eu não conseguia mas buscá-la com minhas mãos, como se tentasse recobrar a consciência. Então, agarrei-me no corrimão de folhas enroladas do pacová como forma de sentir-me seguro. Tentando voltar à consciência e continuar a caminhada para tentar alcançar a próxima estação.

O INVERNO DE COPACABANA

Por Maria Filomena Lepecki

— Aninha, te inscrevi numa expedição para o Polo Norte hoje, viu? — disse Matheus, assim que a irmã chegou.

— Você o quê?

— Achei perfeito… Não vai estudar gelo?

— Tá maluco, Matheus? Como é que você se passa por mim? — Ana soltou a bolsa no sofá e correu para ver o computador aberto no colo do irmão.

— Vão ficar um ano estudando os efeitos do aquecimento global no Ártico.

— Que raio de expedição é essa? Ninguém tá sabendo disso aqui.

— Melhor. Fica moita.

— Pode cancelar!

— Já mandei a *application*! Depois você recusa, se te aceitarem.

— Insuportável, você!

— Se quer fazer sua tese de gelo, não vai dar pra ficar em Copacabana, não… E seu inglês é ótimo! — o irmão então soltou a risadinha de sempre e apertou os olhos de um jeito que encantava a família e o livrava das broncas desde pequeno.

Duas semanas depois, Matheus chegou cantarolando à mesa do jantar. Ana desconfiou do ar de mistério:

— Desembucha, garoto.

— Aceitaram você!!!! Uhuu! Viu?

— Sério?

— Ana, filha, não podia escolher um micróbio qualquer aqui da praia? Um tatuí, sei lá? Tinha de ser alga polar? Deus me ajude com esses meninos! — a mãe desabafou ao sentar-se, desanimada.

E Ana foi. Pediu licença do mestrado para um estudo de campo e foi. Poucos brasileiros teriam a mesma chance. Participou das muitas semanas de preparação intensiva em grupo: exercícios físicos, palestras psicológicas, simulações de nevascas.

O inglês era o idioma oficial entre os cientistas de dezessete países que ficariam ancorados no navio *Polarius* durante um ano, totalmente isolados do mundo. Estavam previstas três chegadas de outros navios quebra-gelo para reabastecimento e o apoio de um pequeno aeroporto avançado do Canadá, de onde poderiam sair aviões de resgate em caso de emergências. Fora isso, estavam por conta deles.

Ana percebeu que era das mais jovens e menos qualificadas do grupo, com sua tese de mestrado sobre as algas microscópicas do gelo e seus efeitos na aceleração do derretimento ainda por defender. Ali, a maioria tinha pós-doutorado e livros publicados. Além disso, ela era também a única sul-americana, e talvez a tivessem aceitado para cumprir algum requerimento de diversidade.

Foi uma longa viagem pelo mar gelado, com blocos de gelo e icebergs até o navio finalmente ancorar. Ela ficaria na equipe liderada por Brigitte, uma francesa famosa, com vários livros publicados sobre o gelo rosa, justamente o assunto de sua tese. A equipe internacional de biólogos foi dividida em duplas e ela iniciou os trabalhos com Mike, o louro de voz grave, ombros largos e olhos esverdeados que a encarou de frente quando se apresentou:

— Olá, princesa! Como vai? Sou Michael, de Leeds — ele disse, estendendo a mão direita para um aperto caloroso. Ana não sabia muito sobre Leeds, onde ficava. Mas pelo sotaque era inglês. Então ele teria de adivinhar de onde ela era também:

— Sou Ana, de Copacabana.

Eles ficaram um par de minutos assim, se entreolhando. Ela podia sentir o embaraço dele, sem querer ser rude, ao mesmo tempo em que devia estar processando lugares, países, tentando decifrar que Copacabana era aquela, para não parecer desinformado. Era divertido deixá-lo assim em um breve suspense e manteve sua posição ao perguntar:

— Como vai, Michael? Vamos sair em campo juntos, não é?

— México?

— Já sabe onde está o equipamento?

— Caribe?

— Vamos ter só um mês de luz. Começamos amanhã?

— Cuba?

— Vamos compartilhar a bancada do laboratório também? Brigitte já mandou os horários dos turnos?

— *Come on*! De onde você é? — ele perguntou, desistindo.

— Rio de Janeiro!

— Ah!... a princesa é brasileira! — ele concluiu, numa entonação que remetia aos estereótipos envolvendo a mulher brasileira. Tudo o que ela não era. E logo se adiantou, tentando soar o mais séria possível:

— Sim. Uma cientista brasileira. Qual sua área de interesse?

— Você me deu uma dura, hein? Vou te chamar de Copacabana. E sorriu. Ana deixou a seriedade de lado e soltou uma bela gargalhada, mostrando as covinhas e chacoalhando de leve os longos cabelos castanhos cacheados.

No quarto coletivo feminino onde dormiam em beliches e guardavam suas roupas em espaços exíguos, todas as outras cientistas passaram a chamá-la de Copacabana também. Virou seu codinome, o que era muito comum ali.

Durante um mês, Mike e Copacabana saíram todos os dias à procura de blocos de gelo, extraídos à força pelas brocas perfurantes, que mais pareciam tubos e que tinham um passado para contar. Os dias eram claros e não acabavam. O horizonte se abria por todos os lados naquele mar congelado e podiam distinguir os ursos polares a tempo de espantá-los. Dias de luz eterna, mesmo que evanescente, à medida que o tempo marchava em direção ao inverno ártico, quando se submeteriam à treva total por seis meses.

— Ei, Copacabana, você não se cansa, não? Quando tá todo mundo reclamando, só vejo você sorrindo.

— Reclamar de quê? Não viemos para isso? Trabalhar? Aliás, você viu como a placa não está mais chegando aos quatro metros de espessura como a medida de dois anos atrás? Nem aos três metros do ano passado?

— Nem a dois! Olha aqui: um metro e meio!

— Nossa! É até perigoso de se partir a qualquer momento.

— Sim. Chega por hoje, princesa.

Um vento forte passou entre eles e jogou o capuz de Mike para trás. Ela notou uma rachadura em seu lábio inferior. Logo que retornaram ao navio, Ana tirou uma pomada do bolso interno e lhe ofereceu.

— Toma, passa na boca.

— Ainda não tirei as luvas. Alguém tem de segurar o gelo… Passa pra mim? — ele pediu.

— Vem aqui que eu passo.

O corredor estava vazio. Mas se alguém caminhasse ali naquele momento, quando Ana passou com o maior cuidado a pomada no lábio rachado de Mike e eles se entreolharam por mais tempo que o necessário, diria que estavam enamorados. E que se a boca dele não estivesse ferida, teria rolado um beijo.

Naquela noite, Ana deixou seus sonhos livres. Seus desejos, seu querer. Mike não saiu de seus pensamentos, sua voz grave, o sotaque inglês que ela adorava. Como seus galãs preferidos de todos os tempos… Sean Connery, Colin Firth, Jude Law, Daniel Craig… Sonhou tanto que perdeu a hora…

A mudança contínua entre o dia e a noite se faz de forma abrupta no polo. Não há transição. Luz e treva. Vida e morte. Num dia, tinham 24 horas de luz e, dois ou três dias depois, a escuridão se fez total.

Nem se podia mais acender as luzes do laboratório, apenas luzes vermelhas especiais, para diminuir o impacto e não afetar a sazonalidade do bioma. A noite permanente altera os hormônios e a produção de serotonina. Depois de três semanas, alguns começaram a ficar deprimidos. Tudo já tinha sido previsto, e os que não aguentassem muito tempo seriam substituídos por outros trazidos pelos navios quebra-gelo da Rússia, da China e depois da Noruega.

Contudo, mesmo em uma expedição bem planejada como aquela, não tinham previsto a pandemia. O isolamento impossibilitou a viagem dos navios, como também fechou o aeroporto do Canadá, que lhes daria cobertura em emergências. Estavam por eles mesmos. Não houve substituições de pessoal, reabastecimento, nada. A comida começou a ser racionada. Acabaram-se os chocolates.

E aí veio a borrasca. Uma tempestade repentina de ventos fortíssimos e um tipo de neve diferente que saía cortando tudo que passasse pela frente. Escutaram uns estalos fortes, depois mais intensos ainda. Os holofotes das torres de vigia identificaram o gelo se rompendo entre uma central de baterias e a área do navio. O gelo se partia e levantava facas pontiagudas, umas sobre as outras, deixando à mostra o oceano. Logo um cabo foi desconectado e metade do navio escureceu.

A equipe técnica já estava consertando uma central de energia avançada do outro lado do navio. Mike e Copacabana eram os que estavam mais próximos. Perceberam que o cabo grosso solto poderia ser cortado pelo gelo e mergulhar no oceano para sempre. As placas ainda se movimentavam. A instabilidade mais a nevasca indicavam risco de vida. Mike decidiu agir e se apossou de um caiaque duplo que estava por ali.

— Fique aqui. É muito perigoso! — ele gritou no meio da ventania.

— Vou também! — ela jamais deixaria que ele se arriscasse sozinho.

Deram umas remadas em meio às placas soltas que batiam no casco. Ana se ofereceu:

— Deixa que eu desço! Sou mais leve! E você tem mais força pra segurar o caiaque aqui!

Ele ficou equilibrando o caiaque entre as ondas e as placas que se partiam. Depois de várias tentativas, ela conseguiu reconectar o cabo e desviá-lo das áreas mais pontiagudas. O vento e a neve que caía sem parar dificultavam a visibilidade.

Na volta, ao descer da canoa, Ana sentiu suas pernas bambearem. Mike a amparou com um abraço até o navio. Para Copacabana, não havia frio, *frostbite*, nevasca, perigo, nada. Só sentiu o calor do braço de Mike sobre seus ombros.

Foram recebidos com aplausos e assovios. Eles se entreolharam e sorriram. Muitos pensaram que se beijariam, mas foram interrompidos pelos gritos de Brigitte, no seu sotaque francês, recriminando-os por terem se arriscado tanto.

Dois meses depois, foram recolher amostras fora do perímetro de segurança em volta do navio. Em meio à escuridão, o holofote da torre iluminava o caminho e já estavam terminando quando ouviram a sirene dos ursos. Os animais não deviam estar assustados porque os vigias soltaram os fogos de artifício em seguida. Quando o holofote iluminou mais à frente, viram dois ursos. A brasileira se apavorou e começou a correr de reflexo. A ursa disparou atrás dela e iria alcançá-la com certeza se três tiros certeiros do vigia da torre não tivessem fuzilado o animal a tempo.

O outro urso fugiu. Mike alcançou a companheira e ficaram ali abraçados, ao lado da enorme ursa polar morta e da mancha que tingia a neve de vermelho. Os dois tremiam e só o abraço parecia diminuir o trauma recente. O holofote de luz parou sobre eles, e muitos assistiram o beijo longo que aconteceu em seguida. Ao final, ele desabafou:

— Copacabana, o que eu faria sem você — ele sussurrou.

De noite, Ana aprimorou os sonhos. Iria mostrar o Brasil a Mike, nadar com ele na praia... Matheus e a mãe iriam aprovar! Poderiam desbravar a Antártica!

As coletas de gelo foram interrompidas por uns dias por causa do ataque e ela recebeu olhares tortos como se fosse culpada pela morte do animal que mais se queria proteger ali.

Mike sumiu e ela procurou Brigitte para saber dele e da nova escala.

— A escala vai sair hoje, sim. Muita coisa mudou — disse Brigitte, parecendo irritada.

— Como assim?

— Depois que você se apavorou e temos uma ursa polar morta, um animal magnífico em sério risco de extinção, decidi não permitir mais sua saída a campo.

— Mas...

— Ficará restrita ao laboratório. Nas madrugadas. Alguma pergunta?

As escalas de Mike e a dela se desencontraram. Por duas semanas, não conseguia vê-lo no laboratório, no refeitório, no lazer, nada. Quando faltava pouco para acabar o inverno, o navio russo os alcançou. Desembarcaram as provisões, alguns novatos e, no outro dia, onze cientistas decidiram ir embora. Na hora do adeus, divisou de longe Mike e Brigitte, que acenavam abraçados do navio russo. A brasileira demorou uns instantes para processar, sentiu um aperto no peito e correu para sua cama a chorar. Encontrou um bilhetinho sobre o travesseiro: "Se cuida, Copacabana."

Tinha sido trocada por uma polpuda bolsa de pós-doutorado, que a francesa havia pleiteado para Mike em Paris.

E por mais que só tivessem pouco tempo de trevas pela frente, e a chegada das frutas e chocolates levantassem o espírito de todos, Ana sentiu o frio úmido na pele e um início de eczema no cotovelo que coçava sem parar. O cheiro de roupa molhada que imperava no quarto a incomodou, identificou uns besourinhos e percebeu o mofo do banheiro.

Começava o inverno de Copacabana.

Uma fria proposta

Por Marines R. Oliveira

Ele a olhou fixamente, percorrendo toda a extensão de seu corpo, que estava encostado em uma porta, e fez o convite:

— Vamos?

— Para onde? — respondeu ela sorrindo, em tom de deboche.

E ele, aproximando-se mais, passou uma mão em sua cintura e sussurrou em seu ouvido:

— Contigo? Vou para onde me levar.

Desde então, ele não perdia uma oportunidade para deixá-la constrangida.

Não que ela se constrangesse assim, tão facilmente.

— Fica aqui depois do expediente mais um pouco, hoje?

Ela quis dizer não, mas foi tomada por uma onda de curiosidade, ou seria uma maliciosa vontade. Porém, deu uma pequena refletida sobre a situação e ponderou:

— Posso ficar, mas não poderei me demorar. Tenho outro compromisso.

— Prometo a você, será breve. Quero apenas conversar, o que mais seria?

Claro que ela duvidava das boas intenções de Roberto.

Afinal, conhecia sua fama de conquistador e ela mesma já estava passando por suas investidas que nem de longe eram discretas.

Todos a sua volta conseguiam perceber as intenções dele com ela.

Mesmo assim, ela aceitou o seu convite.

A tarde fria se arrastou lentamente naquele dia e a cada meia hora Roberto olhava em seu relógio, que teimava em não correr.

— Por Deus! Pareço um menino.

Hora ou outra ele corria até o corredor para conferir se ela ainda estava lá.

Algo totalmente desnecessário.

Onde mais ela poderia estar?

Trabalhando, obviamente, e com um semblante tão sereno, como se nada pudesse abalar sua concentração.

Só aparente era sua tranquilidade. Por dentro, ela sentia algo a consumir com o passar dos minutos e a aproximação do final da tarde, algo além do frio da baixa temperatura. Era um frio na barriga que não era comum ela sentir.

Mil ideias vinham a sua cabeça: "Fiz certo em aceitar o convite tão prontamente?", "O que estará ele pensando sobre mim agora?", "Se mais alguém ficar sabendo, o que acontecerá?", "Ainda não aconteceu nada, calma", "Sim, e nem vai acontecer".

Ela ficava tentando se convencer: "Não ir?", "Preciso falar com alguém sobre isso ou não vou ter condições de suportar a espera", "Em quem eu poderia confiar para falar sobre esse assunto?".

Era evidente que Natasha não poderia confiar em ninguém do trabalho. Sendo assim, ela só poderia contar consigo mesma e buscar um modo de acalmar seus ânimos e ansiedade até que o momento do encontro proibido chegasse.

Mal conseguia atender ao telefone, era com uma dificuldade imensa que buscava a concentração necessária para dar conta de seus afazeres de secretária.

Pela parede de vidro que os separava, Nat, como era chamada por todos, via Roberto conversando animadamente com as pessoas que o procuravam.

"Eu devo ser muito tola em ficar com toda essa expectativa, quando ao certo nem sei do que se trata o tal assunto que ele quer conversar comigo", ponderava ela.

Esses pensamentos tomaram conta de sua mente por todo o tempo em que esperava o tal encontro acontecer.

No entanto, o que Nat não poderia prever acabou por acontecer.

Pouco antes das 18 horas, o telefone toca e ela percebe Roberto muito alterado, do outro lado do vidro, em sua sala. Foi uma longa ligação em que ele não conseguiu disfarçar seu descontentamento e eu diria até mesmo nervosismo. Sim, os seus ânimos ficaram exaltados!

Saiu de sua sala, na sequência, e partiu rumo à porta da saída sem ao menos se despedir.

Quando Nat ia começar uma série de xingamentos mentalmente, eis que ele retorna e só então a observa.

No entanto, o retorno não era para dar-lhe a explicação que ela aguardava, e convenhamos que era o mínimo a esperar dele.

Roberto foi até sua sala, pegou seu sobretudo que havia esquecido depositado no encosto da cadeira, e dessa vez sai mais calmamente, passa por todos e avisa que retornará no dia seguinte.

Chega até a mesa de Nat e se limita a dizer:

— Conversamos amanhã, hoje não será possível. Imprevistos...

O que ela poderia lhe responder?

— Imprevistos, sei como são!

Nesse dia, Nat foi para casa e nem se deu conta do trajeto longo percorrido pelo ônibus. Uma neblina típica de inverno ia caindo e marcando de branco os carros que circulavam pelas avenidas. Seus pensamentos estavam longe e ela faria qualquer coisa para descobrir o que aconteceu para que Roberto mudasse de ideia.

Em suas casas, tanto Nat quanto Roberto custaram a dormir.

"Por que eu fiz isso? Fugir? Logo eu?", "Mas como eu teria coragem de dizer a ela tudo o que estava passando em minha cabeça?", "Sim, certamente ela não entenderia e nunca mais eu conseguiria me aproximar dela". Todos esses e muitos outros pensamentos ficaram boa parte da noite rondando e tirando o sossego de Roberto. Ele precisou então levantar e tomar um pouco de vinho tinto, numa tentativa de aquecer seu corpo e sua alma fria e inquieta.

No outro dia, no trabalho, às oito horas pontualmente estava Nat à espera de uma explicação, algo convincente que a fizesse ter finalmente uma boa noite de descanso no final do longo dia que a esperava.

Roberto tentou se esquivar dela durante toda a manhã, mas cada vez que ele olhava para sua direção ela estava olhando para ele como que pedindo por uma justificativa.

Lá pelas quatro da tarde, ele a chamou até seu escritório. Aproveitou o sol que tentava brilhar lá fora, tomou-se de um ímpeto de coragem e então relatou o motivo do convite do dia anterior.

Encarou-a e começou a relatar seu projeto para o ano seguinte, em muitos detalhes e a incluindo nos planos.

Ela mal podia acreditar no que estava ouvindo.

— Então trata-se disso? — perguntou a ele, como que num misto de alegria e decepção.

— Sim, uma proposta de trabalho irrecusável. Não está feliz?

— Como não estaria feliz? Só não entendo ainda o porquê do segredo, da conversa no final do expediente.

Antes mesmo de completar a frase, ele tratou de se apressar em explicar o quanto esse seu projeto era secreto, um grande segredo que ele só confiou a ela.

Quando ela agradeceu por ter sido incluída em seus planos e saiu da sala, sem conseguir ordenar suas ideias completamente, Roberto desabou em sua mesa e com um nó na garganta disse a si mesmo:

— Covarde! É isso que eu sou.

Passou algum tempo não acreditando em sua falta de coragem, tomou uma dose de café com conhaque, como de costume nos dias frios, e então concluiu:

— Foi melhor assim! Como eu poderia sair com ela e não me envolver? E quais seriam as consequências de um envolvimento com alguém tão especial como a Nat?

Com as outras sim, com ela não.

Sobre anjos e querubins

Por Adriana Florio Cairo

O vento frio arrepiava a pele. O cheiro de flor-de-São-João invadia a noite. Heitor andava apressado até o carro. Era noite de reunião com os amigos de infância. A vontade de ficar em casa, assistindo à TV, enrolado num cobertor, era grande. Mas o desejo de estar com aquelas pessoas queridas que ele não via há muito tempo era maior.

Ligou o carro e partiu. Uns dez minutos depois, uma cena roubou sua atenção: embaixo de uma marquise, o que parecia ser um homem se enrolava todo sobre si mesmo, numa tentativa desesperada de resistir ao frio. Heitor parou o carro e tirou, do porta-malas, um dos vários cobertores que levava consigo para situações como essa.

❄

Heitor foi uma criança feliz, apesar de todas as faltas na infância. A mãe e ele eram muito unidos, sozinhos que eram no mundo. A mãe, filha única de pais paraenses, havia vindo para São Paulo ainda criança, nunca tendo conhecido os parentes que haviam ficado por lá. Perdeu os pais aos 18, ambos atropelados por um motorista embriagado. Aos 19, casou-se com Hugo e, dois anos mais tarde, tiveram Heitor. O nome do filho foi escolhido a dedo: Hadassa achou engraçado ter se apaixonado por alguém cujo nome também começava por H. Quis iniciar uma tradição familiar — todos os filhos que tivessem teriam o nome começado por essa letra. Mas outros filhos não vieram.

❄

— Quem é o anjo da mamãe? Meu querubim?

— Eu sou seu anjo, mas sou Heitor.

— E cadê a marquinha que a mamãe ama?

— Tá aqui! — levantando a camiseta e estufando a barriga, mostrando uma mancha vermelha em formato de uva que tomava o lado direito de seu ventre.

— Essa é a lembrança que o papai deixou pra você. Foi a maneira de ele dizer que continua aqui, olhando por você, pra sempre.

— Ele tá no céu?

— Tá, meu amor. O papai foi pro céu. E ele tinha uma mancha igualzinha à sua. Mas a dele era no rosto, perto do olho esquerdo.

— A cegonha mordeu ele também?

— Hahaha... sim. Mas a que trouxe ele do céu era muito desastrada e deixou ele escorregar. Quando foi pegar, deu um beliscão no rosto. A sua foi mais jeitosa, e trouxe você pela barriguinha. Mas a marquinha é igual.

— E foi a cegonha que levou ele embora de volta pro céu?

— Eu não vi, amor, mas acho que sim.

— Eu queria conhecer o papai.

— Você teria amado ele. Ele era muito legal. Você tinha três aninhos quando ele partiu. Olhe, filho, respire fundo, sinta o cheiro. Sentiu? — flores-de-São-João rodeavam a casa simples. — É o seu anjo que está aqui pra proteger você. Agora feche os olhinhos que está na hora de dormir.

E começou a cantarolar para o filho:

"Não sei se tu tens um anjo
Que eu tenho um anjo sim
Meu anjo é um pequenino
Que agora vai dormir

Dorme meu anjo lindo
Meu menino serafim
Que o sono vem vindo
Pra levar você de mim

Porque está na hora
Na hora de dormir
Dorme meu pequenino
Dorme meu querubim"(*)

❄

Hadassa trabalhava como costureira numa grande confecção. Desdobrava-se para dar o que pudesse ao filho — e o que podia era muito pouco.

Moravam numa casa de madeira cheia de frestas. Havia um só cômodo que funcionava como sala, quarto e cozinha. A única porta interna dava para um banheiro minúsculo. No verão, a exiguidade do espaço e o forro baixo transformavam o lugar num forno. No inverno, o frio que entrava chegava a provocar dor.

Mãe e filho dormiam juntos. Os cobertores de baixa qualidade não davam conta de aquecê-los. O que ajudava era o amor daquela mãe; aproximando o corpo minguado do filho ao seu, ela cantava para ele até que o sono vencesse o frio.

Aquelas noites frias marcariam a alma de Heitor para sempre. Todas as vezes em que sentia medo, ou insegurança, ou vontade de fugir de uma situação, fechava os olhos e se imaginava ali, naquela casinha pobre, cheirando a flor-de-São-João, a mãe a abraçá-lo com um abraço quente de amor. Aquele era seu lugar de segurança no mundo. O lugar onde sua alma se refugiava para serenar.

❄

O menino, que pouco conhecia do mundo, se sentia feliz vivendo daquela forma. À medida em que crescia, no entanto, foi percebendo que existia um mundo melhor, e sonhava em fazer parte dele. Logo descobriu o que fazia um engenheiro civil — e que era aquilo que seria.

Tinha pena de ver a mãe trabalhar tanto. Via os olhos dela, sempre tão tristes, tão diferentes dos das mulheres que conhecia — a professora, as mães dos amigos, as vizinhas… tinha vontade de ser sempre o melhor filho, de fazer tudo por ela. Um dia, chegou com uma novidade:

— Mãe, posso chamar você de pãe?

— Do quê?

— De pãe. É que a minha professora disse que quando a mãe cria sozinha o filho, ela é pãe — pai e mãe.

— Que bobagem, Heitor. Isso é pra quem não tem um pai bom. Você tem. Ele tá no céu olhando por você.

— Mas é só você que faz tudo pra mim. O pai eu não vejo.

— Mas ele está aqui, te protegendo de tudo. Não, eu sou só mãe. Pai é ele, e ele deve estar triste por ouvir você falar essa bobagem toda.

— Desculpa, mãe. Desculpa, pai. Você tá me ouvindo? — falando mais alto, olhando pra cima. — Foi mal.

— Foi mal, mesmo. Agora escove os dentes pra gente dormir.

❄

Foi num dia de Finados que aconteceu a primeira conversa a respeito. Os dois estavam vendo TV quando apareceu uma matéria mostrando os cemitérios lotados, pessoas depositando flores nos túmulos dos entes queridos que já haviam partido.

— Então as pessoas que morrem ficam em cemitérios?

— Sim.

— E onde está meu pai?

— No cemitério também.

— Mas você nunca me falou, mãe. Eu não sabia. Vamos levar flores pra ele? Quero saber onde ele está.

— Ele está no céu, que é o verdadeiro lugar em que estão as pessoas que morrem. E onde eu ia arranjar dinheiro pra flor?

— Tem um monte lá fora, mãe. Vou lá colher, daí a gente leva, tá?

— Heitor, essa história de cemitério é bobagem. Não vai arrancar flor nenhuma do chão, que é lá o lugar dela. Quer que a flor morra também?

— Tá bom, a gente não precisa levar. Mas você me leva ver meu pai?

— Heitor, já falei: seu pai está no céu. No cemitério, só ficam os ossinhos da pessoa. E você não vê nem isso. Então, não tem sentido ir lá pra não ver nada.

— Mas eu queria saber onde ele está.

— Assunto encerrado, Heitor. Vou tomar banho, que ganho mais.

O menino se arrependeu por ter deixado a mãe chateada. Ele não queria aquilo. Mas por que a mãe nunca tinha falado que havia um lugar onde ele poderia estar mais perto do pai?

Acabou deixando aquele assunto adormecido. Quando a mãe saiu do banho, tratou de mostrar uma atividade da escola em que tinha se desenhado com um capacete na cabeça e um sorriso nos lábios, tendo atrás uma casa grande e bonita.

Quando tinha onze anos, o assunto veio à baila novamente. Um amigo da escola perdeu o avô e contou sobre o enterro. Heitor ficou impressionado e resolveu usar aquilo para perguntar novamente sobre o pai:

— O Lucas falou que o cemitério é enorme e tem um monte de casinhas, e eles colocam uma placa com o nome da pessoa que está lá dentro. E disse, também, que ficam várias pessoas na mesma casinha.

— Túmulo.

— Oi?

— Túmulo, Heitor. Mausoléu. Não é casinha.

— Ah, tá. Mãe, eu queria conhecer o túmulo do meu pai.

— De novo essa história, Heitor? Já disse que lá só tem um monte de ossos. O que importa é o que a pessoa foi em vida, não o que está no cemitério. Seu pai tem que estar no seu coração, e só. Esqueça essa história de cemitério!

❄

O tempo passou. Heitor e Hadassa conseguiram se mudar para uma casinha melhor, com um quarto para cada um.

Ela continuava na confecção, mas num cargo melhor, o que permitia que pagasse por um aluguel mais alto. O rapaz queria, acima de tudo, dar orgulho para a mãe. Esforçou-se muito e conseguiu entrar para uma faculdade pública. Apesar das dificuldades de um curso superior, formou-se no tempo previsto.

Hadassa não se aguentava de tanto orgulho do filho na formatura. Chorou quando o filho entrou. Chorou durante o vídeo com os alunos. Chorou na homenagem aos pais. Chorou o que tinha represado a vida toda. Chorou por cada noite que havia ficado sem cobertor para proteger mais o filho. Chorou por cada vez que tinha que explicar a ausência do pai para aquele menino que era tudo para ela — e que não poderia ser magoado jamais. Chorou por toda a solidão vivida.

Heitor também chorou. Por cada ruga no rosto da mãe. Pela aspereza de suas mãos. Por seus olhos cansados, sem vida. Por suas costas curvadas. Naquele dia, prometeu a si mesmo que faria dela uma mulher cheia de vida. E mais: decidiu que nunca mais deixaria alguém sentir frio perto dele. Era uma maneira de retribuir a Deus a mãe amorosa que fez tudo por ele, mesmo nos dias mais duros de suas vidas.

❄

Trabalhando já há algum tempo, Heitor pôde comprar uma casa para a mãe. Simples, ensolarada, bem vedada, com um jardim lotado de flores-de-São-João. Na sala, uma salamandra, em frente à qual o filho contou à mãe o quanto aquelas noites de inverno da infância haviam marcado sua vida, a ponto de se tornarem seu porto seguro emocional. A mãe chorou mais uma vez por entender o quanto havia valido a pena poupar o filho das coisas mais duras, difíceis de entender.

Heitor morava com ela, mas tinha planos de se casar em breve — uma amiga de trabalho era a namorada. Eles tinham acabado de se falar por telefone — a convivência no trabalho nunca era suficiente — e ele dizia que estava de saída para o encontro com os amigos de escola. Beijou a mãe. Ela lembrou a ele de pegar um casaco mais pesado — estava bastante frio. Ele achou melhor obedecer.

Ligou o carro e partiu. Uns dez minutos depois, uma cena roubou sua atenção: embaixo de uma marquise, o que parecia ser um homem se enrolava todo sobre si mesmo, numa tentativa desesperada de resistir ao frio. Heitor parou o carro e tirou, do porta-malas, um dos vários cobertores que levava consigo para situações como essa. Entregou para o homem ainda na penumbra, que esticou o braço para pegá-lo, mãos inchadas de quem bebe há muitos anos:

— Deus te abençoe. Você deve ter tido bons pais, para ser tão generoso.

— Meu pai morreu, mas minha mãe é, sim, uma mulher maravilhosa. Deus abençoe o senhor também. Fique bem.

— Obrigado. Vá com Ele.

Heitor partiu, saboreando aquela sensação incrível de ter feito o bem.

O homem enrolou-se no cobertor, fechou os olhos e agradeceu a Deus por existirem no mundo pessoas boas. Um carro passou devagar, jogando inadvertidamente o farol sobre ele. Naqueles poucos segundos, foi possível avistar uma marca vermelha em formato de uva sobre seu olho esquerdo.

(*) Canção *Meu anjo sim*, da dupla Palavra Cantada.

O SABOR DO QUEIJO

Por Nicoli Cristine Ruprecht

O cheiro de pão de queijo saindo do forno, a chuva brincando de corrida na janela e um silêncio tomam conta da casa. A conversa boa estava na árvore, ou melhor, na agitação que vem da essência de duas crianças fazendo o que fazem de melhor, descobrindo o mundo, e nesse caos de felicidade e investigação começam a surgir as perguntas: de onde vem a chuva? Por que a chuva cai do céu? Por que quando cai neve não podemos brincar na casa da árvore?

São tantas perguntas, tantas descobertas e tantas respostas que só aquelas duas crianças entendem. Adultos já perderam a curiosidade de descobrir o mundo pelos pequenos detalhes e pelas perguntas óbvias não refletidas.

Entre toda aquela curiosidade, uma pergunta se destaca e vira a principal investigação daquele dia de inverno em uma pequena casa na árvore, com uma porta, três janelas e o início de neve que começa a cair. O que tem no pão de queijo da avó Nina que fica tão gostoso?

Paloma, uma menina de um metro e quarenta, cabelos castanhos e olhos verdes, que usa uma calça rosa claro, um casaco amarelo de bolinhas laranja, um par de botas peluciadas pretas e uma touca branca com pompom na ponta, começa a levantar hipóteses do ingrediente secreto e diz que a avó pode usar um pó mágico que a fada do dente usa para ninguém a ver e que ela pode ter conseguido o pó mágico por já ter perdido todos os dentes de leite.

A irmão gêmea Amora, uma menina de um metro e quarenta e dois, cabelos e olhos castanhos, que usa uma calça rosa claro, um casaco amarelo de bolinhas laranja, um par de botas peluciadas pretas e uma touca também preta com pompom na ponta, levanta os óculos com o dedo indicador e diz que ela está imaginando demais e também começa a levantar suas hipóteses.

— Eu acho que ela coloca casca de dinossauro para deixar o pão de queijo crocante!

Paloma acha nojento e diz que os dinossauros não tomam banho, então ela não pode usar a casca deles porque é suja e não deve ser gostosa e, antes que a irmã pudesse argumentar, ela já levanta outra hipótese e começa falando do dia em que foram para a praia e experimentaram a água.

— Ela era salgada e o pão de queijo é salgado!

As duas se olham boquiabertas, com os olhos brilhando e o coração acelerado porque descobriram o ingrediente secreto do pão de queijo da avó Nina. Antes que pudessem sair da casa na árvore, a mãe Flora chama as filhas para entrarem pois está nevando demais e a brincadeira fora de casa acabou.

Paloma e Amora descem as escadas correndo e sem cuidado se vão ou não cair, passam pela mãe sorridentes e correm para a cozinha contar sua descoberta para a avó, que está tirando mais uma fornada de pão de queijo. Paloma pula para se sentar no sofá e Amora corre até a mesa para pegar um pão de queijo, mas é barrada pela avó, que diz estar muito quente e precisa esperar esfriar para comer.

A mãe, uma mulher de um metro e oitenta e cabelos loiros, que usa óculos, tem olhos castanhos e veste um casacão cinza, uma calça e um par de botas pretas, uma touca branca e um cachecol vermelho, vai até a cozinha e se senta na poltrona do canto para observar as descobertas do dia. Pela animação, viu que eram boas.

As meninas começam a falar para Nina o que descobriram e, enquanto a avó ria, a mãe ficava admirada com a criatividade das filhas. O pai chega na metade da conversa e não entende o que está acontecendo, olha para a esposa e para a sogra que ri e imagina que talvez seja mais uma pergunta que criou asas da imaginação.

A avó pergunta se elas querem ajudá-la a fazer pão de queijo para finalmente descobrirem o ingrediente secreto. As meninas amam a ideia mas não entenderam que seria na cozinha e pedem para o pai buscar um pote com neve para fazerem os pães de queijo na varanda. Os adultos se olham e não dizem nada.

O pai, um homem de um metro de oitenta e dois, cabelos castanhos, olhos verdes e que veste uma calça, um par de botas, um casacão e uma touca marrom, caminha até o armário e pega duas panelas, passa pela sala, abre a cortina e a porta e enche as duas panelas com neve. As duas meninas, sempre animadas, já correm até a varanda e a mãe diz que pelo frio é melhor elas cozinharem na sala. A mãe pega uma toalha de mesa e estende no canto contrário da lareira, enquanto o pai entra novamente na sala e as meninas já estão prontas para começar a brincar e descobrir o ingrediente secreto do pão de queijo.

Os pais deixam as duas descobrindo e vão para outro cômodo da casa. A avó Nina consegue da cozinha observar as netas. Elas fazem formas e conversam entre si quando percebem que a textura, a cor e o gosto da neve são diferentes do pão de queijo da avó e param para pensar que tem alguma coisa errada e não deveria ser assim, porque não ficou igual ao da avó.

Deixam a neve em cima da toalha e correm até a cozinha para perguntar como se faz pão de queijo. Então a avó começa explicando que antes de fazer precisa separar os ingredientes e os utensílios.

Amora está tão animada que antes de a avó continuar ela já pergunta:

— O que precisamos separar?

A avó pega o caderno de receitas da gaveta, procura a receita de pão de queijo, leva as meninas até o sofá e as três olham juntas. A avó já tinha decorado de tantas vezes que fez. Como Paloma e Amora ainda não sabiam ler, foi a avó quem leu a receita.

Receita de pão de queijo

- Ingredientes:
- 2 fatias de queijo
- ovos
- 2 copos de polvilho azedo
- 1 copo cheio de leite
- ½ copo de azeite
- 1 pitada de sal

Modo de preparo:

- Bata todos os ingredientes no liquidificador
- Unte a forma com azeite
- Coloque a mistura na forma
- Coloque no forno por 40 minutos, 200 graus, observando a cor.

Paloma e Amora se olham inquietas e se perguntam qual deles é o ingrediente secreto, já que todos ali elas conhecem e não conseguem ver com magia nenhum deles.

A avó dá a ideia de começarem a fazer, assim elas descobrem no processo qual é o ingrediente secreto. A animação das meninas aumenta mais ainda e a alegria na cozinha começa a crescer. Elas pegam ingredientes daqui, pegam ingredientes de lá, forma, azeite, sal, ovo, derrama leite, cai casca de ovo dentro do liquidificador, a cozinha já está toda suja e os sorrisos dão som à casa que era silenciosa.

Depois de tudo pronto, a avó coloca a forma e regula o forno enquanto a pergunta continua sem resposta. O que tem no pão de queijo da avó que fica tão gostoso?

Elas ainda não tinham entendido e a avó explica:

— O ingrediente secreto para tudo é o amor! Tudo com amor fica mais gostoso e transforma aquilo que não era bom! Nós não só fizemos os pães de queijo como também brincamos, rimos, aprendemos e fomos felizes, é isso que importa, é isso que transforma!

As meninas abriram um sorriso de orelha a orelha e se abraçaram, quando lembraram da neve na sala e pensaram que se fizerem com amor a neve pode virar um pão de queijo gostoso igual ao da avó Nina. Mas não tinha mais neve, era só água, que a avó ajudou a secar e organizar a sala.

Enquanto esperavam o pão de queijo ficar pronto, os pais chegaram à sala e perguntaram para as filhas se elas já haviam descoberto o ingrediente secreto. Elas responderam com a maior empolgação que sim e que sempre vai ser o amor, porque ele aquece a alma e transforma aquilo que não é bom.

Nisso surge mais uma pergunta, as irmãs falam juntas:

— O que vamos fazer enquanto os pães de queijo estão no forno?

Decidem juntos se sentar em frente à janela, observar a chuva e contar uma história que dessa vez é lida pelo pai. Ela inicia assim: "O cheiro de pão de queijo saindo do forno, a chuva brincando de corrida na janela e um silêncio tomam conta da casa. A conversa boa estava na árvore, ou melhor, na agitação que vem da essência de duas crianças fazendo o que fazem de melhor, descobrindo o mundo, e nesse caos de felicidade e investigação começam a surgir as perguntas..."

O forno dá sinal de que os pães de queijo estão prontos e a avó Nina, uma senhora de um metro e setenta, cabelos curtos e brancos, olhos castanho-claros, que veste uma calça florida e um casaco bordô, um par de pantufas quentinhas com meias por cima da calça e uma touca laranja com pompom na ponta, óculos marrom e tem a essência de uma senhora amorosa, que gosta de ajudar o próximo e estar com as netas, os busca para comerem todos reunidos ao lado da lareira, observando a chuva que agora novamente virou neve.

Paloma e Amora se deliciam com os pães de queijo e ficam felizes ao saber que descobriram a resposta do dia. Seus olhos atentos e suas curiosidades já "procuram" a próxima pergunta e como vão descobrir a resposta para tal desafio. A avó, que um dia foi professora, pedagoga, fica com o coração quentinho ao saber que mais uma vez deu sentido para uma pergunta e, naquela noite, quando coloca as netas para dormir, diz o que sempre disse para as duas.

— Eu te amo inteirinha, cada pedacinho!

Ela apaga a luz, fecha a porta e vai dormir. Mais uma vez, o silêncio toma conta da casa e, enquanto todos dormem sonhando com os pães de queijo, a lareira se apaga, a escuridão toma conta da noite, os passarinhos vão dormir fazendo o amor permanecer no coração de cada um e dando ainda mais sentido para a próxima pergunta que estava por vir. Paloma e Amora criavam memórias e experiências com a avó todos os dias, que davam cada vez mais sentido para as próximas descobertas, ou pelo menos até aquela noite fria e com gostinho de amor.

Um amor de inverno

Por Victor Rodrigues

Não existe receita para encontrar um grande amor. O que não podemos é limitar uma grande chance de conhecer alguém que possa ser feliz conosco, isso significa que não devemos ficar presos em nossas expectativas, não devemos nos prender ao lugar que a gente mora, à igreja que a gente frequenta, nem ao trabalho que a gente vai todo dia, ou numa escola onde a gente estuda. Você não sabe onde e quando seu amor vai aparecer, ou se vai realmente aparecer. Não sabemos em que estação está presente, só sei que vivi um amor quando era bem novo, podemos chamar de um amor de inverno.

Pula a fogueira, iaiá
Pula a fogueira, ioiô
Cuidado para não se queimar
Olha que a fogueira já queimou o meu amor.

Lembro como se fosse ontem, num inverno de festa junina, em que certo terreno baldio era capinado e enfeitado pelos vizinhos com as tradicionais bandeirinhas coloridas. O dia vinte e quatro de junho, noite fria misturada com o iluminar aquecido das fogueiras acesas da célebre noite de São João. Lá estava Marcelinha, e meu olhar não saía de seu rosto.

Ela já era uma amizade que havia na escola, e o que mais me contagiava era que estávamos ensaiando juntos todos os dias sob o comando da rigorosa professora que todos chamavam respeitosamente de Dona Marina. A noite de São João só era uma prévia de uma expectativa de um simples adolescente de quatorze anos de idade que estava apaixonado por uma menina da mesma idade. O que vagava em minha mente era falta de coragem para assumir os meus sentimentos, que cada vez mais aumentavam de maneira melancólica. E apaixonado sonhava de maneira que a imaginação ia longe nas ideias. Se assistisse a um filme, lá eu era o mocinho que beijava sua amada. Se via dois namorados, então já imaginava nós dois juntinhos de mãos dadas, comendo pipoca no cinema, pegando filme na locadora (era final dos anos oitenta, nessa época havia locadoras de filmes) , andando de patins no gelo na Barra da Tijuca.

Mas isso tudo era coisa de minha cabeça. A realidade é que não tinha nenhum jogo de cintura para conquistá-la, o que imperava era mesmo a timidez, às vezes mesmo como um raio eu camuflava e disfarçava. Era um desconsolo se falasse algo errado. Passei a falar menos, e não conseguia parar de ficar emudecido. Não era fácil lutar contra ela. A timidez tentava me vencer, mas ficava com o peso de minhas atitudes precipitadas. Não era fácil carregar toda aquela aflição de pensar a todo momento que havia algo de errado. De fato, eu não conseguia esconder aquela tal timidez.

Contudo, cada dia de ensaio era mágico, era sempre uma alegria. Sentia aquele frio na barriga. O drama era que às vezes me desligava e acabava errando uns passos, e os colegas me chamavam a atenção. Dona Marina gritava: "Ô, Victor, presta atenção!" O ensaio era sempre feito no galpão porque chovia muito naquele mês tão frio. Íamos todos os dias com um casaco de cor azul da escola. Eu chegava muito cedo ao colégio porque meu pai me levava, também já pronto para ir ao seu trabalho. A névoa deixava o caminho esbranquiçado, e lá o meu velho me deixava. Ao sair, via aquele farol ligado e enfumaçado, um frio e o lugar que era o alto de uma colina e, chegando antes de todo mundo, só havia o Seu Jorge, que era o zelador da escola. Naquele ano de mil novecentos e oitenta e nove, ficava por lá até às cinco horas e vinte cinco minutos da tarde, quando eu ia embora e voltava um tanto a pé, um tanto de ônibus, acompanhado de meus coleguinhas.

Mas a vantagem de chegar cedo era exatamente eu ficar no banco de madeira sentado, às vezes acompanhado de um chocolate quente para amenizar aquela friagem e olhando a quadra e as pessoas passando nas ruas. Era uma vista panorâmica bem do alto, mas a expectativa maior era quem chegava, e era tão bom quando ela chegava. As duas mãos nos meus olhos, um perfume suave que me fascinava com uma pergunta "Adivinha quem é?". E mesmo encasacada com o uniforme do colégio, sua beleza me chamava a atenção, seus olhos eram da cor de mel, o nariz arrebitado, cabelos castanho-escuros e uma pele clarinha, da cor da alvorada. Se houvesse neve na Praça Seca, desapareceria.

Naquele momento, falávamos sobre tudo. Torcíamos para o mesmo time, gostávamos do mesmo prato, dos mesmos filmes. Eram sempre agradáveis os nossos papos. Tudo se acabava quando algum outro coleguinha chegava ou a sirene tocava, cada um indo para sua sala, ela quinta, eu na sexta série. Foi assim que fui me apaixonando, com a paixonite mais aguda e inocente que um jovem recém-adolescente poderia ter, pois a vontade de ver foi crescendo como naturalmente deveria crescer naquela estação invernal.

Os ensaios foram rolando, cada coleguinha com o seu par. Era o mais feliz com Marcelinha, mas uma felicidade iludida, de um sentimento que eu sentia, estávamos cada vez mais afinados com os passos de cada dança. Era tudo uma maravilha.

Eu tinha escrito uma poesia tentando me declarar para Marcelinha, naquela semana tão fria do frio que fazia, e travado numa súbita aflição voltava a maquiar meus sentimentos com disfarce de minhas emoções.

Enquanto isso, nas aulas de língua portuguesa, o professor Joel fazia uma associação de jogos de palavras com meu colega Sandrinho, e chamava como vai a Sandrinha? Era um cara muito bacana, ele era até dois anos mais velho do que eu. Nessa época, tinha repetência na escola, não havia dependência. Todos zoavam e ele ria, porque estava dando uns beijinhos numa menina, que ninguém sabia quem era.

Meu poema havia caído em mãos erradas, pois o Jone, um garoto que nenhum amigo gostava, por ser indisciplinado, implicante e briguento, tomou-o de minha mão. Eu disse "Me dê isso aqui". E saiu correndo, e corri atrás dele. Ele foi para cima do muro e fui atrás dele, ele saiu do muro e passou pelo parquinho e eu atrás dele, ele foi descendo a rampa e eu mais veloz estiquei meu pé, alavancando em suas nádegas, fazendo-o cair. Numa rapidez, eu tirei o papel de suas mãos, e correndo de volta para o local de ensaio tomei um tombo ao tropeçar no galho e desmaiei. Logo a pessoa que me socorreu foi a Dona Marina, que também era dona da escola. No hospital, o médico disse que não houve nada demais, só tinha sido o impacto na hora. Por cautela, só tirou um raio-X e no bastante estava pronto para outra.

O que me admirou é que Dona Marina me paparicava em vez de me dar uma bronca, como sempre fazia. O bom que o Jone também tinha se metido em outra briga no mesmo dia e estava suspenso por um bom tempo. Então não iria perturbar minha paz. Nesse dia, era uma sexta-feira que não teve aula por ser somente preparação para festa junina, tanto da montagem de barraquinhas quanto do ensaio, pois no dia seguinte era o grande dia, e também pretendia me declarar para quem estava apaixonado. Foi uma pena não participar do ensaio geral por causa da queda, mas tudo bem!

E finalmente chegou o grande dia, que ficou bem acinzentado com aquele vento frio de inverno carioca, só que no crepúsculo da noite, cingida de um colorido de xadrez dos caipiras por todos os lados, barbas pintadas, barracas lotadas, mesas, familiares em todo os espaços, várias brincadeiras, uma verdadeira noite mágica, com cocada, pé-de-moleque, canjica, estalinho, bombinha e balão japonês por toda a esfera do céu, que surpreendentemente ficou estrelado, despedindo todas as nuvens que estavam pelo ar.

E assim as quadrilhas foram se apresentando até chegar a apresentação de nosso grupo, que cantava o *Xote das Meninas*, de Luiz Gonzaga. Parecia até uma ironia com os meus sentimentos. O negócio é que Marcelinha também estava com os mesmo sintomas de alguém apaixonado.

Mandacaru quando fulora na seca
É um sinal que a chuva chega no sertão
Toda menina que enjôa da boneca
É sinal de que o amor já chegou no coração
Meia comprida não quer mais sapato baixo
O vestido bem cintado, não quer mais vestir timão
Ela só quer, só pensa em namorar
(Ela só quer, só pensa em namorar)
Ela só quer, só pensa em namorar
(Ela só quer, só pensa em namorar)

Quando cantava de manhã cedo era vinha pintada, achava que era por mim que estava apaixonada. De alguma forma, eu sabia que também estava nutrindo algum sentimento, pois ela estava também suspirando e sonhando acordada, suas notas abaixaram e se sentia que nem eu, adoentada. Ela não pensava também em outra coisa a não ser namorar. A música deveria ser um sinal mais forte para eu me declarar. E naquela imagem da música, minha imaginação se transformou num *flash* em uma linda noiva e um belo noivo numa dança de casamento, frações de segundos de quem constrói uma linda ilusão e não sabe o que fazer.

A quadrilha foi um sucesso, muitos aplausos. Meus pais ficaram muito orgulhosos da grande performance na dança, na sincronia de todos os dançantes. Foi uma maravilha. Dona Marina, satisfeita do resultado de suas broncas, digo do seu trabalho e desempenho como a coordenadora do ensaio.

E a festa continuava. Depois de ter comido uns quitutes e falado com outros colegas de classe, fui procurar Marcelinha por todos os cantos e não a achava. Perguntava e ninguém sabia. Saía por todos os lados até que eu a avisto sentada no nosso banco de todas as manhãs. Eu sentei e falei:

— Tudo bem?

— Tudo — ela me respondeu, já me perguntando: — O que está fazendo aqui?

— Gostaria de falar contigo.

— O que você quer comigo?

Meio que titubeando nas palavras, digo a ela:

— Eh, estou a fim de ti.

Porém, numa reação de raiva e grosseria, ela disse para eu sair dali naquele momento. Triste e desapontado, deixo-a naquele local, pego meu bilhete e jogo fora no canteiro. Meu coração sai arrasado.

Em seguida, Sandrinho chega e tasca um beijo em Marcelinha. Já não estava mais presente no local. Só fiquei sabendo dias depois pelos buchichos na escola e fui falar com o Sandrinho. E ele, num olhar caridoso de que sabia que eu gostava dela, disse a verdade, e acabei concluindo — agora fazem sentido as piadas do professor Joel, na verdade Marcelinha é a Sandrinha. Como fui tolo! Meus olhos se encheram de água. Incrivelmente, Sandrinho me deu um abraço de consolo com um olhar sem graça!

E passei a sentar no banco de madeira antes de começar as aulas com aquele frio. O dia terminava e me encolhia no cobertor. O inverno ficou bem rigoroso e eu vendo Marcelinha de mãos dadas com Sandrinho, bem a distância.

De repente, algumas semanas depois, uma menina do oitavo ano chegou por trás de mim com as duas mãos em meus olhos e falou comigo:

— Eu achei essa poesia e achei muito linda e agora ela é minha e queria ter um namorado com esses sentimentos tão lindos por alguém. Suas palavras são muito lindas.

Só poderia responder com um:

— Obrigado. Qual o seu nome mesmo?

— Vanessa. Tá frio, né?

— Sim, bastante! Você quer tomar um chocolate quente? — perguntei a ela.

— Acho melhor um abraço para quebrar o gelo — responde ela. E como prêmio eu ganho um abraço! Será que aqui começa um amor de inverno?

A VIRADA DA VIDA

Por Luciane Aparecida Varela

Ao longo do ano, ela não tinha percebido o quanto sua vida havia mudado quando numa tarde fria de inverno, apreciando a paisagem, ela se deu conta de todos os acontecimentos decorridos naquele ano.

— Nossa! — pensou ela —, como sobrevivi a tantos acontecimentos sem ao menos questionar?

Ela estava se referindo a sua separação, que estava finalizando, pois descobriu depois de anos casados a traição e, para piorar a situação, com sua melhor amiga. Como ela pôde fazer isso? Como ela não percebeu e nem ao menos se posicionou, apenas aceitou a situação?

Elga, uma mulher forte, guerreira, estava ali acabada emocionalmente e fisicamente. Seu ano estava como uma onda *tsunami*. Essa onda começou no início do ano quando, ao achar no celular de seu marido uma conversa com uma mulher, sua melhor amiga e confidente, ali ela viu seu mundo sair de órbita. Foram anos de uma relação maravilhosa. Jamais passou pela sua cabeça que seu príncipe encantad, faria algo tão medíocre, mas ele fez e, se fez, agora tudo que lhe restou foi abaixar a cabeça e aceitar.

"Aceitar? Como pude aceitar? Não lutei, não fiz nada, apenas aceitei", pensou ela, olhando ao longe as árvores dançarem perante o vento frio desse inverno, que prometia segundo a meteorologia ser o mais rigoroso do ano. "Como pude ser tão covarde comigo mesma? Nunca imaginei passar por tudo isso e ainda me sentir culpada!"

As horas passaram e anoiteceu. Elga, sem forças, resolveu ir embora, mas uma coisa não sai de sua cabeça: "Preciso mudar minha vida, não posso continuar assim." E lá se foi, a passos lentos, braços cruzados por causa do frio, mas esperançosos, pois decidiu que alguma coisa teria que ser feita, e sua vida não seria mais assim.

Elga sempre foi uma mulher batalhadora, sonhadora, por isso tantos anos dedicados a um casamento, esquecendo-se de si mesma. Sua aparência mudou muito nesses anos. Ela envelheceu, deixou de cuidar de si, porém nunca deixou de sonhar em ser a grande pintora que gostaria de ser. Ela tinha um talento nato, suas pinturas eram obras de arte, esquecidas no porão de sua casa, pois seu marido dizia ser apenas um capricho, pois talento era o que lhe faltava.

Ao lembrar que em seu porão estava algo que a fazia viver de novo, correu para casa, e como nunca começou a pintar. Agora suas obras não ficariam escondidas em um porão, mas sim em seu belo jardim, para quem passasse por ali observasse tamanha beleza, o que a fez sorrir e nem viu a noite passar.

A meteorologia estava certa. Realmente aquele inverno estava muito gelado, mas mesmo assim Elga começou cada dia a expor suas obras no jardim, pois assim sua casa ficava mais colorida e cheia de vida.

Certa manhã, Josuel, um grande avaliador de artes, passava sem destino por esse lugar e tamanha foi sua surpresa ao ver lindos quadros enfeitando um jardim. Ficou sem reação ao ver quadros lindos reunidos em um lugar só. Parou e de longe avistou uma senhora desajeitada a pintar, e logo perguntou:

— Você é a produtora de tamanha beleza?

— Sim, sou eu. O que procura?

— Já encontrei. Como pode tamanho talento estar escondido em meio ao jardim? Teria que estar enfeitando lares e colorindo vidas neste lindo inverno que vivemos.

— Meu senhor, são apenas retratos do mundo, pintados por alguém que ousou sonhar.

— Sonhar? É talento, minha cara, talento. Podemos negociar?

— Negociar? O Senhor está debochando de mim?

— Jamais! O que estou tentando fazer é negociar com você essas obras, pois são exatamente o que estou procurando.

Elga não sabia o que fazer. Aquilo era tudo o que ela esperava. Não hesitou e respondeu:

— Claro, vamos conversar e fazer o contrato.

Tudo resolvido, agora era preparar-se para o grande evento que seria a exposição de suas obras, já que Josuel queria lançá-la no mundo artístico. Elga estava temerosa, pois olhou-se no espelho e pela primeira vez viu uma mulher que ela não gostou. Não que ela ligasse para os padrões de beleza atuais, mas o que ela fez consigo mesma durante esses anos? Não cuidou de sua aparência e parecia muito mais velha do que já era. Então, decidiu vou mudar de vida!

Naquela manhã gelada de um inverno intenso, acordou decidida no que faria durante seu dia de beleza. Tomou aquele chocolate quente, vestiu-se no seu melhor traje e lá se foi ela, feliz a cantarolar mas, ao dar alguns passos, escorregou no gelo derretido da geada que caiu durante a noite e perdeu os sentidos. Passaram-se horas, claro que para Elga passaram-se anos ali caída no chão. Ao longe, ouvia uma voz que dizia:

— Pode vir, estou te esperando, só faltava você.

Elga, desesperada, não podia levantar e estava ouvindo vozes. "Será que eu morri e não estou sabendo?" Pensamentos loucos e delirantes vinham em sua cabeça. O dia foi passando e nada de ela acordar. Mas estava acordada, ouvia alguém chamando, ou será que estava morta, apenas aguardando alguém a encontrar? A noite chegou gelada, mas linda, como somente as noites de inverno conseguem ser. Elga continuava caída, até que ouviu de novo uma voz, mas agora era diferente:

— Elga, meu Deus, o que aconteceu? É da emergência? Por favor, preciso de uma ambulância urgente para o endereço...

Luzes, buzinas, sirenes, tudo ao longe, ela ouvia tudo, mas não conseguia falar nem avisar que estava tudo bem. Que lugar era aquele? Ela nunca esteve lá, o que estava acontecendo? Não conseguia expressar um ruído sequer, somente ouvir, e assim adormeceu.

Passaram-se longos dias. Quarenta, para ser exata e, numa bela manhã gelada e com aquela garoa fininha, ela acordou. Ao seu lado, Josuel, dormindo todo encolhido em uma cadeira de hospital. Agora tudo fazia sentido, mas ela não conseguia expressar uma palavra, apenas olhar. Josuel acordou no susto, e logo chamou a médica, que durante exames confirmou:

— Josuel, ela perdeu a fala. Infelizmente, foi um dano cerebral e ela não voltará a falar nunca mais.

Naquele momento, houve um silêncio na sala. Por minutos, Josuel tentou entender por que aquilo estava acontecendo, como ele contaria para Elga. Passaram-se horas até que ele absorvesse tudo e voltasse ao quarto para contar a Elga.

Elga chorou silenciosamente. Estava em choque, em luto. Foram dias difíceis, mas aos poucos ela foi refletindo sobre tudo que acontecera na sua vida. Como ela poderia ser tão ingrata com Deus? Se ele tinha lhe dado outra oportunidade, outra chance de viver intensamente, ela perdeu a fala, mas o restante estava tudo em perfeito estado.

Nesse tempo, ela ganhou o maior tesouro que alguém pode ter, um amigo. Josuel tornou-se seu amigo irmão, contou-lhe sobre o grande sucesso de sua exposição e disse que havia uma lista de espera por suas novas obras. Como ela poderia esquecer que, se Deus a deixou viver, era porque tinha uma missão e não ia ser um acidente que mataria seu propósito de vida. Daquele dia em diante, decidiu abandonar o luto e viver, viver para ajudar outras pessoas como ela e principalmente para viver a grande amizade que o destino lhe reservou.

O inverno continuava gelado, mas agora tinha uma nova magia em torno desta estação e com ela um novo propósito de vida para Elga. Ela foi procurar uma escola de língua de sinais, pois tinha que recomeçar a aprender a se comunicar.

Desde o acidente até a saída do hospital, passou um tempo de dois meses. Foram momentos difíceis, mas ela teve a ajuda de seu novo e melhor amigo, amizade que jamais ela pensou que encontraria em uma tarde em seu jardim. Josuel é o amigo que todos gostariam de encontrar na vida, alegre, companheiro, parceiro para tudo, foi ele que organizou a exposição, que ficou com ela todo o tempo que pôde no hospital, foi ele que organizou toda sua situação financeira, ele esteve o tempo todo à disposição de sua amiga. Essas amizades são raras e difíceis de encontrar, por esse motivo, Elga agradecia todos os dias a Deus por presenteá-la com alguém tão especial. Era um amor que não tinha medida, apenas gratidão.

A conquista da comunicação de novo não foi fácil, mas ela conseguiu. Agora já podia se comunicar com as pessoas com a língua de sinais e, como já se pode imaginar, Josuel foi seu companheiro em todo o processo. Para ela, cada etapa era comemorada com festa, pois agora sim ela estava vivendo e aprendendo a cada dia.

Logo que saiu do hospital ela retomou a pintura, e agora cada exposição era um sucesso maior que o outro, pois cada pintura representava o recomeço, a vida. Em meio a tantos compromissos, ela e seu amigo sempre tiravam um tempo para viajar. Invernos se passaram, mas a amizade entre os dois aquecia seu coração.

Elga tornou-se uma pintora conhecida internacionalmente e viajou a vários países fazendo a divulgação de seu trabalho. Agora era uma mulher irreconhecível tanto esteticamente como internamente. Ela superou todos os seus limites e transformou seus sonhos em realidade.

Mas o destino tinha uma grande surpresa reservada para Elga. Por todo esse tempo, ela não ouviu falar de seu ex-marido até que um dia bate em sua porta um advogado com um envelope. Ela estava sendo convocada para abertura do testamento de seu ex-marido, com o qual ela não tinha contado desde a separação.

A manhã amanheceu gelada, mas estava um dia lindo, e lá foi Elga para o escritório do advogado. Para sua surpresa, ela encontrou a amiga traidora sentada do lado de fora, no aguardo de ser chamada também. Ela olhou para Elga e não imaginou o que ela estaria fazendo ali também. Ambas foram chamadas, e então uma sentou-se de um lado e a outra, do outro.

Ao sair do escritório ainda em choque com o que acabara de acontecer, Elga não resistiu e caiu em lágrimas.

Seu querido amigo Josuel alcançou-lhe um lenço e preocupado, perguntou:

— Amiga, o que houve? Estou preocupado.

— Meu querido amigo, não se preocupe. As lágrimas são de emoção e não de tristeza. Vamos nos sentar ali na praça e lhe conto tudo.

Elga relatou ao seu amigo que seu ex-marido havia lhe deixado toda a fortuna que conquistara durante sua vida, e deixou-lhe ainda uma carta dizendo que pedia seu perdão e que nunca havia deixado de amá-la. Disse que se arrependeu de tudo que lhe fez, mas que deixou que ela vivesse seu sonho e fosse feliz, mas que agora ele desejava que ela fizesse com seu dinheiro o que quisesse e que ele sentia um grande orgulho da grande mulher que ela havia se tornado. Os dois amigos choraram juntos e depois saíram andando pela praça.

Elga usou a fortuna que ganhou do ex-marido para abrir um instituto para ajudar pessoas que passaram pelo mesmo processo de acidente que ela. Josuel, seu amigo e sócio agora, esteve junto em todas as etapas, e agora esse é um dos institutos mais conceituados da cidade.

Ela jamais esqueceu de agradecer a Deus por tudo o que aconteceu em sua vida, incluindo o acidente, porque foi graças a ele que sua vida mudou completamente. Ela aprendeu que na vida encontramos tesouros que devemos guardar no coração. Seus quadros são sucesso no mundo todo, mas o maior tesouro que Elga ganhou chamamos de amizade.

Inverno em Gramado

Por Christiane Couve de Murville

Resolvi viajar. Estava cansada da correria do dia a dia, precisava mudar de ares. Além do mais, não me sentia nem um pouco realizada trabalhando em uma empresa multinacional. Reconhecia que tinha feito escolhas erradas e seguido gente que não me encantava. Mas o que fazer agora? Eu não era mais tão novinha. Que rumo tomar? Com a cabeça a mil por hora, repassava tudo que havia feito, ou não, e me sentia sozinha, perdida, desamparada. E ainda havia aqueles episódios mais desagradáveis que volta e meia vinham à lembrança! Difícil deixar tudo para trás, perdoar aqueles que tinham me magoado e a mim mesma, pelas bobagens cometidas, e seguir em frente. Insatisfeita, assim como estava em relação a tudo, não era de se espantar que minha autoestima estivesse lá embaixo. Eu chegava a sentir vergonha de quem tinha me tornado e imaginava que não seria digna do apreço de ninguém.

Mas eu precisava sair dessa situação. Logo, aproveitando a temporada de inverno, faria um tour na Serra Gaúcha. Tinha acumulado pontos em meu cartão de crédito, iria conhecer Gramado e Canela. Seria uma viagem inesquecível. Eu tinha esperanças que uma mudança de cenário poderia me alargar os horizontes e me tirar do tormento no qual vivia mergulhada, que me roubava o pouco da disposição que ainda me sobrava. Era necessário me mexer, fazer alguma coisa, senão eu acabaria doente e morreria cedo.

A viagem era em grupo e, já no primeiro dia em Gramado, fizemos um tour completo pela cidade e conhecemos também Canela. Depois, fomos ao Belvedere Vale do Quilombo, de onde apreciamos a vista espetacular do vale e das montanhas. Finalizamos o dia em uma cantina italiana, degustando bons vinhos de produtores locais. Eu começava a relaxar e me sentir melhor, apesar que era só cruzar com alguém mais alegre e bem-humorado para me recordar do quanto me sentia pesada e infeliz. Vivia me comparando. Horrível isso, eu sei, mas essa é que era a verdade.

Quando saímos do restaurante, uma névoa espessa havia descido sobre a cidade. Eu nunca tinha visto cerração tão densa. E, com o ar gelado e a umidade elevada, a sensação térmica era de muito frio. Enfiei o gorro na cabeça, enrolei o cachecol no pescoço, coloquei as luvas. Nunca mais esqueceria essa noite, a imagem de Gramado nas nuvens ficaria gravada para sempre em minha memória. Imagine que nem dava para ver o contorno das construções! Só reconheci a fachada de nosso hotel, um casarão colonial imponente, quando nossa van estacionou no pátio bem na frente da recepção.

O saguão de entrada todo iluminado e aquecido do hotel contrastava com a temperatura baixa e a escuridão lá fora. Era um hotel chique, bem decorado, aconchegante, um luxo! Uma escada larga, com piso de pedra clara e corrimão dourado, descia para o andar de baixo, dando em um salão de eventos enorme, onde acontecia uma palestra sobre Medicina Tradicional Chinesa, Chi Kung, energias, cura... Já tinha ouvido falar dessas coisas, porém confesso que não sabia ao certo do que se tratava. Mas fiquei com vontade de me consultar com um doutor que se dispunha a tratar aqueles que o procurassem, em uma salinha ao lado do salão, reservada para atendimentos. Quem sabe ele pudesse me ajudar a me limpar das sensações desagradáveis que eu vinha sentindo ultimamente. Também, talvez me desse alguma dica sobre como acalmar a mente, sempre muito agitada e confusa. Eu precisava de ajuda para sair do buraco sofrido no qual tinha me metido e voltar a apreciar a vida e a mim mesma.

Entrei na salinha de atendimento. O olhar do doutor já dizia tudo. Ele logo viu que eu precisava de tratamento e ele teria muito trabalho a fazer. Eu estava carregada de energias desarmônicas e envolvida em sentimentos confusos de comparação, inveja, menos valia, inadequação... Mas será que ele viu mesmo tudo isso em mim ou fui eu que fiquei divagando sobre o que ele via? Talvez eu tenha projetado nele meus sentimentos, receios, medos, minhas ansiedades. Voltava a me sentir envergonhada, agora por ficar confabulando ali, na frente do doutor, e por me apresentar assim, tão cheia de grilos e inseguranças e com a estima lá embaixo. Sabe como é, o ego? A gente fica preocupado em passar boa impressão, ser benquisto, bem-visto, valorizado, tratado bem, apreciado, ser tachado de bacana e tudo mais de positivo, que achamos legal, segundo uma escala de valores particular incorporada ao longo dos anos sobre o que julgamos bom, ruim, certo, errado, bonito, feio, etc.

De fato, não havia crítica no olhar do doutor, mas eu me sentia nua diante dele, como se ele conseguisse me ver de verdade, por completo, minha alma, e soubesse tudo que eu já tinha feito. Não daria para esconder nada dele, absolutamente nada, e eu sei muito bem que nem sempre me comportei como uma santa! Eu me senti pior ainda, mais envergonhada e cheia de defeitos.

Havia uma maca na sala e o doutor me convidou a me deitar sobre ela. Não me lembro exatamente o que mais ele disse e logo apaguei.

Quando dei por mim, estava sozinha na sala de atendimento e tudo parecia diferente, a decoração era outra. Abri a porta que ia dar no salão de eventos do hotel e, curiosamente, saí no jardim. O que era aquilo? O que estava acontecendo? Eu estava confusa. Devia estar sonhando. E onde estava o doutor? Não havia mais ninguém por perto e para que lado mesmo ficava a porta do hotel? Naquela noite nebulosa de inverno, estava difícil de enxergar dois palmos à frente do nariz. Eu via apenas uma trilha que subia o morro a minha frente.

Imaginei que subindo por esse caminho eu contornaria o casario do hotel e chegaria à porta da recepção. E que frio! Apertei o passo. Eu estava mal agasalhada, tinha deixado o gorro, o cachecol, as luvas de lã e o casaco na salinha de atendimento. Caminhei mais um pouco, tinha árvores de ambos os lados. A névoa começava a se dissipar, permitindo enxergar melhor à volta. E não havia construção nenhuma por ali! Até parecia que eu não estava mais em Gramado. Mas em vez de ficar me lamentando ou me preocupando, tratei de caminhar, em breve chegaria em algum lugar, só não sabia onde.

Segui pela mesma trilha um tempão. Tinha a sensação de estar em um labirinto. Será que tinha ido parar em Nova Petrópolis? Havia ouvido falar de um labirinto por lá. O fato é que passei horas perambulando, buscando o caminho de volta para o hotel. Nem sentia mais frio, e conforme caminhava, também nem pensava mais em nada. Fui em frente, para algum lugar que eu desconhecia, mas me sentia estranhamente mais tranquila. Toda aquela movimentação estava me fazendo bem.

Finalmente, avistei no alto de um barranco uma grande construção com um terraço mal iluminado. Seria o hotel? Não parecia. Encontrei onde apoiar os pés, agarrei-me a um tronco de árvore e consegui alcançar o casarão. Fiquei impressionada com minha escalada noturna e minha entrada pelo terraço de forma lépida, sem nem mesmo a turma que se encontrava ali notar minha chegada. Até que eu estava em boa forma! Eu me materializei no terraço sem afetar o ambiente, ou será que eu tinha virado fantasma? Tudo estava mesmo muito esquisito.

Logo percebi que eu estava em um bar. Havia gente comendo, bebendo, mas a luz era fraca, tudo parecia muito escuro, talvez até sujo, malcuidado. Procurei a porta de entrada do prédio onde me encontrava, que dava vista sobre a cidade. Era mesmo Gramado, mas não aquela Gramado que eu tinha conhecido horas antes! Tudo cinzento, a cidade toda pichada, feia, um clima tenso na rua, gente correndo contra o tempo, brigas por toda parte, competição, um caos!

Percebendo minha fisionomia espantada, um sujeito ao lado da porta disse:

— Aquela Gramado que você conheceu já era. Não existe mais!

— Como assim? — retruquei, espantada, mas ao mesmo tempo satisfeita por alguém ter reparado em minha presença.

Então não tinha virado fantasma.

— Tem várias realidades acontecendo simultaneamente. Você dá vida àquela que lhe cabe com exatidão em função de seus pensamentos e de suas intenções, do que focaliza.

Que papo mais louco! Não entendi nada do que o moço dizia e o jeito foi me adaptar àquela nova realidade cinzenta que se apresentava diante de meus olhos. Arranjei trabalho em uma loja na Rua Coberta de Gramado e um quartinho para morar não muito longe dali. E os dias foram passando, sem muito tempo para eu ficar caraminholando sobre o passado, o que tinha me acontecido ou realidades alternativas possíveis. Também, o inverno continuava intenso, mas sempre que eu tinha uma folga, aproveitava para conhecer a região. Fui ao Parque do Caracol, da Ferradura, passeei de trenzinho, visitei uma fábrica de chocolate artesanal, fiz boneco de neve no Snowland, o Parque de Neve de Gramado, e até *rafting* no rio Paranhana, a alguns quilômetros da cidade, descendo a serra!

Já estava acostumada a essa Gramado caótica, malcuidada e sem cor, quando um belo dia — afinal, sempre tem um belo dia na vida de todo mundo, não é? — entrou na loja onde eu trabalhava um senhor que logo reconheci. Era o doutor! Mas, desta vez, não me senti nem um pouco envergonhada nem inadequada diante dele. Ao contrário, eu me senti tranquila, segura em mim mesma, nada preocupada com o que os outros poderiam pensar de mim. Estava satisfeita comigo mesma, tinha recobrado meu amor-próprio. E antes que o doutor falasse qualquer coisa, perguntei, olhando firme nos seus olhos:

— Quem é você? Onde estamos, e que realidade é essa na qual você e eu nos encontramos?

O doutor sorriu.

— Que bom que se curou! — disse ele.

— Como faço para retornar para a Gramado iluminada? — insisti.

— Quando a cerração densa baixa, os portais entre mundos se abrem. Fique tranquila, vai dar tudo certo, cuide apenas de seguir seu coração e fale somente o que for necessário, gentil ou verdadeiro. Assim, evitará confusões!

Eu queria perguntar um monte de coisas para o doutor, mas ele logo foi embora. E quando saí na rua depois do final do expediente, reparei naquela névoa espessa recobrindo a cidade. Era hora de voltar para casa. Segui, então, rumo ao quartinho que tinha alugado. Conhecia bem o trajeto que já havia feito inúmeras vezes. Mesmo com toda aquela cerração forte, não tive a menor dificuldade de encontrar aquela porta que me era familiar, que dava de frente para a calçada e a rua.

Virei a chave na fechadura, a maçaneta, abri a porta e entrei.

O doutor estava ali, na salinha de atendimento bem iluminada, aquecida e finamente decorada do hotel chique de Gramado. Ele, mais uma vez, sorriu de forma gentil. Aguardava por mim pacientemente, nunca tinha saído dali.

Senti uma alegria imensa e gratidão por tudo que havia vivido e que havia me permitido chegar ali, diferente, na frente do doutor, com o olhar luminoso e o coração em paz. Finalmente, compreendia que todos somos seres fantásticos, cada um com seus dons, suas características. Não havia motivo para eu ficar me comparando nem me achando mais ou menos do que os outros.

A vida ganhou novo colorido. Não me sentia mais correndo em busca do futuro. Agora, o futuro vinha a mim naturalmente.

O CAOS

Por Bruno Oliveira

O céu era um caos ambulante. Máquinas a todo vapor transitavam sem o menor pudor. A vida agora era assim, sem nenhum pudor. Ainda me lembro bem dos encantos que aquela máquina permitiu a nossos olhos de primeira vista. Chega a ser até irônico. Logo nós, humanos, que construímos tudo isso, nos deixar levar por promessas feitas por uma máquina — que por ironia também construímos.

O mundo hoje respira tecnologia. Houve um tempo também em que éramos sugados por telas pequenas e promessas digitais sem fundamentos. Apenas cliques vazios perdidos no limbo do espaço tecnológico. Aqui estou, sentado à beira do precipício onde fica localizada a beirada de minha cama e o chão de meu velho apartamento. Todo dia em que minhas pálpebras se abrem e minhas pupilas se dilatam para enxergar o caos que rege a cidade lá fora, o simples pé a ser posto no chão de meu apartamento parece ser um movimento doloroso. Prefiro me reter à realidade imposta por meus travesseiros e cobertas enquanto camuflo a realidade com o fumê eletrônico daquela vidraça.

Ainda assim, preciso levantar.

Enquanto ponho minha última peça de roupa, uma espécie de macacão vermelho que tenho de subir o zíper até fechar por todo meu pescoço, pego o restante do café de ontem intacto na cafeteira e alguns dois pães que restam na máquina de comida próxima a meu fogão. Clico nos dois botões superiores da máquina e, enquanto os pães caem em direção do vão localizado na parte inferior do dispositivo, abro o compartimento superior para esquentar meu café. O frio lá fora já é o bastante para ter que aguentar durante um dia inteiro.

O alarme do café faz o velho barulho incômodo, indicando que ele está pronto. Abro o compartimento enquanto pego meu casaco preto e as duas fatias de pão com manteiga em cima do balcão. Vou em direção a mais um dia de torturas mundanas.

❄

Enquanto aguardo o metrô juntamente às infinitas pessoas que ali também esperam, ouço uma bela música sendo tocada na abertura das escadas onde fica a saída para a rua. O rapaz aparenta seus vinte e poucos anos, moço jovem. Moço esperançoso, talvez. Talvez eu pudesse estar ali, com meus dedos no violão e uma voz realmente impressionante com a capacidade de fazer parar algumas pessoas para me darem alguns trocados. Ao invés disso, sou apenas mais um velho ranzinza, beirando seus quarenta e cinco anos, e apenas desejando que seu dia acabe logo.

Eu me lembro bem dos dias que costumávamos reclamar sobre as enormes filas de caixas e outras coisas cotidianas. Passávamos horas na fila, conversando com as pessoas a nossa frente sobre como aquele banco era horrível e nos tirava tanto tempo que poderia ser usado com tantas outras coisas. Minutos depois, a conversa ia para rumos totalmente diferentes e sem contexto nenhum do qual nós estávamos falando pouco tempo antes. Agora é hora de conversar sobre o primo que abriu um negócio de sucesso ou a viagem que planejava fazer em alguns meses.

Era bom quando podíamos planejar algo. Viver num mundo de incertezas é caótico e perturbador. Preferia reclamar em filas longas de banco.

Os barulhos agonizantes das rodas freando sobre os trilhos desgastados anunciam a chegada de nosso transporte. A multidão se aproxima das portas e, após o sinal de abertura de portas ser dado, os primeiros a entrar correm em busca dos assentos vazios mais próximos para se aconchegarem. Certas coisas nunca mudam. Enquanto isso me seguro no mastro no meio da passagem, enquanto uma ou duas pessoas se juntam a mim naquela jornada.

As máquinas pesadas e que andam a velocidades consideráveis cortando caminho por debaixo da terra hoje são um pouco diferentes. Ainda assim têm a mesma função que antes, mas agora não cortam caminhos por baixo. Era uma bela vista que tínhamos aqui de cima enquanto viajávamos neles. O barulho dos trilhos ainda podia incomodar um pouco, mas a vista da cidade e suas inúmeras luzes coloridas era bonito de ver da mesma altura de um prédio de trinta andares.

Prédios enormes e suas luzes cintilantes passavam em nossos olhos rapidamente enquanto o metrô ia a seu destino. Sempre gostava de ficar alguns vagões atrás, pois durante as paradas da máquina, podia ver por alguns segundos tudo ali de cima. Poucos e bons momentos de felicidade durante um dia bem caótico e solitário. Engraçado pensar que há pouco tempo as coisas não funcionavam dessa forma. Pessoas pareciam mais amistosas e não cautelosas em até tocar sem querer em outra passando por uma catraca ou pedir uma licença para tirar a informação de onde ficava algum canto. Tudo estava agora, literalmente, na ponta de seus dedos. A revolução das máquinas trouxe algo novo, mas não tão bom — pelo menos para mim.

❄

Aqui estava em mais um doloroso dia em frente ao meu cubículo. A interface em minha frente indicava duas opções a serem seguidas: "Cadastrar novo usuário" e "Coloque sua senha de acesso". Selecionei pôr minha senha de trabalho e mais uma vez iniciava-se o ritual das máquinas operacionais automatizadas. O pequeno cubículo se desmontou em várias partes e foi sobrepondo-se pouco a pouco até formar uma interface moldada por um holograma e cheias de planilhas, gráficos e seleção de vídeos. Em sua frente, a poltrona branca e de couro suave se formava, também em passos lentos, até posicionar-se no chão. Com todos os objetos estacionados em seus devidos lugares, logo me direcionei à cadeira em minha e frente e tomei meu assento.

Era mais um dia de enriquecer a multinacional que administrava praticamente todas as produções de conteúdos mundiais. Hoje em dia, todo mundo tem uma veia no "blogueirismo" a ser aflorada dentro de si. Acho que as gerações passadas implantaram em seu DNA tal particularidade, tendo em vista que todos hoje praticamente viviam a registrar suas atividades diárias e tentando criar um novo *hit* para bombar na internet. Nem se lembravam bem que as máquinas agora é que nos dominavam.

Há algum tempo, vivíamos em uma época em que praticamente todos eram adeptos da geração de novos negócios a partir da internet, procurando evitar ao máximo o contato diário com pessoas, trabalhando apenas de seu computador pessoal. O mundo parecia dominado pela facilidade imposta pelos pequenos dispositivos e uma rede que aproximava as pessoas de diferentes partes do mundo, ao mesmo que tempo que distanciava aquelas a cinco metros de você. Um grande paradoxo que o tempo tratou de aprimorar e distanciar cada vez mais.

A "Era da Automação". Qual a necessidade de por meu corpo meramente humano para fora de minha residência? Ou pior, falar com pessoas que nem conheço? Tudo parecia uma grande solução para pequenos problemas cotidianos, mas era algo que nos tornava humanos. Portanto, eis que chegou algo para ser a grande solução dos estresses diários e palpáveis de nosso cotidiano. A grande revolução das máquinas e a facilitação das atividades diárias humanas.

Vi com meus próprios olhos. Aliás, ainda vejo. Braços mecânicos, televisões embutidas nos globos oculares, computadores braçais, exoesqueletos de locomoção. As coisas são bem bizarras ultimamente. As máquinas nos proporcionaram tamanhas alterações. Facilitações para o corpo humano e as atividades diárias. Posso dizer que quando recebo um "oi" perdido no meio da rua poderia ser facilmente motivo de festejos durante algumas semanas, semelhante a algo que se via na Idade Média com os grandes e organizados rituais de comemoração.

Mas isso, é claro, só aconteceria se não houvesse televisores embutidos em alguns olhos.

— Como estão seus índices hoje? — a voz vem do lado de fora de meu cubículo. Aperto o botão ao lado para abrir os compartimentos separadores e vejo Helena. Suas expressões sempre indicam pressa ou algo mais importante para fazer do que estar verificando os índices dos clientes de nossa empresa. Aposto que se falasse qualquer coisa ela nem sequer notaria e sairia andando para fazer o que quer que seja.

— Ainda não pude ver. Acabei de sentar e ligar a máquina. Pode voltar em alguns minutos?

— Ai, Santo Deus! Ok — e voltou a imergir-se nos coloridos anúncios de calçados que pairavam na tela aumentada de seu *tablet*.

As pessoas não eram muito fãs de conversas paralelas. Helena era quem comandava tudo ali pelo meu andar, era uma espécie de supervisora, assim posso dizer.

Enquanto inicio os programas de análise na tela de meu computador, consigo avistar o movimento intenso das ruas. Os asfaltos foram trocados por placas modernizadas e mais resistentes a impactos. Além disso, a divisão das ruas não era como usualmente conhecíamos. Podia ver pela grande vidraça próxima a meu cubículo as ruas cruzando entre si, flutuando no ar, e o intenso movimento de *hovercars* — carros flutuantes — e *jetairs* — motos flutuantes.

— Tudo pronto por aí? — Helena mais uma vez.

— Tudo certo agora — a tela ainda está bagunçada com as informações espalhadas, mas Helena vai direto ao ponto que a interessa.

— Ok. Continue assim — e sai com toda sua imponência.

Chega a ser irônico. Viver a monitorar a vida alheia através dos tubos eletromagnéticos e não sentir a vida na palma das mãos. Passava horas e horas sentado em frente àquela tela hologramática a assistir os vídeos postados por várias pessoas fazendo coisas ao redor do mundo enquanto eu mensurava seus números de curtidas, compartilhamentos e visualizações. Elas criavam todo aquele show para designar a falsa sensação de "aproveite sua vida sempre ao máximo" enquanto vivem imersas no círculo vicioso de acordar, gravar, olhar seu saldo bancário e ir para a cama novamente. Patético. Eu me pergunto o que aconteceu com os passeios no parque com a família ou amigos numa manhã de domingo, sentindo o cheiro puro do ar em volta das árvores e livre das prisões tecnológicas. Talvez estejam aguardando o momento de nos livrarmos desse surto coletivo em que nos encontramos agora.

❄

Enquanto reúno meus pertences e clico nos botões que acionam o fechamento e recolhimento automático dos cubículos, transformando-os em pequenas caixas flutuantes no ar, noto que a luz lá fora já se foi há algum tempo. Há poucas pessoas no escritório, cerca de duas pelo que posso observar aqui próximo ao meu cubículo. Provavelmente há mais alguém escondido em meio a essas paredes.

Vou em direção ao elevador no final do corredor. Cumprimento os que ainda estão rondando pelo escritório com secos e diretos "boas-noites" e recebo em troca sinais silenciosos com a cabeça movimentando-se de cima para baixo. Ao me virar abruptamente, atinjo algo em minha frente cuja presença não notei, derramando o líquido gelado daquele copo e algumas pastas que a pessoa segurava.

— Meu Deus, me desculpe — falei, enquanto punha minhas coisas de lado e me abaixava para recolher os papéis que tinham se espalhado por toda a parte. O que ouço em réplica são risadas leves e amistosas.

— Relaxa, acontece. Confesso que me distraí um pouco também — uma voz feminina fala ao mesmo passo que se abaixa para recolher o resto da papelada que toma o espaço do chão do escritório.

Sam era analista, assim como eu. Na verdade, ela ficava na mesa bem ao lado da minha, mas nunca trocamos muitas palavras, apenas raros "bom-dia" perdidos na correria do trabalho e a gritaria de Helena.

— Eu me distraí um pouco, peço desculpas. Baguncei seus papéis todos.

— Não esquenta com isso. Já é rotina para eles estarem fora de ordem ou espalhados por aí — seu bom humor é algo notório.

— Ainda assim, peço desculpas.

— Desculpas aceitas, então — ela põe um sorriso e parece se divertir com a situação. Sorte a minha de não ter que ouvir gritos de raiva, como os que Helena deu em George hoje de manhã ou os gritos de estresse de Paul com sua máquina de apostas portátil que parou de funcionar prestes a fechar o horário de apostas. Paul realmente precisa parar de apostar.

— Trabalhando até tarde hoje? — indaguei.

— Fiquei empacada com essa papelada e uns clientes que pediram métricas da semana para amanhã à Helena. Ou seja, sobrou para mim.

— É… tenho que admitir que você se deu um pouco mal.

— Interessante. Você derruba meus papéis e ainda tem a audácia de tirar sarro de mim — Sam olha com uma cara fixante para mim.

— Não, mas foi uma brinc… — e então ela ri zombando da presa fácil que fui para sua pequena brincadeira.

— Engraçadinha — peguei minhas coisas que havia deixado de lado no chão e pus a mochila em meu ombro enquanto segurava meu colete vermelho na outra mão.

— Hora de ir. Ainda tenho muita cabeça para quebrar durante essa noite — ela levantou a mão sugerindo um gesto de despedida. — Vejo você por aí.

Retribuí o gesto e me virei para ir novamente em direção ao elevador. Apertei o botão para chamá-lo ao andar em que estava enquanto disfarçava o sorriso em minha cara. É engraçado pensar que por algumas frações de minutos pude ter uma conversa cara a cara sem interrupções de *smartphones* ou monitores embutidos. Por um minuto, penso que uma conversa boa e uma troca de brincadeiras soa como algo tão extraordinário, pois tornou-se raro nos dias em que vivemos hoje. O que havia acontecido conosco?

O elevador chega ao andar em que estou e sua porta faz um movimento em quarenta e cinco graus, abrindo-se em minha frente. Olho para trás e ainda posso avistar Sam andando até seu cubículo. Deixo o elevador para trás.

— Sam! — levanto minha voz um pouco o suficiente para ela poder me ouvir, mas não alta para que pudesse chamar a atenção de cada ser humano que ainda habitava aquele escritório. Ela se vira com uma cara de surpresa.

— O elevador é por ali, se você ainda não sabe — diz, em tom de brincadeira.

— Piadas. São seu forte, não é?

— Já me disseram isso antes…

— Me lembra um personagem de uma série que eu costumo assistir.

— Mas ele faz tantas vezes que nem eu?

— Um pouco. Ele diz que é como um mecanismo de defesa.

— Ainda bem que não é meu caso.

— Tenho minhas dúvidas.

Sam parece ser uma pessoa. Sim, uma pessoa. Livre de amarras tecnológicas ou qualquer outra coisa do tipo.

— E você? Esqueceu alguma coisa aqui?

— Na verdade, não. Fiquei com um pouco de pena de você, sabe? Então vim saber se não queria uma ajuda para organizar esses papéis. Economizaria um bom tempo das tarefas que ainda tem a fazer... — ironizei. E é claro que ela percebeu. Era seu forte, pelo visto.

— Ora, temos um bom samaritano aqui, não é?

— Vamos logo, Chandler Bing, o bom samaritano aqui tem prazo de expiração.

— É melhor eu aproveitar essa oportunidade única, então. Não é como se todo dia tivéssemos um missionário por aqui — ela conseguiu arrancar alguns risos de mim. Coisa rara, não era fácil me deixar levar dessa forma.

— Missionários... Será que ainda existem?

— Não sei. Acredito que em algum museu.

Sam vai em direção a seu cubículo e faço o mesmo. Ativo minha interface de contatos piscando duas vezes meus olhos e a plataforma abre-se em frente a minha visão. Um dispositivo curioso. Implantei o chip há algum tempo em meu córtex cerebral e consigo avistar meu telefone pelos meus próprios olhos. Os chips também têm integração direta com os nervos corporais e consigo navegar o dispositivo pelo movimento das mãos. O curioso é que, diferentemente das telas embutidas que outras pessoas tinham em seu corpo, as imagens que são projetadas pelo chip são vistas apenas por mim, pois são formadas dentro dos meus próprios olhos.

Sam procura algo em seu cubículo ativado. Revira alguns papéis e dispositivos jogados por ali até puxar uma pasta amarela. Ela a põe por debaixo do braço, fecha seu escritório portátil e anda em direção às salas ao fundo do escritório.

— Vamos — ela sinaliza para eu segui-la. E assim o faço.

Entramos pela porta de vidro que separa a sala exclusiva dos demais mortais funcionários e seus cubículos do lado externo. Sam clica em alguns botões sobre a mesa digital, abrindo as luzes e interfaces que a compõem. Quadros com diagnósticos e números complexos se formam à frente da cadeira principal.

— A Helena sabe que você tá usando esta sala?

— Creio que não. Mas se eu vou ficar até mais tarde, posso tirar proveito disso, não acha?

— Bem... — Helena não era a pessoa mais gentil daqui. Na verdade, era mais gentil do que muita gente que se encontra andando pelas diversas vielas desta cidade empoeirada. — Não é como se alguém fosse saber.

❄

Sam está sentada na cadeira principal e mexendo com cautela nas interfaces a sua frente. Ela anota alguns números e atualiza algumas tabelas bem complexas que aparecem na enorme projeção. Enquanto isso, fico sentado nas poltronas flutuantes na ponta do escritório, olhando para a vastidão da noite pela enorme janela da sala de Helena.

— Helena costuma explorar você assim sempre? — Sam não tira os olhos das telas.

— Nem sei mais. Virou quase um ritual passar horas aqui neste escritório.

— Não faz falta esse tempo todo gasto aqui?

— Com o que mais eu iria gastar? — Sam esboça um sorriso no canto de sua boca.

— Não sei... O que você curte fazer no seu tempo livre?

— Quando não estou enterrada em números para anotar, até que eu gosto de um karaokê, cervejas e jogar conversa fora. Falar mal da Helena, principalmente.

— É... um belo programa — continuo a observar a janela. Sam para por alguns instantes de passar os gráficos na interface a sua frente. — As pessoas costumam fazer isso ainda?

— Não muito. Geralmente tenho a companhia do microfone e do copo gelado. Boas companhias, aliás.

— E uma das poucas que dão atenção aos seres humanos — Sam volta a mexer em seu computador. Puxo alguns cigarros de dentro do bolso da frente de meu casaco e retiro meu isqueiro de um dos bolsos de minha calça. Umas das poucas coisas que ainda necessitam ser feitas manualmente, dando um certo prazer por não ser operada por máquinas.

— Helena ficaria puta com o cheiro de cigarro na sala dela, não é? — pergunto a Sam enquanto pressiono o botão do isqueiro.

— Acho que ela nem iria perceber. Seu olfato não capta essas coisas de gente de verdade, só os créditos que entram em sua conta.

Rimos por alguns instantes. Helena era o típico estereótipo das pessoas hoje em dia. Vivia enclausurada em seu trabalho e sua autoridade e preocupada com quanto receberia pelos trabalhos concluídos diariamente.

— Você sabe em que ponto nos tornamos assim? — pergunto a Sam.

— Assim como?

— Vazios — Sam para de teclar por alguns instantes, ainda que continue olhando para a interface em sua frente. Ela respira fundo.

— Não sei ao certo quando. Sei que as máquinas não ajudaram a agregar muito a nós.

— Sábias palavras — retruquei. — Imagino que nos perdemos há tempos. Antes mesmo de qualquer máquina nos proporcionar essa vida livre que tanto falava.

— Livre… parece piada.

— Já imaginou se não houvesse uma revolução industrial ou tecnológica em nosso mundo? Ainda seríamos neandertais ou algo do tipo? — Sam pareceu bem mais interessada nas reflexões de agora.

— Sei que nossa vida ia ser bem mais difícil. Você se imagina tendo que preparar sua própria comida todo dia? Ou então ficar horas no trânsito esperando sem ter um mínimo de entretenimento para acompanhar?

— Você está subestimando meu poder de cozinhar, sabia? — uma leve descontraída em meio a reflexões tão pesadas sobre nosso vazio. — Ainda assim, creio que somos distantes por causa disso. Nem lembro mais a última vez que saí a um restaurante e comi no próprio local ou conversei com um completo estranho sobre qualquer merda da vida enquanto o metrô passava. Você não acha isso nem um pouco estranho?

— Acho completamente estranho. Me faz falta também. O que quero dizer é que toda essa revolução também tem seus proveitos.

— Mas não sobrepõe as nossas perdas. Que tipo de humano prefere a distância de um contato com outro? Nem mesmo nossos desejos primitivos da carne são suficientes para sustentar essas interações básicas hoje em dia.

— Nós somos tão idiotas.

— É verdade.

Sam começa a desligar os equipamentos da sala de Helena. Guarda alguns papéis impressos na pasta amarelada e desliga os interruptores da sala. Apago meu cigarro pela metade em uma das janelas de seu escritório.

— Vamos andando — Sam sai pela porta da frente.

❄

Caminhamos pelas ruas clareadas pelas iluminações coloridas dos grandes *outdoors* eletrônicos e hologramas de pessoas em tamanho real das lojas nos oferecendo qualquer tipo de bizarrice. Televisores embutidos — esse era um grande sucesso —, braços mecânicos e olhos digitais eram o que mais se via nos comércios de qualquer esquina.

— É quase impossível não cair em tentação e comprar um braço desse — Sam comenta, enquanto olha pela vitrine da loja. — Você colocaria um desse?

— Acho que já coloquei arrependimentos demais em mim.

— O que você já mudou? — Aponto para meus olhos. — Interessante, você vê o quê, aí? O Papai Noel ou coisa do tipo?

— É apenas um celular embutido em mim. Acesso conversas, faço chamadas e jogo *Angry Birds* de vez em quando.

— *Angry Birds*... Você realmente parou no tempo.

— Falta você me dizer o que restou da sua carcaça original.

Sam puxa a manga de seu casaco e mostra seu braço mecânico.

— Ajuda a fazer meu trabalho mais rápido. Ou você acha que eu terminaria aquilo tudo em menos de quatro horas? — ela sorri enquanto fala com orgulho de seu braço.

— Vou até dar uma medalha para você — observo bem aquele braço mecânico metálico. São vários fios cobertos por capas protetoras resistentes. — Dá pra sentir algo ainda com ele?

— Um pouco. Não é a mesma coisa de antes. A sensibilidade vai embora num piscar de olhos, mas os fios ligados aos nervos ainda remetem a alguma sensação que já tive no passado.

Enquanto conversávamos andando por aquelas vielas, Sam me puxa sorrateiramente para dentro de um estabelecimento com o nome Yellow K. Estava parcialmente vazio, apenas alguns solitários em mesas aleatórias prestavam atenção nas telas embutidas que havia em cada mesa enquanto comiam sua refeição ou provavam um pouco de sua cerveja — que eu acreditava já estar quente pelas inúmeras bolhas de água ao redor do copo. Sentamos a uma mesa bem aos fundos, iluminada apenas pelos neons de cor roxa dos letreiros da marca de cerveja daquele bar.

— Então, gostou do braço? — Sam sinaliza ao garçom para trazer duas cervejas.

— Parece bem útil. Valeu a pena?

— Sim, não me arrependo. Não foi como um celular comprado por impulso ou algo do tipo.

— Não sei se iria me acostumar com essa sensação de não sentir algo. Parece ser um dos poucos resquícios de humanidade em mim — as cervejas chegam. Sam entorna a sua enquanto tomo a minha em leves goles.

— Você lembra que tirou os olhos, não é?

— E me arrependo amargamente por isso.

— Isso somos nós reclamando pelos bens e aprimoramentos adquiridos, enquanto nos corrompemos pelas máquinas que tanto insistimos em criticar.

— É algo natural de nós. Dos humanos. Parece que gostamos de sofrer pelas conquistas e perdas. É algo para nos manter vivos, eu acho.

— E dá uma boa conversa também.

— Como toda a certeza.

Sam chama o garçom novamente. Desta vez, ela pede o controle da televisão embutida em nossa mesa. O garçom demora alguns minutos até finalmente chegar com o controle, acompanhado de mais dois copos de cerveja.

— Quer se sentir vivo de novo?

Aceno com a cabeça e ela põe o modo karaokê na televisão. Sam indica o cômodo ao meu lado e aponta para os microfones guardados ali.

— O que você gosta de ouvir? Ou melhor, de cantar?

— Phoenix, Too Young.

— Já parecia bem decidido.

— Acabou de vir em minha mente.

Sam passeia por alguns minutos entre as opções e busca pela música no quadro. Ligamos o microfone e nos preparamos para uma performance tão palpável quanto nossos dedos tocando naquela superfície metálica.

SOLSTÍCIO DE INVERNO

Por Gabriel Ract

No Hemisfério Sul, lar de uma infinidade de diferentes povos e culturas sobreviventes há anos de escravidão e alienação financiadas por povos autoproclamados desenvolvidos, o dia 21 de junho não marca apenas o início oficial do inverno. Com a chegada de turbulentas frentes frias, que trazem desde temperaturas abaixo do suportado pelos seres humanos a períodos de estiagem prolongados, muitas civilizações mergulhavam em meses de fragilidade social e estrutural que não raro eram responsáveis por finais precoces. Buscando proteção ao longo deste conturbado período, diferentes deuses e entidades eram invocados durante o solstício de inverno, criando uma proposital fragilidade entre o mundo físico e o espiritual que dificilmente poderá ser reparada. Uma *falha dimensional* que gera um contato íntimo entre dois mundos que nunca estiveram destinados a se encontrar.

Com o decorrer dos séculos, a evolução humana garantiu a sobrevivência de muitos desses povos a despeito do passar das estações, garantindo a formação de grandes conglomerados que eram imunes às bruscas variações de temperatura, assim como à inevitável falta de alimentos. Concomitante ao sucesso sociológico dos humanos, sucedeu-se uma perda progressiva da espiritualidade de outrora, seja em nome de crenças mais simples de serem seguidas, seja pelo fortalecimento do ateísmo. Todo esse cenário de transição culminou em um descaso quanto à fragilidade espiritual anteriormente gerada pelos próprios humanos, com o abandono de antigas tradições e rituais criados unicamente para apaziguar poderosos espíritos e garantir prósperos meses durante a estiagem. Por sorte, ainda existem criaturas que, independentemente do motivo, mantêm costumes que agradam às diferentes entidades envolvidas com o inverno, conseguindo assim evitar a brutal ira delas.

Gabriel, nosso corriqueiro protagonista, fazia involuntariamente parte dessa categoria de criaturas. Tratava-se de um jovem paulistano apático e dono de crenças que raramente conseguiam ultrapassar o plano material, ficando reservadas para o potencial da humanidade de gerar coisas boas, caso assim desejasse. Gabriel certamente não conseguia enxergar as criaturas etéreas que deslizavam pela rua onde morava, procurando consolo enquanto seguiam a direção do vento, muito menos ouvir o delicado som de estilhaçar que escrachava a destruição da barreira que separava sua realidade daquela formada por tudo o que era eterno. Mesmo assim, os seus pensamentos possuíam uma força inegável, e a rotina que vinha mantendo nos últimos anos reverberava por planos que ele desconhecia.

Há vários anos, ele vinha reservando a data do solstício de inverno para questões que iam além da troca das estações, e muito além de sua própria pessoa. A motivação havia certamente se transformado nos últimos anos, porém a dedicação envolvida se mantinha a mesma. Embora os primeiros pensamentos de Gabriel ao acordar não demonstrassem toda a sua força de vontade, resumindo-se a questionamentos mundanos sobre possuir roupas o suficiente para aguentar a primeira semana de frio sem parecer um terrário de fungos e sobre a necessidade imediata de um *cappuccino* recheado com canela sem que precisasse sair debaixo de seu edredom, ele tinha plena consciência de que possuía obrigações que exigiam sua atenção.

Após resgatar em seu âmago todas as forças para enfrentar as temperaturas amenas que, no Brasil, soavam como verdadeiras nevascas, finalmente conseguiu se arrastar para fora da cama. Antes que pudesse sequer racionalizar todas as ações que vinha tomando, encontrava-se de banho tomado e trajando roupas que não saíam do fundo dos seus armários há meses, pronto para qualquer aventura que fosse. Os únicos objetos que o impediam de sair de casa de imediato eram duas latas de refrigerante de cola sem açúcar que congelavam dentro da geladeira e uma toalha de mesa quadriculada dobrada à perfeição próxima do molho de chaves de seu apartamento. Ele precisaria daqueles itens no lugar aonde se encaminharia.

As próximas horas daquele dia foram perdidas dentro de um carro. Felizmente ou não, nenhum endereço localizado em São Paulo e arredores era inacessível por automóveis terrestres, apenas temporalmente distante. Aquela afirmação se tornava ainda mais verdadeira em manhãs como aquela, em que o início da temporada de inverno obrigava muitos usuários do transporte coletivo a reconsiderarem o uso pessoal de veículos, resultando em um número incongruente de automóveis transbordando as ruas da cidade. Por sorte, Gabriel era dono de uma calma que beirava a infinitude, e de pelo menos duas *playlists* que poderiam distraí-lo antes de aquele momento se tornar mais palpável. Sem que sequer tivesse tempo de ficar enfadado com a situação, estava diante do cemitério onde jaziam boa parte de seus familiares.

Logo na entrada, Gabriel sentiu o corpo ser tomado por uma rotina automática, fruto da repetição em múltiplos cenários anteriores. Ele passara batido pelas salas cerimoniais, sempre recheadas de pessoas tristes em estado de assimilação quanto ao que estava acontecendo — processo que ele mesmo já havia experimentado em outras ocasiões —, assim como pela simplória lanchonete que, alheia à boa parte do sofrimento que dominava aquele local, vendia desde bebidas quentes por preços exorbitantes a gnomos que carregavam recados cheios de saudades. O que ele procurava ficava muito além das áreas comuns do cemitério, perdido no mar de túmulos que despontava do lindo jardim construído sobre aquelas terras.

Não tardou a encontrar a lápide que procurava exatamente no lugar onde a havia deixado em sua última visita. Ela continuava sendo dona de uma formosura única, representando um marco de delicadeza e insignificância frente a todos os memoriais megalomaníacos que a cercavam. Chamava a atenção apenas o nome da criatura, delimitado com letras garrafais e infantis, e a idade discrepante com a dos demais. Existia algo de odioso e desnatural na morte de uma criança, que fazia tanto a alma de humanos desconhecidos quanto a de espíritos sofrer. Infelizmente, ela não escapava dessa máxima.

Quase conformado em relação a estes pensamentos, Gabriel não demorou a se ajeitar em frente ao memorial. Após cumprimentá-la como teria feito com grandes amigos, esticou a toalha a poucos centímetros da lápide de pedra com uma elegância improvável, acomodando-se sobre essa com um cuidado quase paternal, como se fosse despertar algo indesejado caso contrário. Logo abrira os refrigerantes que trouxera consigo, derramando sob a luz de olhares recheados de curiosidade metade do conteúdo de um destes sobre o pouco de terra livre que sobrara a sua frente. Depois de desejar saúde a ambos, deixou o restante da lata sobre a lápide fria, em sinal de que voltariam a brindar antes do fim do dia.

Diante do que restara da pessoa que mais amara, diante da irmã que tornava tudo o que o futuro um dia o havia reservado em promessas dignas de serem esperadas e, acima de tudo, diante de seu maior obstáculo em acreditar que algo além do que consegue ver pudesse comandar aquele mundo regido por injustiças, Gabriel novamente se viu invadido por memórias vívidas que retratavam tempos longínquos, quase felizes. Eram memórias de invernos passados, de quando ambos ainda caminhavam no mesmo plano material, dividindo a mesma casa, a mesma família e expectativas estranhamente semelhantes. Estas remetiam a um período quando passavam os solstícios de inverno debaixo de diferentes cobertores, analisando de forma técnica a qualidade de desenhos de origens duvidosas enquanto se empanturravam de refrigerantes e guloseimas que certamente não faziam bem a sua saúde. Ou de quando passavam aquele mesmo dia recepcionando familiares de diferentes cantos da cidade, que se encontravam na casa onde moravam apenas para festejar o crescimento daquela criatura dona de imensa luz e benevolência, que os recebia com toques de sarcasmo pontuais que o próprio Gabriel fazia questão de transmitir, e que ela adorava. Ou até mesmo de quando passavam aquela data em qualquer outro lugar, fugindo da escuridão indigesta que não raro imperava no lugar que deveria protegê-los. Memórias de um tempo quando ela ainda estava viva e ele, sedento por tudo aquilo que o universo pudesse entregar, se encontrava ligado a esta por laços que ninguém conseguia compreender.

Após o acidente, a despeito da distância que separava o corpo material de Gabriel do vazio que ele acreditava ter tomado a alma da garota, ele continuava a visitá-la. Fosse durante a data dos principais eventos que rodeavam a relação dos dois, fosse durante períodos de solidão, quando a saudade fosse o sentimento prevalente e, assim, exigisse algum grau de conforto, fosse durante os raros momentos de alegria em que certas conquistas precisassem ser compartilhadas com alguém. Nessas visitas, Gabriel tagarelava por horas a fio, contando tudo o que estava transcorrendo em sua vida desde o último encontro, e sobre todas as suas inseguranças e certezas frente ao progredir do tempo, como se ela ainda pudesse escutá-lo. Independentemente da progressão da conversa, em determinado ponto sempre haveria um derramamento de lágrimas, que servia mais para enxugar a dor da alma dele do que para representar o quanto este sentia falta dela. Quando voltava a si, havia pouco a ser acrescentado: nenhuma informação nova teria o mesmo gosto depois de exteriorizadas tantas mágoas acumuladas, ainda mais no ambiente bucólico e gélido que compunha aquele cemitério. Envergonhado, ele terminara o monólogo com as únicas palavras que ainda não havia enunciado: "Feliz aniversário, minha pequena. Sinto imensuráveis saudades de ti."

Com isso, ele derramara o restante do refrigerante sobre a lápide a sua frente, finalizando aquele íntimo ritual que, apesar do desconhecimento deste, apaziguava o coração de diversas criaturas, garantindo que a fragilidade espiritual que recaía sobre São Paulo continuasse não sendo tão danosa aos humanos que ali viviam. Afinal, com o passar dos anos, os rituais ensaiados de outrora podiam até mesmo perder os seus valores e importância, não raro sendo esquecidos pela história, mas os sentimentos genuínos gerados pelos humanos continuavam sendo uma forma de conexão e apelo frente as grandes entidades. E existem poucos sentimentos tão poderosos quanto o amor de um humano por alguém que o aguarda ansiosamente em outro plano.

Globos de neve

Por Giulia C J P Veiga

Valentina se lembrava muito bem do aniversário de dez anos. Os pais a haviam acordado cedo naquela manhã e a levado ao templo para agradecer à deusa. O edifício ficava no centro do vilarejo e era exatamente igual a cada templo em cada povoado debaixo do Céu Branco. Possuía o piso todo de mármore, decorado aqui e ali com belíssimas pedras de chacantita. O azul cortava o creme, e o lugar parecia não pertencer à realidade.

Os três haviam tirado os sapatos e entrado na câmara principal, onde se ajoelharam e começaram a agradecer pela vida e pela saúde da menina. Valentina fez seus próprios agradecimentos, mas não conseguira desviar os olhos da imagem grandiosa diante de si. A deusa a encarava com pálidos olhos azuis que transmitiam tanto gentileza quanto poder. Seu corpo estava envolto em peles tão brancas quanto seu cabelo comprido, e sua pele era tal qual a de alguém que nunca saíra para se banhar com a luz do sol. Ainda assim, ela parecia forte e saudável, e um rubor azul pintava suas bochechas de menina. Valentina se perguntava se ela ainda possuía aquela aparência de treze ou catorze anos mesmo após tanto tempo; tanto tempo que nem mesmo era lembrado exatamente de qual antiga ameaça ela os salvara.

— Ela é uma deusa — seu pai lhe explicara quando era mais nova. — Ela pode assumir a forma que desejar.

— Então por que ela não bronzeia a própria pele um pouco? — perguntara, e a lembrança a fez rir naquele momento.

— Silêncio, Valentina — a mãe lhe disse, com olhos severos, e a garota se calou.

Uma hora depois, fizeram uma oferta de comida à deusa e deixaram a câmara. Então, voltaram para casa e trouxeram uma cesta de piquenique e uma toalha para almoçarem ao lado dos pinheiros que marcavam o limite do vilarejo e da área segura. O Céu Branco se curvava além até encontrar o chão, uma perigosa parede gelada que ninguém ousava tocar.

Não que fizesse muita diferença. Valentina e as outras crianças se aproximavam da Fronteira Gelada com frequência, apostando corridas secretas e desafiando umas às outras quanto a quem ousava chegar mais perto. Valentina não se preocupava muito, no entanto. Sabia que ninguém *de fato* ousaria tocá-la.

Ela mastigou um pedaço do sanduíche e, naquele momento, sua mãe se levantou, anunciando sentir-se um pouco indisposta. Os outros quiseram acompanhá-la, mas ela apenas sorriu, dizendo-lhes que aproveitassem o resto da tarde de aniversário.

Foi quando aconteceu. Pouco mais de cinco minutos após sua partida, um pedaço branco do céu caiu sobre a toalha de piquenique. Valentina gritou, e o pai mandou que se afastasse. Ele se levantou e pediu uma pá emprestada a uma das casas mais próximas, então caminhou alguns metros além dos pinheiros e cavou a terra. Ele buscou com a pá a coisa que havia caído e enterrou-a, e Valentina observou tudo de olhos arregalados enquanto o pai lhe pedia que não dissesse nada a ninguém. Ela concordou, mas isso não queria dizer que sua curiosidade houvesse desaparecido.

Depois daquele dia, muitas vezes ao longo dos anos ela viu o pai sair no meio da madrugada e percorrer a fileira de pinheiros. No início, trazia apenas uma pá consigo, mas passou a levar um saco velho de batata também em algum momento. Na luz fraca da noite, a menina o observava encher o saco da substância branca cada vez mais abundante e levá-lo para perto da Fronteira Gelada.

O tempo passou, e o que ela pensara ser um segredo partiu-se como vidro diante de si da pior forma possível. Seu pai havia adoecido gravemente e, em seu leito de morte, a chamou para conversar. Valentina tinha quinze anos então, e as lágrimas não paravam de cair com violência.

— Oh, minha querida — ele disse, limpando seu rosto com os dedos trêmulos. — Você pode me fazer um favor? É muito importante.

Valentina assentiu imediatamente.

— Qualquer coisa, pai.

— Bom — ele disse, um sorriso frágil nos lábios. — Meu pai me deu esta tarefa antes de morrer e, agora, eu a dou para você. Sei que me seguiu todos esses anos, querida, então não será tão difícil de entender.

Valentina empalideceu.

— P-Pai…

— A segurança do nosso vilarejo, talvez a de todo o povo sob o Céu Branco, está em suas mãos. Seja sempre discreta e meticulosa, não deixe nenhum grão branco para trás. Conto com você.

Valentina abriu a boca para protestar, mas era tarde demais. Chorou incansavelmente pelos próximos dias, mas, quando parou, só havia uma coisa em sua mente: deveria cumprir aquela promessa, aquela missão que seu pai lhe confiara. De qualquer jeito.

❄

O palácio tinha apenas seis mil ou sete mil anos. Fora construído sobre o novo chão de neve fofa, e seu exterior era todo feito de gelo e diamantes, além de ser consideravelmente maior e mais opulento do que o antigo. Izola havia passado praticamente a vida toda lá, e seu coração se apertava ao sequer pensar em deixá-lo.

— Não temos que ir se não quiser — seu pai disse.

Ela sacudiu a cabeça.

— Não, é para o melhor — ela segurou sua mão, contendo a careta que começava a se formar em suas feições. A pele do pai fervia tal qual a de uma criatura de sangue quente, uma lembrança insistente da doença que roubava sua vida aos poucos. — Voltar é o melhor — murmurou.

Ela se afastou, sentando-se sobre a neve macia do solo terráqueo e passando os dedos pálidos pelas pétalas coloridas de uma flor. Varreu os excessos de neve com cuidado e puxou um pedaço de gelo da mente. Então, moldou-o com delicadeza entre os dedos até que se tornasse uma rede finíssima e quase invisível, com a qual envolveu as pétalas. Não duraria muito, mas era o suficiente para manter a flor em todo o seu esplendor descoberto por algum tempo. Quando terminou, pegou outro broto para repetir o processo, e o Rei Gelado suspirou.

— Você sempre se importou demais com criaturas tão pequenas — disse, pensativo. — Gostaria de levar algumas mudas de volta para Europa?

Izola riu.

— Elas jamais sobreviveriam a um frio de -200º C.

— Talvez não, mas e seus descendentes? Eles podiam ter todos desaparecido quando chegamos aqui, mas você vê? — ele disse. — Eles se adaptaram.

Izola sorriu.

— Não abaixamos a temperatura do planeta tanto assim — disse. — Não quero esperar milênios até poder ver flores outra vez.

— Você não precisa esperar. Pode simplesmente voltar à Terra assim que eu morrer.

Ela arfou, virando o rosto antes que ele pudesse ver as lágrimas que ameaçavam cair.

— Vamos voltar para dentro — disse, os olhos cravados no chão. — Temos muita coisa para empacotar.

❄

Os anos passaram, e Valentina já não era mais uma menina. Trabalhava de dia ajudando a mãe com o pequeno negócio de bolos e de noite tomava o saco e a pá nas costas e partia para a fileira de pinheiros. Acostumara-se ao trabalho e à solidão do segredo e, dessa forma, tornou-se bastante reservada.

Em algum momento, no entanto, após passar pela última casa do vilarejo tantas vezes, acabou se apaixonando pelo rapaz que lá morava, e ele por ela. Aos poucos, olhares se tornaram palavras e palavras se tornaram promessas. Assim, eles se casaram, e Valentina levou a mãe consigo para o novo lar. Era até mesmo mais prático, permitindo que a moça fosse e viesse da Fronteira Gelada com mais rapidez. Tudo o que sua mãe e marido sabiam, no entanto, é que ela gostava de ir a passeios noturnos solitários, e respeitavam isso.

Quando Valentina ficou grávida de seu primeiro filho, entretanto, as coisas mudaram. Os meses e o peso impossibilitavam que saísse para realizar a tarefa diária, e foi obrigada a contar ao marido a verdade e lhe implorar que a substituísse pelo futuro próximo.

— Mas eu não entendo — ele disse, as sobrancelhas juntas. — Por que isso é tão importante? O que exatamente é essa coisa que cai do céu?

— Eu não faço a menor ideia, querido — Valentina respondeu. — Mas sei que não posso ignorar essa responsabilidade.

No fim, ele concordou, e passou a substituí-la pelos próximos meses de sua gravidez. Tudo parecia estar indo bem então, mas o destino tinha outros planos. O trabalho de parto levou tempo demais, e Valentina quase morreu. Dia e noite, o marido não deixava seu lado, fazendo o máximo que podia para cuidar da esposa e da filha recém-nascida. Dessa forma, acabou esquecendo-se completamente de sua missão, e um mês inteiro passou.

Ao fim desse período, Valentina se recuperou e pôde sair da cama e começar a cuidar da bebê. A família estava feliz na dolorosa mas doce rotina, e a substância branca começou a se acumular sobre os pés dos pinheiros.

As crianças foram as primeiras a encontrá-la. Contaram aos amigos e passaram a ficar tardes inteiras brincando entre a curiosa substância que era macia e gelada e se tornava água após algum tempo. Elas jogavam-na uns nos outros, construíam castelos e bonecos e se deitavam sobre sua superfície. Guardaram o segredo por quanto tempo puderam, mas então os adultos descobriram. Eles hesitaram no início, mas logo perceberam que a substância era inofensiva e passaram a espalhar a notícia para que outros viessem aproveitá-la. Brincavam ao lado das crianças, e a coisa continuou surgindo a um passo maior do que derretia.

A filha de Valentina já havia completado quatro meses a esse ponto, e tinha os mesmos cabelos crespos do pai e os olhos cor de âmbar da mãe. O casal e a avó a adoravam, e foi só quando a levaram para passear entre os pinheiros pela primeira vez que notaram o motivo pelo qual os arredores da casa andavam tão agitados. As mãos de Valentina tremeram, e ela se virou para o marido.

— P-Pensei que ainda estivesse vindo aqui todas as noites.

Ele sacudiu a cabeça com pesar e apertou a filha nos braços.

— Esqueci-me completamente.

De início, eles ficaram preocupadíssimos e exigiram que todos se afastassem da substância. Foi inútil, no entanto. Era demais para que limpassem antes que mais caísse do céu, e as pessoas se recusavam a se afastar. Então, tiveram que se resignar, e Valentina teve que admitir que a substância parecia não ser perigosa ou causar quaisquer danos a quem a tocasse. As suas preocupações se acalmaram então, e Valentina se perguntou se a missão dada por seu pai não fora sem sentido desde o início.

O tempo passou, e a família cresceu na casinha no fim do vilarejo enquanto a quantidade da coisa aumentava. Em algum momento, a região começou a esfriar, e a substância passou a cair do céu no lugar da chuva ao mesmo tempo que caía a intervalos cada vez menores sobre os pinheiros. As plantações do vilarejo sofreram com a mudança, mas, em compensação, o turismo na região cresceu monstruosamente. As hospedarias lotavam a todo tempo e as lojas se enchiam de clientes, e a mãe de Valentina vendia tantos bolos que teve que contratar uma assistente.

A região florescia, e a família não podia estar mais feliz.

❄

Izola passara apenas alguns séculos em Europa. Não tinha muitas memórias da lua gelada a não ser vagas lembranças de palácios brancos e amplos parques tomados por dragões e gelo. Aquilo era outro mundo para ela, quase distante demais de sua realidade para que pensasse naquilo com frequência.

Naquela época, o Rei Gelado tomara a decisão de se mudar para a Terra, e deixara a esposa no comando dos que desejaram permanecer. Estabeleceram-se na região da Antártica de início e, mesmo naquela tenra idade, pareceu absurdo a Izola que tivessem todo aquele trabalho para transformar um lugar sem neve constante em seu novo lar. Seu pai gostava da proximidade com o sol e do espaço maior, no entanto, e assim eles ficaram. Um milênio depois, a Terra fora de fato transformada, e se tornara o verdadeiro lar de Izola.

Era cruel, uma piada de mal gosto, ela pensou, enquanto começava a embalar suas coisas. Tivera apenas alguns séculos de vida em Europa, e agora viveria com o pai lá por um tempo igualmente insignificante. O mundo podia ser muitas coisas, mas não era justo.

❄

Quando Valentina completou trinta anos, a chuva branca já era comum debaixo de todo o Céu Branco. Aos quarenta, destruía plantações em todo lugar e afundara seu vilarejo natal em um permanente tapete branco de um metro de altura. As pessoas começavam a se preocupar, e o marido de Valentina se culpava. Ela dizia que não fosse tão duro consigo mesmo, no entanto. Aqueles meros quatro meses em que se esquecera de enterrar a substância não podiam ser os responsáveis por aquilo, pensava. Algo muito maior estava acontecendo, algo que não podia ser contido pela força humana. A substância que caíra do céu podia não ser venenosa ou algo assim, mas envenenara seu mundo.

As colheitas sofriam, crianças e idosos morriam de frio e muitos passavam fome. Era uma visão assustadora, imparável. A coisa crescia e crescia, acumulando-se a tal ponto que a família e todos os habitantes do vilarejo tiveram que partir antes que tivessem suas casas soterradas.

Dessa forma, Valentina e a família partiram para a casa de um primo distante do marido, e se estabeleceram numa vila muito longe de tudo o que conheciam. Sua mãe morreu na viagem, e eles não tiveram escolha a não ser enterrá-la no caminho. O coração de Valentina gritava, mas ela se forçou a permanecer firme. Não podia desmoronar, ou então seus próprios filhos desmoronariam também.

O mundo estava mudando, e ela só se permitia chorar na calada da noite enquanto o marido a consolava.

❄

O palácio na Terra atravessava quilômetros e quilômetros, ultrapassando as fronteiras dos antigos países. Naturalmente, levaram quase dois séculos para embalar tudo de que precisavam, e o Rei Gelado adoeceu ainda mais durante o processo. Por fim, a data de saída foi marcada, e Izola começou a percorrer os infinitos salões gelados em despedida.

Viu-se então em um amplo cômodo com estantes formadas por buracos redondos e franziu a testa. Conhecia aquele lugar, tinha certeza disso. Então, após pensar por algum tempo, lembrou-se. Fora ela quem mandara construir o estranho cômodo para que armazenasse os seus protegidos quando a hora chegasse, mas o tempo e os quilômetros de neve a haviam feito esquecer.

Izola sorriu, recordando-se dos antigos mestres do planeta. Eram tão pequenos e frágeis, e apenas começavam a despertar de sua pequenez. Construíam satélites e foguetes e partiam em suas primeiras viagens para além de seu humilde planeta. Ela gostava deles e de seus esforços quando pequena, e não quisera que morressem esmagados pelo frio e os enormes pés de seu povo. Implorara ao pai que construíssem o novo palácio na Antártica ou sobre o mar que cercava o continente, mas o Rei não cedera. Para ele, os humanos e outras criaturas terráqueas não possuíam muita significância.

Izola então criara um plano em segredo. Tomara nas mãos quantas comunidades humanas pôde, costurando-as dentro de casulos feitos de camadas e camadas de gelo que as manteriam aquecidas e isoladas de interferência externa. Fez uma ou duas centenas deles antes que a construção do palácio e o forro de neve as alcançasse e, quando foram enterradas pelo mar branco, prometeu a si mesma que as resgataria um dia e as manteria em segurança naquela sala.

Izola riu com a lembrança, mas seu sorriso logo desapareceu. Os casulos estavam a milênios debaixo da neve, e ela logo os deixaria a sós por um tempo indefinido. Eles podiam não estar mais seguros.

Ela apertou os lábios azulados, correndo até o jardim onde suas flores descansavam. Tinha que trazê-los para a superfície o mais rápido possível.

As mãos de Valentina tremiam, as veias saltadas sobre a pele fina. A moça gritava de dor, e ela teve que usar toda a força de que dispunha para deitá-la no colchão.

— Seja forte, querida. Vou chamar as outras.

— Dói demais, vó — ela choramingou, e a expressão de Valentina se suavizou.

— Vai dar tudo certo, querida. Espere apenas um momento.

Ela saiu da tenda com o coração pesado. Era uma mentira, e tinha certeza de que a neta também sabia disso. Poucas crianças sobreviviam ao nascer naquele inferno congelado, e era improvável que aquela viesse a ser uma exceção.

Valentina suspirou, pensando em todos os netos que vira morrer diante do frio crescente. Pensou nos seus filhos levados pela pneumonia, no próprio marido. A chuva branca não dava trégua, no entanto, e o mundo continuava se enchendo dela até que a fome fosse generalizada e todas as construções houvessem sido há muito enterradas. Eles rezavam para a deusa, mas ela parecia tê-los abandonado.

Valentina não sabia como a vida seria para as próximas gerações; sequer sabia se seria possível. Um dia, não sobraria comida alguma. Um dia, a coisa branca tocaria o Céu, engolindo tudo.

— Venham — disse, assim que viu as netas e a única filha ainda viva. — A hora chegou.

Izola olhou desolada para a neve escavada. Centenas de casulos partidos a encaravam de volta, há muito engolidos pela neve. O gelo que os protegia havia se partido com o tempo, permitindo que o frio e a neve entrassem. Comunidades inteiras devastadas, destruídas. A existência humana terminada.

Ela suspirou. Tinha que cobrir o enorme buraco e se apressar. Não faltava muito para partirem, mas ela não conseguia se mover. Continuava encarando os pequenos mundos destruídos e não sabia o que fazer. Fora tola em pensar que conseguiria salvá-los, tola em pensar que...

Um casulo brilhou debaixo do sol, e os olhos dela se arregalaram. De fato, uma terrível rachadura se espalhava por sua superfície de gelo como uma cicatriz, mas a neve ainda não havia tomado conta de tudo.

Não ainda.

Izola se apressou e pegou o pesado globo nos braços. A vida resistia ali. Por pouco, mas resistia.

Ela convocou a neve ao redor, fazendo com que erguesse o casulo até a superfície. Então, ordenou que levasse o objeto até a sala com as estantes redondas. Guardou o casulo em um dos nichos e chamou o excesso de neve em seu interior de volta para si. Refez a proteção que cercava o mundinho em seguida, deixando-a lisa e livre de rachaduras.

Izola sorriu.

— Boa sorte, pequeninos — disse, e então se juntou ao pai para a viagem de volta à Europa.

Enquanto isso, o estranho e repentino tremor parou sob o Céu Branco, e a temperatura subiu. O choro de um bebê saudável então irrompeu numa pequena tenda e uma velha matriarca chorou com o milagre enquanto todos se ajoelhavam e agradeciam à deusa.

Inverno e magia

Por Maria de Fátima Fontenele Lopes

Era um sonho tão antigo que Joana o trazia consigo desde a adolescência, conhecer a França. Cresceu ouvindo os pais afirmarem que seus antepassados eram provenientes de uma pequena cidade, localizada próximo a Paris. Para ela, não passava de um desejo impossível. O tempo passou, mas em algum momento manifestou em voz alta essa sua vontade. Quando um belo dia ganhou a tão sonhada viagem como presente de aniversário de seus amados filhos. Então, deu início aos preparativos para sua realização. A ansiedade aumentou ao pensar que precisaria enfrentar o medo de avião, o primeiro voo, imaginou-se nas alturas e sentiu um frio enorme na barriga.

Enfim, chegou o grandioso dia, o embarque, as escalas e finalmente a chegada à linda cidadezinha de Albertville, localizada na região de Auvérnia-Ródano-Alpes, encoberta por uma brisa suave e aconchegante. Mas logo a subida para os Alpes, os túneis, o rio Sena em quase todo o trajeto parecia indicar o caminho a seguir. A diferença de altitude, as curvas da estrada, os chalés cobertos de pedras, a neve, o orvalho, o frio que fazia o corpo todinho tremer. O inverno intenso dava um ar de encanto àquele lugar. O coração acelerado, os olhos embevecidos pela beleza das paisagens, embora encobertas pela geada.

À noite, debaixo das cobertas, no sofá da sala, observava da janela o céu ofuscado pelas nuvens, não via estrelas e nem sua adorada lua. A escuridão tomava conta do lugar, chegou a sentir receio por estar tão longe de casa. Mas, no momento, seu pensamento falou para si mesma: "Calma, menina!" Se acontecer algo, valeria a pena, pois estaria na realização de um sonho tão almejado. E, de repente, o vento assobiou e completou a magia do lugar e sua alma sorriu de felicidade.

Demorou a pegar no sono e, pela manhã, o sol não despontou, as montanhas encobertas de gelo e os flocos de neve encobriam as vidraças do quarto. Joana, entorpecida e encantada por tanta magnificência que a estação invernosa proporcionava-lhe naquele instante. Um passeio memorável para Joana, num encontro com suas memórias ancestrais em um inverno intenso de magia, deslumbre e êxtase. Hoje na lembrança e em seu álbum de fotografias.

Lobisomem azul-celeste

Por Noel Rosa de Castro

Quando criança, Ella, escondida, ouvia seu pai contar para sua mãe essa história muito aterrorizante e também mágica de um lobisomem azul-celeste.

Um homem lobo de pelagem azul-celeste que corria livremente pelos poucos descampados dos arredores da cidade de São Paulo caçando, vivendo sua selvageria natural em plena chuva azul-celeste e lua cheia surreais que aconteciam de tempos em tempos e ao mesmo tempo.

Agora, nessa primeira noite de inverno, tempo frio, seco, pouquíssima umidade, diferente do normal, porém, igualmente maravilhoso e convidativo como sempre, nossa belíssima e cativante Ella voa nos seus mundos ilusórios vivendo as aventuras dessa criatura singular.

Virando de um lado para outro de sua cama de casal amarela gema de ovo, Ella segue navegando pelo seu oceano de sonhos e ou pesadelos, embalada pelo inverno que chegou diferente e poderoso, maravilhoso, esquisito e mágico, enquanto escreve e reescreve essa sua ficção psíquica e muito específica sobre seu próprio lobisomem azul-celeste.

Sonho e ou pesadelo, quem pode saber, enfim, vamos com nossa doce princesinha e muito querida, Ella, transitar pela sua fantasia absurda e quem sabe pelos seus fragmentos da realidade.

No último dia de outono, quase que no ponto cósmico de transição para o inverno, José Maria, João Maria e Maria José dançam ao som de uma música qualquer e celebram suas conquistas pessoais e profissionais, especialmente sua compreensão dos motivos, razões e circunstâncias que fizeram um deles passar a se transformar num lobisomem azul-celeste, bem como sua capacidade recém-adquirida de controlar o monstro azul selvagem e sanguinário.

Sim! Já estamos no inverno. Assim como acontece no outono, Ella entende e sente tudo nessa estação mágica como uma música específica feita para ela mesma e também para a vida humana em si mesma.

Ah! Aqui nesta cabana rústica demais, rodeada por uma floresta absurdamente assustadora e também cheia de uma esperança esverdeada brilhante, ao pé da lareira, dentro desse sonho e ou pesadelo de nossa linda Ella, os seus personagens fictícios, José Maria, João Maria e Maria José, deleitam-se com essa coisa toda de baixa temperatura, céu quase sempre cinzento, miraculosamente, neve e geada ao mesmo tempo, aqui no estado de São Paulo. Inexplicável.

Bom! Eles aproveitam e apreciam esse inverno muito exótico e icônico bem diferente que o normal, mas carregado com todas as características do mais comum e normal espaço-tempo desse tempo.

Sim! Tudo aqui é um sonho e ou pesadelo caótico, frenético e fantástico que vai sendo escrito e reescrito pelo subconsciente de nossa princesinha, Ella, uma jovem mulher com muitos sonhos e esperanças, dormindo pesada e confortavelmente, constrói e reconstrói esse seu mundo de ilusões.

Um longo sonho e ou pesadelo sobre o lobisomem azul-celeste, seu alter ego, José Maria, bem como seu amigo irmão, João Maria, e seu grande amor, Maria José.

Sem regra específica, sem lógica, não seguindo nenhuma uma das leis da física moderna nem de nossa ciência contemporânea, Ella voa pelo seu emaranhado de sonhos e ou pesadelos específicos sobre sua personificação do lobisomem azul-celeste.

José Maria estava muito bem vestido, classicamente e elegantemente muito bem vestido. O inverno lhe trazia essa peculiaridade, necessidade de vestir-se assim.

Aliás, passando-se o tempo desde sua primeira transformação, depois que aquela terrível e também magnífica tempestade de água azul-celeste caiu do céu sobrecarregado da cidade de São Paulo ao mesmo tempo que uma lua extraordinária mostrou-se muito maior e muito mais brilhante que o normal, cada estação do ano afeta José Maria de um jeito diferente e específico.

O inverno o deixava muito mais elegante, tanto na vestimenta quanto no comportamento. Nessa estação, essa mudança do outono para o inverno, esse ponto de transição, mágico, trazia para seu corpo, sua mente, sua alma e seu coração uma força cósmica, uma energia e sensação muito mais poderosas com seu lado cavalheiro, por assim dizer, o que fazia dele um verdadeiro exemplar da resiliência humana.

Claro que a besta fera de pelagem azul-celeste, garras e dentes pontiagudos e instinto selvagem ainda continua vivendo e vibrando furiosamente dentro de seu interior. O animal azul selvagem, sedento por carne, ossos e sangue humano, ainda é parte de sua existência e essência, mas nessa estação do inverno, seu alter ego monstruoso fica muito mais nas profundezas de sua psique.

Ah! Essa época do espaço-tempo dessa ilusão, dessa sua vida, Ella e também do nosso super-herói às avessas, José Maria, o lobisomem azul-celeste, esse clima frio, seco, umidade muito baixa que irritava suas narinas mais sensíveis que a de uma pessoa normal, e a escassez de chuvas, principalmente da chuva azul-celeste que lhe causava a mais dolorosa e violenta transformação de homem em animal, dele mesmo, José Maria, no aterrorizante e também hipnotizante lobisomem azul-celeste, enfim, o inverno, esse específico inverno, é um convite para uma espécie de renovação de si mesmo, metamorfose de nós mesmos para outras versões mais construtivas e positivas do que podemos vir a ser nesses diversos espectros de nossa vida.

Correndo pelo descampado próximo do prédio onde trabalha, metamorfoseando em seu monstro animalesco, azul-celeste, sendo molhado pela chuva azul-celeste e a luz da lua incomum que agora estão acontecendo no mesmo momento, nessa mesma noite, José Maria, o lobisomem azul, busca por uma presa qualquer.

Um microfone muito pequeno, tecnológico, embutido em seu ouvido, transmite a voz da única pessoa que consegue controlar o cachorro selvagem azulado, a persona bestial de José Maria, o lobisomem azul-celeste.

— Lembre-se de que embora esteja transformado numa fera, você não é uma fera selvagem. Sei que meu amado José Maria ainda vive dentro desse monstro — fala Maria José pelo microfone, com sua voz doce e suave, inebriante, hipnotizante, parecendo uma melódica onda de frio vinda por conta desse inverno muito mais frio que o normal.

João Maria, amigo irmão de José Maria, outro que também sabe de sua sina surreal, coexistência entre homem e animal, juntamente com Maria José, ajuda nosso super-herói às avessas, incomum, distópico do que seria um herói convencional, nessa sua missão que se impôs de usar essa sua versão feroz em prol da justiça, ordem e progresso de algum jeito construtivo e muito positivo.

No topo de uma árvore, João Maria acompanha o lobisomem azul-celeste na sua caçada selvagem, nesse seu momento de liberdade animal, êxtase, existência e essência. Seu rifle prateado a postos, ele não vai deixar o amigo irmão atacar alguém inocente.

Virando de um lado para o outro ea sua cama de casal amarela gema de ovo, Ella segue navegando pelo seu oceano de sonho e ou pesadelos, embalada à luz desse inverno muito exótico e icônico bem diferente que o normal, mas carregado com todas as características do mais comum e normal espaço-tempo desse tempo, escreve e reescreve essa sua ficção psíquica e muito específica sobre seu próprio lobisomem azul-celeste.

Um susto tremendo

Por Scott Fischer

Hoje, vou contar-lhes uma história um tanto quanto insólita. Muitos podem nela não acreditar, mas lhes asseguro que esquecer ninguém também mais irá.

Era uma tarde álgida de inverno, de um tempo qualquer. Na cidade interiorana do estado de Minas Gerais, comemorariam a tão esperada reinauguração de um histórico cassino localizado às margens de um lago. Todas as atenções e expectativas estavam voltadas para esse momento, que há tempos era esperado pelos cidadãos daquele município. Mas, dentre todas as festividades, uma era especial, a inauguração da sala H, dedicada à Henriqueta Lisboa, que teve como obra-prima um quadro com seu retrato pintado pelo próprio Portinari, em 1935.

A cidade compareceu em sua maioria, como bons cidadãos que eram, mesmo com os ventos frios e fortes do inverno e uma chuva ameaçando a cair. Os que estavam no evento traziam estampado no peito o orgulho pela cidade passar a ter uma peça de sua mais estimada conterrânea. As emoções estavam à flor da pele, todos ansiosos para o encontro com o tão famoso quadro pintado por Portinari que, agora, passava a fazer parte do patrimônio da cidade.

A cerimônia teve início com alguns minutos de atrasos, o povo já estava intempestivo. Compareceram algumas figuras ilustres, como os representantes do poder público do Município e do Estado, e alguns escritores e poetas também marcaram presença.

Com o prelúdio das homenagens prestadas aos presentes, além das arbitrariedades que o momento pedia, foram todos direcionados para a abertura da sala, com muita festividade. O prefeito, enfim, retirou o manto de cetim que cobria a entrada para a sala H. Dando o primeiro passo para abrir a porta da ilustre sala, deparou-se com algo inusitado: não havia quadro algum a ser inaugurado, apenas a moldura pendurada na parede. O quadro havia sumido.

Foi um tumulto só, todos queriam saber o que se passava naquela sala. Os responsáveis tentavam não demonstrar tamanha preocupação, mas era inútil, pois estava estampado no rosto de cada um que organizara aquele evento o espanto:

— O quadro sumiu! E agora, o que vamos fazer?

Os convidados não conseguiam conter a revolta, e os comentários eram um só:

— Mas como esse quadro sumiu se ninguém havia entrado na sala após a organização para a reinauguração?

Caro leitor, é preciso frisar, essa inauguração já era esperada há anos por todos os cidadãos e, por isso mesmo, demandou muita organização e investimento para que o evento acontecesse. Sendo assim, posso afirmar: tudo estava sob sete chaves, era impossível que um objeto de tamanha magnitude viesse a sumir sem deixar vestígios.

Elementar, já diria meu caro Sherlock Homes. Bom, eu estava presente na inauguração, também queria ver o famoso quadro. Fui chamada para investigar esse caso, imediatamente. Sou uma detetive renomada na cidade, todos me conhecem por “Nunca Não”, apelido carinhoso que ganhei por sempre desvendar todos os casos. Esse não seria diferente.

As investigações começaram. O local foi fechado e todos que estavam envolvidos na organização, chamados para depor. Foi realizada uma minuciosa varredura de informações sobre quem esteve na sala, quem a organizou, e o mais importante, quem a trancou?

Dentro da sala H, observamos que todos os objetos que a compunham estavam em seu devido lugar, a única coisa que de fato havia sumido era a pintura. Passei a analisar se havia alguma digital, para além daqueles que tinham trabalhado na preparação da sala. Porém, me deparei com algo muito inusitado: segundo os equipamentos utilizados, não identifiquei digitais diferentes daqueles que faziam parte da organização, apenas uma se distinguia: a minha.

Pensei furtivamente: “Mas como eu posso ter estado ali se esta era a primeira vez que entrava no estabelecimento? Aliás, as únicas digitais encontradas na moldura foram as minhas.” “Mas eu nunca toquei naquele quadro. O que está acontecendo? Como isso era possível?”, pensei, atordoada com a situação.

Como os ânimos estavam alterados e atônitos por essa constrangedora situação, o frio se intensificava e se aproximava o embruscado entardecer, além de que o temporal que ameaça cair no início da tarde fez-se presente, tornando aquele entardecer de inverno ainda mais frígido, propus encerrar as investigações e dar sequência na manhã seguinte.

Direcionei-me para minha casa toda cabisbaixa. Desejava ardentemente chegar em casa para refrescar a cabeça e pensar, pois essa situação me deixou intrigada, não conseguia compreender o porquê dessas coisas estarem acontecendo comigo.

Incomodamente, não parava de me questionar como poderia aquilo ser possível, e me perguntava: "Será isso um pesadelo?!".

Ao chegar em casa, preferi imediatamente tomar um banho, precisava descansar. Fui em direção ao guarda-roupa para pegar o roupão e, ao abrir a porta, um susto tremendo:

— Meu Deus! Como isso veio para aqui?

De súbito, caí da cama ao acordar!

TUDO É MOVIMENTO

Por Ana Beatriz Carvalho

Se estava aqui, queria estar lá. Se estava lá, queria estar aqui. Movimento era a primeira regra de sua existência: devir. Identificava-o como a possibilidade de tornar a vida dinâmica, diversificada e renovada.

Em seu interior silencioso, havia um colóquio profundo, um diálogo eterno e a mais animada prosa que se possa imaginar ou mesmo inimaginável. Amplamente reconhecido como homem da paz, pela paz e para a paz, trazia consigo o silêncio como companheiro de todas as horas, bem como a comunicação mais contagiante e eficaz, pois que é do silêncio que se faz palavra, gesto, ação, a sua matéria-prima, a bem dizer.

Sua natureza de frenética atividade e pensamento, combinada com a quietude dos seres disciplinados e observadores responsáveis, lhe conferia a prudência necessária para calcular as suas ações e realizações e, por esta via, costumava lograr êxito em quase todas elas. Destemido, abria portas e janelas onde paredes inflexíveis impediam de ver outras paragens, outros horizontes, outros universos. Aprazia-lhe descobrir e desbravar. O desconhecido exercia sobre si fascínio ineludível.

Desde tenra idade, dedicou-se à leitura como quem ama. Sem sair do espaço físico onde se entregava aos fios de letras e às suas entrelinhas, às gravuras e às ilustrações, movia-se estático por inúmeros espaços reais e imaginários, conhecendo diversas gentes, culturas e hábitos, hospedando-se algures próximo ou longínquo, locomovendo-se e desfrutando sem pressa a pluralidade das experiências. Assim, modelava o ritmo e o compasso para angariar conquistas que só a alma mais vasta e profunda poderia autenticamente expressar.

Os cinco continentes do mundo eram um dos seus mais vigorosos desejos de exploração. Ao menos um país de cada massa continental já havia recebido sua visita, real ou projetada pela leitura. Ou ainda a receberia. Apreciava viajar e considerava o ato da viagem um movimento natural e vital, tão imprescindível quanto a sístole e a diástole, ou como o sonho o é para o sonhador. Dedicava parcela de sua vida à descoberta de lugares diferentes em que culturas variadas ofereciam o degradê das nuances de um aprendizado existencial que se desejava qualificado.

Não media esforços, nem recusava fluência alguma para vivenciar experiências capazes de trazer a diversidade ao seu olhar de perscrutador e desbravador do orbe terrestre. Munido de pesquisa prévia, planejamento minucioso e decisão antecipada quanto ao que buscar e visitar, além de envolto na aura de paixão e sonho, seguia curioso e determinado os destinos traçados em seu caderno de viagens. Não abandonava a milenária prática do manuscrito, mas reconhecia a tecnologia de sua atualidade como parceira valiosa em seus intentos.

Assim, combinou o silêncio de onde as palavras em ciranda criavam e recriavam infinitos enredos do sempiterno movimento, com a prática de corrida esportiva nas mais diversificadas cidades do mundo. Aliados, movimento do pensamento e movimento do corpo doravante o levariam a qualquer lugar que desejasse.

Afirmava satisfeito: 300 corridas até aqui. Mais 300 corridas até lá...

No duplo movimento de mente e corpo, configurava projetos que ressignificavam sua própria vida, inovando a rotina e certificando-se de que os sonhos que programava, por mais tímidos que fossem, contavam sempre com a contribuição uníssona do Universo.

Como corria!!! Corria muito, corria leve, corria sereno, corria seguro, corria silencioso, corria a realizar o idealizado e idealizava enquanto corria. Corria em direção a novas descobertas e a novos destinos. Com passadas firmes, a cabeça erguida em linha reta e o peito aberto para melhor receber os ares da diferença, além de olhos de longa distância, movimentava-se para a vida, o inédito e a raridade.

Sentia as alterações sazonais pulsarem em seu corpo de corredor. As sensações eram diversas. Como seu corpo a acompanhar as rápidas passadas de suas pernas, também o clima se punha em movimento provocado por motor ignoto naquela prática desportiva e anímica. E isso nele despertava reações inusitadas, assim como o encantamento com a pluralidade revelada pelo sempiterno movimento de translação do planeta, equivalente ao não menos constante movimento de seu pensamento e de sua curiosidade. Movimento! O movimento está sempre presente. Dentro e fora; fora e dentro; para aquém e para além de fora e dentro... Era essa uma de suas recorrentes impressões ou constatações, talvez como um filósofo grego antigo o pressentira em Éfeso.

Cada um dos períodos climáticos apresentava características diferentes dos demais. A diversidade também está aqui, repetia com alegria, o corredor silencioso. O movimento também.

Observava tudo com interesse e curiosidade. Aprendia com facilidade e qualquer experiência que aportava em seu dia tinha um tratamento especial.

Registrava na consciência em perpétuo movimento tudo o que via, ouvia, sentia e pensava, para em seguida transformar o que experimentava em aprendizado, cautela, providência e amparo ao outro.

Foi nessas incursões simultaneamente silenciosas e movimentadas que colheu uma das aprendizagens mais preciosas para a vida, seja ela entendida como corrida, no sentido de sua metáfora, seja para si, seja ainda para os outros.

Ao correr durante o inverno em um país diferente do seu, percebeu que mesmo o inverno, estação em que a vida tende a recuar sobre si mesma até que lhe advenha a primavera, guarda suas peculiaridades e se movimenta de acordo com os movimentos da Terra. Nada está ou é apartado ou isolado. Tudo está em comunicação e conexão. Ainda que se possa traçar algumas características invariáveis do inverno nas mais diversas partes do mundo, em cada ano ele se nos anuncia de modo imprevisível, configurando dias e noites iguais a si mesmos e nunca absolutamente padronizados, a depender de como o todo articula as suas partes de cada vez.

Reconheceu: a vida se transforma; nada está e é estático. *Moto perpetuo.*

Era fevereiro de sol, mas o frio acompanhava a grande estrela como amigo que tempera a relação, não lhe permitindo nem ser mais, nem ser menos.

Uma maratona esperada. Havia planejado com diligência sua participação, com treinamentos compenetrados e regulares. Já conhecia o país onde se daria o evento e sabia como o inverno costumava agir naquele local. Seguro com esse seu conhecimento, ainda assim sondou com precisão naquele dia como estava o clima: sol quente e vento suave. Tudo certo, tudo pronto, tudo ideal para seu desempenho de atleta.

Seguiu com seu aparato de corrida para o local do percurso onde seria iniciada a maratona. Exalava confiança e alegria. Consigo, além da roupa adequada às previsões do tempo, que asseguravam sol e vento ideais para a atividade, também trazia a força de um corredor experiente e empolgado.

Ao chegar ao local, sentiu que o sol não estava tão quente, que o vento não estava tão suave, como anunciaram os boletins informativos, e que os rigores do inverno lembravam que mesmo para a suposta certeza das previsões, a prudência continuava um caminho de sabedoria. Além disso, sabia o corredor por experiência própria que a natureza da diversidade sazonal pede ajustes, acomodações e transfigurações à altura dos seus movimentos não previsíveis.

Não demorou muito para perceber-se mais silencioso, mais estático, mais retesado. O movimento, experimentado como um *continuum* perene, parecia se ausentar. Mas se a temperatura do inverno, por um lado, sugeria tamanha paralisação, por outro, também dizia que as adaptações são necessárias e que tudo pode mudar, a qualquer momento e sem nenhum aviso prévio... movimento permanente.

Em meio a esse cenário de alteração climática súbita e de exigência atípica de respostas do corpo e quiçá de equipamento, o corredor procurou com os olhos a ajuda de que precisava: a hipotermia abraçava-o em movimento crescente. Lembrou-se: o inverno traz um abraço frio, que sugere um abraço quente. Preciso de aquecimento.

Ao redor de si, muito corredores, todos absortos em seus respectivos intentos: participar da maratona grandiosa, que movimentou pessoas de todo o mundo movidas pelo anelo de vibrarem na contagiante emoção.

Música, movimento e festa. O panorama era de alegria, expectativa e envolvimento. Para aquele momento e para aquele local, confluíam as vontades e para ali se encaminhava a razão de tantos deslocamentos.

Seu problema prosseguia. Como chamar a atenção de um, de alguém, de todos? A dificuldade de se movimentar gerava a expectativa ou mesmo a ânsia impaciente de que ao menos um na multidão percebesse seu sôfrego pedido de auxílio.

Não houve palavra, mas simplesmente um gesto solícito: a oferta de um copo de água quente, providenciado por um corredor que, sensível, identificou a gravidade da situação, disponibilizando também ao corredor silencioso roupa especial que suspenderia os efeitos da súbita metamorfose do inverno. A transfiguração climática, causa daquele ato generoso, confirmava que tudo muda e sempre mudará, que o movimento dos ciclos, das estações, das forças da natureza afirma inconteste a regra do movimento incessante na vida.

Refeito da suspensão momentânea, recuperados os movimentos que desvaneciam, o corredor tornou a olhar ao seu redor, aqueceu e alongou o corpo, e logo soube superada a crise que ameaçava petrificar os seus movimentos, desdizendo aquele princípio que desde tenra idade se lhe consolidou. A água oferecida por um anônimo na multidão, agora una com seu organismo, portanto una consigo, era o ensinamento que inesperadamente adquiriu, ensinamento que salvaria vidas, como assim a sua vida foi salva: partilha desinteressada.

Repetiu a prática colhida na experiência sofrida e semeou a bem-aventurança: movimentar-se em prol do semelhante, garantindo uma malha de luz e generosidade.

Tudo é movimento!

TEORIA DOS CONJUNTOS

Por Mila Bedin Polli

Eu nunca me acostumei com o inverno. Noites frias, pés gelados — quase congelados, diga-se — orelhas e nariz virando picolés. A paisagem sempre cinza, os animais recolhidos em seus esconderijos secretos. Nas folhas das árvores, a geada da noite anterior, que demora a derreter; parecem lágrimas petrificadas. Acho que são. O inverno sempre me trouxe vazio, silêncio e melancolia. Tem uma pitada de gostosura também. Quando nos aconchegamos em um edredom bem macio, tomamos um chimarrão bem quentinho e cochilamos como rainhas dentro de um castelo. Mas isso só nos alegra por dois ou três dias… logo depois, nosso corpo já começa a querer a energia do sol de novo penetrando em nossa pele, ainda coberta pelas mil e uma blusas. No inverno, sinto-me como uma cebola, cheia de camadas.

Parte de minha família é do sul e quando chegavam as férias de julho íamos, minha mãe, meu pai e eu, visitar nossos parentes de lá, que se misturavam entre gaúchos e barrigas-verdes (a gente usa essa expressão para nos referirmos às pessoas que nascem em Santa Catarina). Entre eles, a gurizada se dividia em dois lados futebolísticos: os que torciam para o Inter e os que amavam o Grêmio. E, hoje, cada vez quem tem jogo do Gre-Nal, o grupo de WhatsApp dos primos não para de receber mensagens daquelas que todo bom torcedor fanático sabe muito bem como escrever. É uma velha disputa entre colorado e tricolor. Mas, como sempre, numa típica família sulina, tudo acaba em churrasco, chimarrão e fandango.

Eu nasci no interior de São Paulo e acho lindo o sotaque dos meus tios e primos de lá. Acho chique falar "Como é que tú tás, guria?", com aquele ritmo cantado que só eles sabem dar o tom. Por aqui, o nosso "Como é que cê tá?" já está meio batido, quase demodê. Mas, mesmo não tendo nascido lá naquelas bandas dos pampas, eu me sinto de lá também. Adquiri alguns hábitos e vocabulário típicos. Em casa, tomamos sempre o chimarrão, seja no verão, seja no inverno. Os paulistas comentam: "Onde já se viu tomar chimarrão no verão?". E eu respondo com um lindo sorriso nos olhos: "Onde já se viu tomar café no verão?". Claro! Faz todo sentido! São duas bebidas quentes, cujos apreciadores gostam de beber o ano todo! E ninguém tem que dar pitaco na bebidinha alheia e ponto. E eu gosto das duas. Agora, sobre a incorporação de meu vocabulário sulino (que, muitas vezes, se mistura com um "italianês"), tenho uma linda e engraçada lembrança dos tempos de escola. Eu estudava na quinta série do ginásio (hoje seria o 6º ano do ensino fundamental), quando — numa aula de Português — meu professor, que era amigão de meu pai (eles tinham estudado juntos no Seminário), pediu para nós escrevermos um texto, as conhecidas redações. Eu a-ma-va escrever e essas aulas, para mim, eram as melhores!!! Não é à toa que hoje sou quem sou no mundo das letras (mas isso conto para vocês em outro conto). Muito bem, escrevi meu texto com muito capricho e entreguei toda feliz e saltitante ao professor, que o corrigiu e logo me devolveu com uma observação circulada em vermelho na minha folha. Era a palavra *rùspego*, que obviamente não estava em português, mas em italiano. Meu professor carinhosamente me chamou a sua mesa e me disse:

— Você quis dizer áspero aqui, né?

E eu, toda encabulada e sem entender, disse-lhe:

— Sim, isso mesmo, áspero, que é sinônimo de *rùspego*, certo?

E ele, com um sorrido de lado — quase sarcástico — retrucou:

— *Rùspego* está em italiano! É o teu pai que fala assim, não é?

Eu comecei a rir e logo entendi tudo: era meu "italianês" tomando conta do meu ser. É "influência do jazz", como diria Carlos Lyra, em sua linda canção que leva esse título. Meu pai, até os 13 anos, só falava italiano, por isso essa influência toda em nosso linguajar lá de casa. Eu acho lindo isso! Continuo usando meu *rùspego* feliz da vida, pois ele é parte de mim.

Nunca me esqueço de umas férias em que fomos ao sul, e claro que estava superfrio (para mim, sempre congelante… e naquela época nem existia a Frozen cantando *Let it go*… haha) e minha tia nos levou para a cidade de Piratuba. Fomos para um lugar que parecia um parque aquático rural. Eu amei, achei o máximo ver a natureza e uma paisagem toda diferentona daquelas que estava acostumada a ver aqui na selva de pedras. Mas tinha um detalhe que havia esquecido: lá, mesmo que saia o sol, faz frio. Meus primos se esbaldaram nas águas dos riozinhos que entrecortavam o verde natural das folhagens. Para eles, aquilo era um dia de verão. Eu bem que tentei, uma, duas, três vezes, mas só consegui molhar os pés até as canelas. "Bah, tchê", a água estava tri gelada! Voltei para o gramado onde estavam todos fazendo um piquenique e tremi, enrolada numa toalha, até o sol me secar. Mas, sabe, não entrar na água não me entristeceu. Como sou filha única, sempre me acostumei a brincar sozinha e, dessa vez, não foi diferente. Calcei meus sapatos de salto imaginários e entrei em Nárnia numa facilidade tão grande que acho que fui parar em Pasárgada, já que lá posso ser amiga do rei.

As pessoas acham que filhos únicos não se divertem porque não têm com quem brincar, mas nós somos velhos guerreiros e sabemos usar nossa cuca como nunca! Opa! Cuca me fez lembrar de um pão doce ma-ra-vi-lho-so que comíamos com churrasco e com tudo o mais que viesse pela frente (sim, crianças e adolescentes têm uma lombriga que habita seu estômago).

Minhas tias e minha vó faziam quase todo dia esse pão, mas tudo era em grande quantidade (meu pai tem dez irmãos, com ele são onze, somando primos e afins… chegamos perto de trezentas pessoas quando todos se juntam) e era uma diversão! Um pão que tinha uma casquinha crocante na parte de cima e com flocos de açúcar que derretiam em nossa boca quando mastigávamos aquela gostosura da colônia.

Acho que uma das coisas boas do frio é a comilança. Gente, comíamos muito queijo, salame, cuca, churrasco, tudo regado a muito chimarrão e vinho caseiro (somente para os adultos, diga-se) feito pelo meu pai e pelos meus tios.

Engraçado que nossa memória afetiva está intimamente ligada aos cheiros. Até hoje eu me lembro do cheiro do fogão à lenha da casa de minha vó e do sagu com creme branco que comíamos de sobremesa. Claro que a gente brincava no meio do mato também. Era brincadeira de correr, se esconder, pular cela, bicicleta, jogar bola e baralho. Bah, tchê! Era tanta gritaria nas partidas de truco, que entre um "corre marreco" e uma cuia de chima, alguém trocava uma carta e ganhava o jogo. Pronto! Cada um saía para um lado e ia pegar alguma coisa para mastigar e deixar a raiva passar.

Depois do jantar, tinha uma tradição de ou irmos à casa de algum parente ou vizinho ou de recebê-los na casa de minha vó: era hora de "fazer filó", jogar conversa fora e, claro, novamente tomar algumas cuias de chimarrão daquele jeitinho compartilhado com quem está na roda. Nessa hora, a piazada corria para lá e para cá na varanda daquelas casas de madeira, sempre pintadas de cores claras (me lembro bem das cores azul, amarela e verde) bem típicas daquela região. No fim das contas, eram costumes diferentes dos paulistas que me encantavam.

Enfim, os anos passam, a gente cresce e a vida acaba nos afastando um pouco desses momentos pueris em que nossas únicas preocupações eram estudar e curtir as férias. Depois de adultos, a vida gira em torno de pagar boletos e apagar fogo. Lógico que tem muita coisa boa na vida de gente grande. As fases de nossa vida são importantes para nosso amadurecimento, principalmente porque cada uma delas nos marca de formas diferentes, mas todas nos constituem como os sujeitos que nos transformamos hoje.

Quem nunca sorriu ou chorou? Quem nunca deu risada ou se sentiu um tanto melancólico? Quem nunca teve raiva de alguém? Pois é, crescer dói, mas é uma ruptura tão necessária como comer, beber e respirar. As pessoas, em geral, têm dificuldade de cortar o cordão umbilical e se libertarem de suas amarras maternais e ganhar o mundo! E, nessa ciranda, criam seus filhos cheios de dedos, preocupações e neuras. Imaginem um filho frustrado, "tadinho!". Não! Frustrar-se na vida faz parte do crescimento e da evolução das espécies. Claro que é horrível e difícil termos de lidar com as nossas frustrações e, quiçá, com a de um, dois filhos. Mas faz parte, gente! Vamos sacudir esse esqueleto, rodar a baiana, sacudir a poeira e dar a volta por cima, porque viver, como diria o saudoso Guimarães Rosa, "é um rasgar-se e remendar-se".

E por falar em rasgos e remendos, eu também não saí ilesa dessa história toda. Tentei traçar algumas linhas que se quebraram no meio do caminho e acabaram se enroscando naquelas pedras que estavam por lá. Anseios que estão fora de jogo. Claro que eu me questiono sobre isso o tempo todo, principalmente nas noites frias de inverno, quando me dá aquela angústia momentânea, típica dessa estação.

Eu realmente não consigo compreender alguns desejos divinos. Talvez um dia, anos a fio, eu encontre essa resposta e me convença de que foi o melhor trajeto. Hoje, queria muito que esses novos caminhos pudessem ter outra roupagem, outro cheiro, mas prefiro e tento acreditar que tudo tem um propósito em nossa vida. Não conforta, claro que não. Mas acho que leva um pouco da mágoa embora. Só um pouco.

São caminhos que foram traçados, amores que foram roubados. Páginas e páginas de anos de uma crônica da vida real, tudo como manda o figurino.

Porém, as flores, sem água, um dia murcham e restam os espinhos e as folhas secas. Até que a página, afinal, vira. Do outro lado, há vidas que se entrecruzam, depois de um longo tempo e estão prontas para iniciarem outro parágrafo.

É tempo de rasgar essas páginas antigas e permitir que seja (re)escrito um novo capítulo. Entretanto, deve haver desprendimento, abnegação, entrega total, senão o texto não sai do papel e não se consegue emergir uma nova vida.

O amor quer e tem de explodir, ele quer transbordar e se esparramar pelo ar com uma roupagem nova, com um olhar sincero e um coração renovado, reiniciado.

São ciclos que precisam rodar e formar uma nova intersecção, uma nova teoria dos conjuntos: pertence ou não pertence?

Reencontro do Céu e da Terra

Por Francimar Bezerra

Em algum lugar do Mundo Sagrado... o reencontro do espírito da Terra e do Céu.

Endéa observava as maravilhosas cascatas que, de tão altas, se desmanchavam pelos ares. Amava aquelas montanhas que a cercavam. Ainda amava aquele ar do inverno. Uma fina camada de gelo cobria tudo, estava sobre as rochas, sobre as árvores, sobre a água, sobre o solo, fazendo-o molhado e escorregadio. Respirou fundo quando o viu. Seus olhos não acreditaram. Era Aeros. Centenas e milhares de anos depois. Os mesmos cabelos brancos ondulados sobre os ombros. A mesma estrutura corporal que o fazia um dos seres mais maravilhosos que já existira. Ele desceu as rochas, erguendo a túnica branca para não pisar no tecido. Sem desviar o olhar dela, caminhou ao redor do lago que se formava da cascata e aproximou-se pisando com cuidado as pedras irregulares à margem da água, que se transformava vagarosamente em uma fina camada de gelo.

Soprava um vento pesado pela neve que começava a cair de novo. Tudo estava se tornando gelo, mas Aeros sentia seu sangue aquecendo seu corpo violentamente e prendia a respiração sem perceber.

Endéa tinha o peito repleto de emoções. Sentiu o perfume e o calor de Aeros à distância. Ela não sentira, vira nem ouvira nenhum ser como ele havia milhares de luas. Desde que resolveu fugir e entregar-se ao esquecimento, estava só. Ela, que só ouvia a própria voz desde que fora excluída da vida, da presença das mulheres, dos sorrisos, sentia ânsia por ouvir a voz dele. Sua alma gêmea. Ele a mirou com olhos tão azuis quanto o mar profundo e sua respiração parou:

— Endéa! — era uma exclamação cheia de emoção.

— Aeros! Você está aqui... — sussurrou ela, segurando mais firme o manto de pele sobre os ombros.

— Sim. Esperei tanto tempo para encontrá-la!

— Estamos aqui — sorriu ela, tentando ser natural e não permitir que as emoções transbordassem. Ajustou junto ao peito o pesado agasalho feito de peles enquanto afastava a cascata de cabelos negros dos olhos.

— Como está? — o vento lhe atingia o rosto com violência agora.

— Hoje eu estou bem. Feliz por ver você.

— Eu também estou feliz em ver você.

Ficaram de pé, a um metro um do outro. Esperando... que o tempo voltasse eras para que aquela muralha enorme entre eles pudesse ser derrubada. Esperavam reencontrar um tempo em que corriam os campos e os espaços juntos. Um tempo de amor e partilha. Ela estava agasalhada com pesadas peles. Ele, somente com a túnica de linho, era castigado pelo frio. Mas ignorava o vento e a neve que caía sobre si e escorria por seu rosto. Estava ficando todo molhado.

— Você está com frio. Mesmo uma divindade como você não pode ignorar a natureza, não é? Vamos entrar? Minha casa fica logo ali, atrás das rochas. O fogo vai aquecê-lo enquanto você me diz porque precisa de minha ajuda.

Ele sorriu e concordou com a cabeça, deixando que ela seguisse um pouco à frente, indicando o caminho. Com o coração aos pulos, o Senhor Absoluto dos Sete Céus caminhou inseguro, cada passo de uma vez, controlando cada respiração, cada piscar dos olhos, ignorando toda aquela temperatura gelada que fustigava sua pele. Ignorou todo o canto do inverno rigoroso que o cercava. Estava novamente com Endéa. Isso era mais importante que tudo.

Uma abertura discreta na rocha levava por um corredor iluminado por tochas até um salão aquecido e decorado com cadeiras esculpidas na madeira e peles por toda parte. Havia uma fornalha com utensílios para cozinhar e livros e pergaminhos espalhados por todos os cantos do lugar. Ela escrevia. Escrevia e desenhava. Milênios e milênios escritos e desenhados.

— Está registrando a história?

— Nos últimos mil anos, tenho escrito e desenhado. Minhas luas e meus invernos se tornaram cada dia mais gelados. A insanidade e a revolta ameaçavam me destruir.

— Insanidade? — ele tinha um olhar preocupado, franzindo o cenho.

— Sim, Aeros, a insanidade e a revolta. Acha que é fácil você saber que teve uma existência feliz e de repente foi banida e substituída por seu companheiro? A humanidade preferiu você! — Ela estava lívida, com olhos furiosos apontando para ele. — Os homens preferiram dar a você o poder da vida, o poder da criação, o poder e o equilíbrio do mundo sagrado. Os homens não quiseram o divino feminino. Me expulsaram para o mundo do esquecimento. Me tomaram você!!! — A deusa ofegou. E continuou: — E só me restou este esconderijo... esse exílio. Caiu em uma cadeira de couro, feita com madeira mal esculpida. Endéa não segurava a respiração, deixava as lágrimas caírem, sem afastar os olhos de Aeros, que se sentia totalmente condoído com aquela revelação. Depois de todo aquele tempo passado, não tinham chorado ainda, nenhum dos dois.

— Endéa, eu nunca quis isso. Não busquei esse poder atribuído a mim.

— Não buscou, mas aceitou. Éramos dois. Éramos eu e você. Não o Senhor Absoluto. Éramos a realidade absoluta. Éramos nós que nos completávamos no equilíbrio de todas as coisas.

— Você se refugiou aqui, mas ainda é presença em algumas culturas.

— Uma referência à deusa-mãe não me faz presença. Quantos rituais são feitos em oferenda a mim? Aqueles que se atrevem são combatidos, banalizados, ridicularizados. Aeros, minha existência no mundo sagrado é ínfima. Não tenho forças nem para caminhar nesta floresta. A voz dela era sussurrada e reveladora. Estou em meus últimos dias.

— Por que não me chamou?

— E o que poderia fazer? O que pôde fazer durante todos estes milênios? — ela o feria com aquele tom de voz, com aquele olhar cortante, com aquela falta de fé. — As mudanças não estão em nosso poder, mas nas mãos dos humanos.

— O mundo mudou nesses milênios, Endéa — o Senhor Absoluto tinha um olhar cansado. — Tanto, que estamos a ponto de sucumbir. Sagrado e profano. Homens e deuses. Todos teremos o mesmo fim.

Ela andou pelo ambiente por alguns minutos, querendo entender o que ele dizia. Então, sentou-se perto dele, segurou sua mão e indagou suavemente por que as mãos dele estavam cheias de calos. Ele relatou que havia enfrentado muitas batalhas, que ao longo de milênios precisou erguer a espada para defender céus e divindades e até seres humanos. Disse que perdeu muitas batalhas e muitos reinos foram extintos na eterna guerra de poder entre humanos. Enquanto narrava sua eterna luta pelos sete céus, Aeros não soltou as mãos de Endéa. Agarrou-se a elas com esperança. Tremia, pois tinha muito medo também.

— Sem você ao meu lado, os humanos se tornaram mais egoístas, mais materialistas, mais céticos e cruéis. Endéa, receio que agora somente com a união de nossas forças e das crianças Luz e Esperança podemos salvar nossos mundos. Luz e Esperança em breve estarão unidas e venceremos a ameaça do titã da fúria.

— Que força, Aeros? Eu estou velha, estou no fim — ela não tinha esperança. Seus cabelos negros caíam sobre as costas e contrastavam com a face muito branca. Aqueles olhos perfeitamente negros eram pontos de luz na expressão cansada de Endéa.

— Volte comigo — ele pediu, com a voz embargada de emoção.

— Para quê?

— Para se renovar. Para se unir a mim na luta. Para ser relembrada e voltar a seu lugar de direito. Não quero ser mais o Senhor Absoluto dos Sete Céus.

— Sete Céus? E os outros?

— A humanidade fez com que fossem extintos com suas infinitas guerras.

— Não sei se quero voltar para esse mundo.

— Ele precisa de você. Eu preciso de você.

— Esse mundo me expulsou. Você me deixou ir — ela se queixou num fio de voz.

Aeros beijou as mãos da deusa-mãe com fervor e paixão. Então, tocou-lhe a face e pediu:

— Endéa... mãe amorosa e generosa... os campos ainda a esperam. A fauna e a flora ainda anseiam por seu toque... as mulheres ainda nutrem esperança por seu afago e seu consolo... os homens ainda clamam a ti cada vez que a primavera chega. Eu ainda quero você ao meu lado — ele ajoelhou-se de repente e manteve os olhos no chão, como um servo esperando a ordem de sua senhora, se redimindo de seus egoísmos, elevando sua rainha.

Endéa levantou-se e foi até o fogão. Aeros ficou ajoelhado, quase perdendo as esperanças, mas segurando-se nos últimos fios de ansiedade que circulavam no ambiente, no seu respirar. A deusa derramou um líquido fumegante em uma caneca e depois em outra e trouxe para Aeros. Estendeu a mão a ele para que se erguesse. Ele o fez e recebeu a bebida. Beberam calados. Mas ao mesmo tempo que bebia a infusão de alecrim, o Senhor dos Sete Céus sentia o elo antigo que havia entre ele e sua companheira, sua alma gêmea se refazer. Sentia agora a tristeza de Endéa, sua eterna espera no exílio, seus momentos de angústia e os de desespero, seus momentos de esperança, cada vez mais raros. Sentiu o vínculo das almas se completarem.

Ao mesmo tempo, a deusa primeira sentia restaurar-se em sua energia vital, seu poder de conectar-se com a terra, com o ar, com as plantas, com a imensidão das águas. Sentiu o soprar da vida da terra em seu íntimo, em todo seu ser. Sentia-se renovada, ainda fraca, sem conseguir alcançar a realidade dos diferentes céus, mas já os sentia novamente em si.

— Endéa, vai voltar comigo? — ele a olhou, esperançoso. Queria puxá-la para seus braços, mas resistia.

— O que vamos fazer?

— Vamos sacudir o mundo sagrado e o mundo profano e aniquilar um titã. Você será minha arma secreta. Sorriu, totalmente animado.

— Não compreendo bem o que diz — Endéa estava confusa com as palavras de Aeros. Não entendera metade daquela frase.

— Não se preocupe. Não faremos nada que você já não tenha experimentado. Você vai gostar das expressões que estão na moda. Acho até que vai gostar da moda. Tenho um anjo guerreiro que vai apreciar dar umas aulas para você.

— Aulas?

— Ensiná-la. Apresentar a você novas maneiras de vestir-se.

— Não sei... você continua com o mesmo traje de milênios atrás.

— Escolhi vir despojado de minhas armas e minha armadura. Ele ficou diante dela, de repente, sério. Vim com minha essência primordial, entretanto. E abriu aquelas poderosas asas douradas que quase tocavam o teto e o chão do salão de Endéa.

Ela arregalou os olhos surpresa e soltou a respiração.

— Aeros, suas asas continuam lindas!

Dizendo isso, a deusa esquecida aconchegou-se nos braços de sua alma gêmea. Ele os cobriu com suas asas e encostou o rosto nos cabelos perfumados de sua amada. Tomou seu rosto com uma das mãos e olhou-a demoradamente. A deusa mergulhou naquelas duas lagoas de azul profundo e os transportou para fora.

O vento gelado soprou no rosto deles, dando boas-vindas às novas energias do espírito da Terra. Uma brisa fresca os alcançou, trazendo recordações de tempos muito antigos, de felicidade, de alegria e do calor que aquecia seus corações. A neve já diminuía, o intenso brilho do sol avisava que era tempo de recomeçar. Os corações do espírito da Terra e do espírito do Firmamento batiam juntos, conectados com tudo ao seu redor.

Aeros esticou suas asas e mais uma vez cobriu a deusa-mãe, sua rainha, em um casulo de proteção, transportando-os para o Castelo do Sétimo Céu. Quando abriu os olhos, Endéa estava nos grandes aposentos reais, onde esvoaçavam enormes cortinas brancas, deixando a brisa fresca entrar por janelas escancaradas. O sol chamava lá fora. A deusa queria sentir o brilho da luz solar, mas foi mantida no abraço aconchegante de Aeros. Ele sussurrou:

— Fique mais um pouco em meus braços. Só para eu saber que de fato que a tenho de volta.

— Fico. Meus invernos serão guardados na profundidade de minha mente. Pois foi durante minha maior agonia que me resgatou — declarou Endéa, olhando para cima para encontrar os olhos do seu céu.

Novos começos

Por Cristiane Dias

Eu esperei e esperei. Uma hora já havia passado do horário marcado. Se eu tivesse ainda alguma ilusão de que poderia cumprir com o compromisso lá fora, ela acabou de se esvair. Mas não pensava que eu tremeria tanto ao ler a mensagem dele. Talvez fosse um colapso nervoso. Bem, era provável. E isso explicaria minha gargalhada que assustara o padre e fizera mamãe estender as mãos na minha direção para pegar o celular antes que ele caísse no chão.

Largada no altar.

Só podia ser brincadeira.

Se pudesse, eu o mataria. Mas o infeliz não valia os anos de prisão.

Estava na sacristia da igreja onde eu deveria selar minha união com o babaca que namorei por sete anos. E ainda dizem que você deve esperar para se casar e conhecer aos poucos a pessoa. Minha situação provava que não faria diferença nenhuma. Eu poderia ter me casado antes e ter tido o divórcio agora. Bem, talvez fosse uma situação melhor. Não teria tanta gente esperando um show que não iria acontecer lá fora. Um divórcio depois de um casamento tedioso era normal, uma noiva abandonada no altar era dramático demais.

Mamãe me olhava mais pálida do que eu jamais a vira, enquanto eu tremia pela vergonha e pensava nos convidados lá fora esperando pelo noivo que não tomava seu lugar diante das portas da igreja. Apertei o buquê de flores ao pensar nos convidados famintos lá fora, o bufê pago, o salão enfeitado, o apartamento mobiliado e a viagem para Gramado, aonde eu iria na manhã seguinte para curtir minha lua de mel e aproveitar o friozinho do inverno.

Nada disso fazia sentido mais.

A ansiedade para o casamento, os anos guardando dinheiro, os sacrifícios feitos e todo o tempo gasto com um babaca que terminara comigo por mensagem no dia de nosso casamento.

Envolvi meus braços envolta do corpo. Eu estava com frio, o que não fazia sentido também, já que mesmo sendo inverno não fazia tanto frio no Rio de Janeiro. Talvez fosse o vestido tomara que caia com tão pouco pano na parte de cima a causa de meus tremores. Ou talvez fosse só minha alma que congelara de pânico com todos aqueles olhos que estariam sobre mim no momento que eu deixasse o local e me julgariam por ser tão pouca coisa, dado que meu adorado noivo resolvera me dar bolo justamente no dia do casamento, e melhor, na hora do evento. Era demais. Senti uma lágrima escorrer pela minha face e não tive forças para erguer um braço para secá-la. Fernando podia ter terminado tudo antes, mas não, ele resolvera me fazer passar por essa humilhação.

Apertei o buquê de rosas brancas em minhas mãos com vontade de despedaçá-lo, e as flores resolveram se vingar. Senti uma espetada num dedo e o sangue pingou na seda que envolvia o buquê. A florista esquecera de retirar um espinho. Ao menos o choque me fizera reagir. Joguei o buquê no chão e minha mãe se apressou em recolhê-lo. Ergui minhas saias, deixei a sacristia e caminhei pelo corredor da igreja, surda aos cochichos dos convidados e aos apelos de minha mãe para que retornasse para a sala.

Cheguei a meio metro da porta e toquei na maçaneta com a intenção de sair da igreja, mas antes disso me virei para a multidão, que me olhava embasbacada.

— O circo acabou — respirei fundo e levantei a cabeça. — O noivo não vem e vocês perderam o jantar grátis.

Diante dos murmúrios chocados da plateia, eu abri as portas e senti o ar da noite tocar minha pele. E dessa vez não senti o frio, eu só precisava sair dali. O ambiente era opressor. Eu só precisava ir para casa. Ouvi minha mãe gritando ao longe que o noivo ainda poderia chegar enquanto eu corria pela escadaria da igreja até o ponto de táxi, como se um exército estivesse me perseguindo.

— Ele não precisa mais vir — murmurei para mim mesma ao entrar no táxi com meu vestido gigantesco que estou dando graças a Deus por ser alugado. Ou teria que vendê-lo num brechó. Dessa noite, não quero guardar nada, eu só quero esquecer. — Eu não quero mais me casar. Nunca mais.

Na manhã seguinte, eu rolava na minha cama, com olhos borrados, não tirara a maquiagem. Eu me deitara e me permitira algum choro antes de cair no sono de exaustão. Agora olhava os sapatos de cetim largados de qualquer jeito no chão. Estavam meio sujos pela minha corrida até o táxi. Não eram sapatos para andar, eram sapatos para posar. Bem, eu posei de alguma forma. De fato, havia sido uma cena e tanto quando eu correra pela igreja e mandara os convidados para casa. Descontei neles, mas agora não há nada que eu possa ou queira fazer a respeito.

Virei na cama e afastei meus olhos dos sapatos, mas acabei por dar de cara com o vestido jogado de forma displicente na cadeira da minha escrivaninha. Tampei meus olhos com o cobertor, eu não queria ver o vestido nem lembrar de todas as provas que foram necessárias para tê-lo pronto, tempo desperdiçado. Ouvi um bipe do meu celular e tateei a cômoda, procurando-o, então olhei a mensagem ainda debaixo das cobertas.

— Desgraçado! Bastardo!

Era Fernando, meu maldito ex-noivo e suas desculpas. Ele tinha outra e gostava mais dela. O ódio me consumiu e tencionei lançar o aparelho contra a parede, mas outro bipe soou. Era o alerta que eu tinha colocado para que fôssemos para o aeroporto pegar o avião para Gramado. Parei um segundo olhando o celular, até que saltei da cama e corri para o banheiro. Eu pegaria esse avião. E teria uma lua de mel sozinha, uma em que eu amaria a mim mesma.

E eu não me arrependi em nenhum momento de subir naquele avião.

A cidade era fantástica. Tudo em Gramado era fantástico, todas as coisas eram feitas para encantar, do mobiliário urbano às construções no estilo europeu. Eu me senti na Suíça com tantas construções em estilo germânico e flores multicoloridas por todos os lados. E até mesmo as pessoas eram encantadoras de tão simpáticas e educadas.

A cada esquina que via um prédio inspirado no estilo enxaimel da Alemanha, eu tinha vontade de tirar uma foto. Nunca fui dada a tirar tantas fotos, mas também nunca fui dada a viajar e ainda mais a um lugar tão bonito como essa cidade.

Eu me perguntava por que ainda não havia viajado para ali antes. Ah, sim, estava guardando dinheiro para o casamento desde que começara a trabalhar. Não me sentia à vontade para gastar, apesar de ganhar mais do que Fernando. Então, eu vivia dentro do mesmo nível que Fernando.

Bem, agora eu estava tomando vinho na Avenida das Hortênsias em uma cantina italiana cara e gastando o orçamento da semana em um jantar a que Fernando nunca me levaria.

Bem, até as passagens dessa viagem tinham sido eu que pagara depois de muito insistir que precisávamos de uma lua de mel adequada num lugar agradável. E agora eu a apreciaria mais do que com o estorvo ao meu lado. Se eu admitisse para mim mesma, era isso que Fernando tinha sido na minha vida durante todo esse tempo, um estorvo castrador do qual eu não me libertava pelo apego dos anos. Bem, ele rompera esse apego da pior maneira e eu aproveitaria minha vida agora.

Para começar, eu estava apreciando meu filé, que estava tão bom quanto o vinho. Suspirei ao pensar que ele só comeria carne de segunda pela vida. Bem, não sou uma pessoa tão má. Não estava desejando que ele fique só com os vegetais. Ou se engasgasse com eles, embora ele merecesse.

— Ele merecia algo bem pior, mas eu só espero que se mantenha longe.

— Perdão, senhorita? — questionou o garçom, não compreendendo o que eu dissera.

— Não foi nada, só pensamentos altos. A conta, por favor.

Após pagar o jantar, eu me encolhi dentro de minha jaqueta acolchoada com gola de pele falsa e agradeci por tê-la comprado antes de vir. Estava tão frio que sentia meu nariz e bochechas gelados. Deveria estar fazendo 10 graus e esse fim de semana era esperada a mínima para a cidade de 7 graus.

— Acho que preciso de um chocolate quente para me aquecer — falei, enquanto colocava minhas mãos nos bolsos e caminhava rua acima em direção à Rua Coberta.

Essa rua era um ícone turístico da cidade, uma rua que se confundia com uma galeria, lotada de restaurantes e lojas de chocolates locais. Os fogareiros dos restaurantes aqueciam os clientes sentados em cadeiras cobertas com pele peluda e branca de carneiro de ambos os lados da rua. Eu me senti aquecida por dentro quando passei em frente a um desses fogareiros.

Era aconchegante demais. Eu estava gostando do friozinho da cidade, mas foi uma sensação muito agradável sentir todo esse calor aquecendo meu corpo de surpresa. Uma hora frio intenso e de repente um calor gostoso. Estava perdida nessa sensação e cogitando se eu deveria jantar novamente para me aquecer mais e aproveitar para tirar mais algumas fotos naquelas cadeiras bonitas quando senti alguém esbarrar em mim. Levantei meus olhos e me surpreendi com a beleza do sujeito, pele bronzeada, olhos verdes e cabelo ondulado moldado com gel. Ele era uma bela visão.

— A senhorita está perdida? — perguntou o homem.

— Ah, sim. Não! Estava só apreciando o calor.

— Entendo. Eu não esperava que uma cidade no Brasil fizesse tanto frio também quando estive aqui da primeira vez — disse ele com olhos gentis enquanto eu estava incerta se deveria aproveitar tão bem a vista já que há alguns dias estava quase me casando.

Como meu noivo era um traidor que me largara no altar, cheguei à conclusão que eu merecia aproveitar a vista.

— Estava procurando um lugar para jantar — menti.

— Eu também. Podemos? — ele indicou a mesa do restaurante ao meu lado.

— Juntos? — perguntei, um tanto surpresa.

— Algum problema? — questionou ele, levantando uma sobrancelha.

Ponderei um pouco. Era um lugar público, então era seguro. Assenti e nos sentamos à mesa.

— Você não é do Brasil, é? — ele tinha um leve acento diferente que eu não reconhecia nos locais.

— Não, sou italiano. Mas moro aqui há uns três anos já. Como posso dizer, me apaixonei pela cidade e não pude ir embora.

O sorriso dele era sincero, e era uma cidade fácil de se apaixonar ou de se apaixonar por outros. Dei uma boa olhada no homem a minha frente, era fácil de se apaixonar.

— Entendo — disse, sem graça. — Estava pensando o mesmo.

— E por que não fica?

— É estranho conversar com alguém sem saber o nome — mordi meus lábios, receosa pelo meu comentário.

— É Marco Rossi — disse num tom suave e com o corpo um pouco inclinado em minha direção.

— Sou Júlia — ele sorriu ao ouvir meu nome. — Minha família é do Rio, mas gostaria de um recomeço em algum lugar longe. Só não sei se devo.

— Fugindo de fantasmas?

— Pode-se dizer que sim — eu dei um gole do meu vinho e me senti ainda mais aquecida.

— Eu não tenho família, mas me senti acolhido aqui quando ouvi falar da cidade por um colega em São Paulo quando fechava um negócio para criar um novo site para a cadeia de lojas dele e acabei ficando.

— Então, trabalha com internet. Assim, é mais fácil — falei, pensativa. — Sou advogada.

— Bem, sempre precisam de advogados em todos os lugares. Eu tenho muita dificuldade de entender as leis de tributos de vocês. Extremamente complicada.

— Sim, é verdade — as leis de tributos eram intricadas e complexas demais.

— Pois bem. Você poderia pegar esse trabalho e cuidar dos meus impostos e tenho certeza que posso te achar mais clientes — disse ele, debruçando-se na mesa.

— Então, é verdade!

— O quê? — perguntou ele, sem entender.

— Que os italianos são galanteadores — falei, com meu melhor sorriso sexy.

— Bem, só com mulheres exuberantes como você — ele falou, enquanto depositava um cartão na mesa junto com o dinheiro da conta do restaurante. — Se quiser ajuda para ficar na cidade, me ligue.

— Talvez eu ligue — respondi, enquanto tomava mais um gole do meu vinho. Então ele sorriu e seguiu seu caminho.

Eu fiquei ali apreciando meu vinho e enchendo os olhos com a beleza daquela rua turística por um tempo. Era inverno, um tempo de fins e novos começos. Peguei o cartão da mesa antes de me dirigir ao meu hotel e planejar meus novos começos.

O ATALHO ENCANTADO

Por Anne Cavalcante

Entardecia, mais um dia comum como todos os outros. Levemente chuviscava. O céu pincelado pelas cores do crepúsculo contrastava com o verdor daquela exuberante paisagem que se escondia aos poucos na escuridão que tenuamente avançava por causa das nuvens carregadas de água, típico do inverno amazônico, obscurecendo o céu. Assim, sol e chuva orquestravam o tempo. Isso não causava estranheza para os moradores da região.

Josias, nativo das ilhas, navegava sempre atento a qualquer movimento entre o rio e as margens. Não temia nada nem o lugar nem o tempo, pois nascera à beira da maré. Montava em sua canoa e, com a força de seus braços corados ao sol, percorria os rios. Apesar de suas origens indígenas, sua pele era bem clara — resultado da miscigenação do amor entre uma índia nativa e o marinheiro lusitano.

Seguia entusiasmado ao ver seus paneiros completamente cheios de peixes. Satisfeito com sua velha amiga, malhadeira, que lhe rendeu alguns peixes "de prima": dourada e filhote graúdos.

Tomado pelo orgulho de pescador, resolveu aventurar-se por um atalho que não fazia parte de seu itinerário — o furo do Miriti, haja vista ter ganhado o dia.

A cada remada, vislumbrava o que estava diante de seus olhos. Tudo emanava vida por todos os cantos. Diligentemente atento às brenhas a sua frente, pôde então perceber um vulto emergindo do rio. Movido pela curiosidade, direcionou a proa rumo ao movimento desconhecido. Logo pôde visualizar melhor que se tratava de um vulto feminino, tão formoso que o fez ficar ali inerte, admirando os gestos graciosos que realçavam ainda mais aquela beleza trigueira, de longos cabelos negros até a cintura, coberta por um vestido floral de alças que lhe moldava a silhueta. Emergia radiante a cada mergulho sob a luz do pôr do sol. Sem perceber que estava sendo observada, ela, absorta em seus pensamentos, continuava a se banhar nas águas rasas do rio.

Josias, completamente estático, não esboçava nenhum movimento. No entanto, o movimento da maresia aproximava suavemente sua pequena embarcação da "figura de Eva".

Foi então que sua miragem olhou-o diretamente nos olhos. Ele sentiu sua alma sendo tocada por aquele olhar. Ela, em questão de segundos, volveu-se em direção à mata e desapareceu como por mágica, sem deixar rastro.

Ele, atordoado com a fuga da beleza, pensou em segui-la, mas como não tinha sinais por onde deveria ir, permaneceu parado sem reação. Naquele momento, sobreveio-lhe grande angústia. A noite selava sua visão por completo tão subitamente. Respirou profundamente e foi então que lembrou de seus paneiros repletos de peixes. Precisava tratá-los. Convicto de que não poderia mais continuar ali parado, optou por ir para casa cuidar de seu pescado. Todavia, retornaria àquele lugar para reencontrar a flor mais bela em forma de mulher que seus olhos puderam contemplar.

Pegou o remo e o mergulhou em movimentos rápidos, seguindo ao destino dantes determinado — sua casa.

Chegando ao trapiche que levava até sua casa, desembarcou sua produção do dia e levou até o jirau. Não demorou muito, ouviu longe alguém a chama-lo:

— Josias, amigo, tem do graúdo aí, pra mim?

Sem se deter, ele desceu ao porto.

— Sobe aqui, Antônio. Hoje dei num cardume dos graúdos de primeira.

— Rapaz, tu tens sorte mesmo, hein?

— Pega aí duas cambadas, só da graúda.

— Hoje o povo lá de casa se farta! Ainda mais que temos visitas. Uns parentes da cidade que aparece de vez em quando e parece nunca ter comido peixe, devoram tudo.

— Depois a gente se acerta.

— Tá certo, amigo. Rapaz, parece que tu viu visagem!

— Não. Vi uma miragem de belezura na beira do rio.

— E onde foi?

— Lá no furo do Miriti.

— Mas rapaz! Tu não sabe que ali é terra encantada, cheia de mistério?! O povo vive dizendo.

— Isso é conversa de quem não tem o que fazer.

— Que nada! Ouvi dizer que o Raimundo, oleiro, passou por ali e desapareceu. Até hoje não se sabe o paradeiro dele.

— Sabe lá... esse tal de Raimundo quis dar o fora e nem deixou carta. Eu só sei te dizer que vi a prenda mais faceira dessa região. E por ela eu sumo também.

— Nem brinca com isso. Depois não diga que não foste avisado. Esquece aquele lugar, rapaz! Bem, amigo... Tô indo... Se cuida!

— Aproveita essa peixada com os teus… não te aperreia por mim.

Desatando o nó da corda, Raimundo dá um impulso no seu casco e sai rio afora, enquanto Josias retorna na direção de sua casa e de sua lida.

Não há cenário mais mágico do que ver o sol sair do rio lá no horizonte entre as margens verdejantes, enquanto a lua se despede para além das águas. E por um instante os regentes encontram-se para um breve adeus que se repetem a cada ciclo.

Assim, a luz tênue do dia vai chegando aos poucos, acordando os que estavam no sono noturno e alertando para o descanso diurno aqueles que em vigília ficaram. Naturalmente, os ninhos ficam alvoroçados e o gorjear dos pássaros é o despertador matutino. O orvalho tenuamente evapora com as primícias de feixes de calor. As casas acordam, e logo se vê a fumaça trilhando os ares, o aroma do café exalado e a broa quentinha retirada do fogão à lenha. Todos usufruem dessa rotina matinal antes de se esmerarem em suas responsabilidades e seus trabalhos cotidianos. Exceto as crianças, agraciadas pelo vigor da idade e desprovidas do fardo de uma vida adulta, aproveitavam as alegrias das brincadeiras e dos banhos de rio, típico da molecada ribeirinha, antes das suas tarefas escolares.

Josias, pescador desde tenra idade, aprendera o ofício com seu pai, movido pela curiosidade e admiração que nutria por ele. Atualmente morava sozinho, seus pais foram acometidos de malária alguns anos atrás. Entre seus vinte e poucos anos, herdara a pequena taipa, poucos instrumentos de pesca e utensílios do lar, porém, os ensinamentos de seus pais contribuíram para sua sobrevivência. Seu pai deu-lhe a ler as marés, as matas para poder pescar e caçar. Já sua mãe orientou sobre cuidados domésticos e a sabedoria de manipular as ervas em prol da saúde e como alimento. Dessa forma, mantinha-se com os recursos naturais que estavam a sua disposição e da venda deles na comunidade da qual fazia parte. Ele era um jovem solitário, não procurava companhia com as filhas da ilha.

Ainda mais após ter sido alvo do encanto daquela em que a beleza fez morada e tomou seu coração e dominou seus pensamentos. Apesar de tantas tentativas, não a encontrou e, sem êxito, começou a esmorecer. Dias, semanas e meses passaram e nada. Já estava a enfermar de tanta tristeza. Todas as noites, conversava com a lua sobre sua dor e pelas manhãs recorria ao sol, suplicando para novamente ver sua amada. Acreditava que se lhes pedisse seria atendido, pois sua mãe contava que dominantes do céu, Jaci, a lua, e Guaraci, o sol, atenderiam um pedido se esse fosse feito sincero com a integridade do coração. Assim o fazia até não ter mais forças para suplicar.

Certo dia, mesmo lânguido sem qualquer ânimo, resolveu intentar novamente pela última vez, pois estava definhando sem forças para investir na procura, apenas um fio de esperança matinha sua resignação firme. Entrou no furo do Miriti, soltou os remos sobre o banco e deixou ser levado pela maresia, naquela tarde chuvosa.

O chuvisco molhava seu rosto alvo ruborizado pela lida diária. Nele não se distinguiam gotas de lágrimas das de chuva, que se misturavam caindo sobre o chão da canoa. Com a visão turva, não enxergava bem. Até que ouviu um canto ecoando mais à frente. Era um cântico inebriante que o fez pegar o remo e seguir freneticamente, buscando forças do seu amor para ir ao encontro daquela voz. Sentia que poderia ser ela... Era ela com toda certeza.

Foi quando, ao se aproximar da margem, onde soava mais forte a melodia, reconheceu sua amada, ali sentada sobre o destroço de uma embarcação, entoando aquele cântico. Dessa vez, ela não fugiu quando o viu. Ele, tomado pela alegria, saiu rapidamente da pequena embarcação e se lançou ao rio, nadando avidamente ao encontro dela.

Ofegante, chegou à beira do barranco. Parou e a fitou como se não acreditasse que era real. Todavia, temia que ao se aproximar ela novamente fugisse. Então, em passos serenos, seguiu em sua direção.

Ela estendeu a mão e sorriu. Josias sentiu o vento envolvendo-o e um aroma floral. Estando diante dela, segurou na sua pequena mão macia e com um gesto suave beijou carinhosamente sua testa. Então disse:

— Eu te amo — ela não recuou. — Estava a te procurar todos os dias.

— Fugi de ti pensando que eras como homens atrozes que vêm assolar a mãe natureza e seus filhos.

— Nunca faria isso. Sou filho da terra mãe. Aprendi com meus pais a importância da nossa natureza.

— Agora eu sei, porque recebi, pelo pequeno beija-flor — cavaleiro audaz — que corajosamente transpôs as torrenciais chuvas de março, a mensagem dos meus pais, Jaci e Guarani. Nela dizia que eles aprovavam o clamor do amor de um rapaz, pois viram em seu coração nobreza e sinceridade quando suplicava dia e noite para encontrar sua amada. Avisaram-me que permitiram que ele chegasse até mim através do meu canto. Agora estás aqui.

— Sim… Não poderia mais viver sem ti.

Os enamorados abraçaram-se e ela o levou para o caminho adornado de flores, em meio às árvores que se abriam como uma cortina. Adentraram. E à medida que se distanciavam, a floresta cerrava com seus galhos e folhas aquela trilha, sem deixar nenhum vestígio. Então, como por encanto eles desapareceram.

Desde esse dia, ninguém mais soube de Josias. Os anos passaram tecendo vários boatos. Alguns dizem que ele se cansou e foi embora da ilha. Outros contam que, por desafiar o furo do Miriti, foi encantado e vive a vagar perdido pela mata. Ainda têm os menos otimistas, que afirmam que ele caiu no rio e morreu afogado ou foi comido pelas feras da selva, por isso não acharam seu corpo.

Essa história ainda é contada pelos moradores e seus filhos para quem quiser ouvir. Sempre advertindo a não passar pelo furo do Miriti.

Bem... Se é verdade ou não... Como se sabe ao certo?!

No entanto, quando todo mês de março a chuva engrossa, a maré sobe e o aroma de flores exala em todo o percurso do atalho do furo do Miriti, ninguém se atreve a passar por lá.

Eu não me atrevo.

E você?

Abraço de urso

Por Alexandre Pereira

Eu te presenteio com alvíssaras, meu amor.
Filha:

Sim, eis que está restaurada — pela fé em Nosso Senhor, pelo manto multicolor dos Aliados, aos olhos acá do querido Imperador — a santa paz em Uruguaiana. Findo *El* ultraje do inimigo — e te faço prega — afago estas linhas com o mais simples eco só para te confortar. E Maria Helena, meu amor, acautelo que ao chegar ao epílogo talvez receba *El* relato como broca e seu pobre pai como brocador. Se não melhor, auferirá minha pena como troça ou meia troça. E sabe o que mais? Tanto me faz. Redundando apenas o labor em arrancar de teu rosto um sorriso mais.

Sim filha, tudo no cerco acabou por ter comigo e tudo tive com todos. E por Deus, bastou apenas um homem cair para toda a cidade entrincheirada ficar aos nossos pés. Apenas um paraguaio ajoelhado para capitular cem dias de ocupação. E aqui, seu pai, *El* entrave e todas as guerras do mundo — somado participação e não como homem da medicina.

Na Corte se faz pública a vinda de Pedro II ao teatro sulista. Para tanto, já deve estar no bico dos nhonhôs todas as façanhas do Imperador: sua fé ao dar-se como Voluntário da

Pátria Nº 1; sua temperança em deixar os palácios desejando o ermo dos pampas. Deve correr pela rua do Ouvidor — e já em versos — *La* noite álgida que V.M. preservou a vida de um jovem vaqueano dando-lhe seu próprio capote. Filha, sim, faz o frio do fim do mundo nesse ventoso inverno do Rio Grande do Sul. E sei que disso não se fala no Rio de Janeiro. Para tanto, te apresento o vento acá conhecido como pampeiro. *El Constipador.* Vitorioso em derrubar um por vez os homens do Norte. Escrevo e confirmo — um por vez. E das anteparas de nosso vapor, (ocupando eu o mesmo cargo de Segundo Cirurgião, mas agora a bordo do Dezessete de Março), salvaguardado das intempéries, ouvinte costumas dos febris que acusam esse único ente:

— *El* pampeiro!

E disso mandou Pedro II me buscar na flotilha:

— Doutor, a tropa carece...

— Meu Senhor...

— Carece de tudo. Da farda aos grãos. Da cavalhada ao morno do sol.

— Então...

— Então, torça comissão a fim de física matutina, meu doutor. E inglesa! Pois bem sei, pode tanto lhe agradar...

Isso nos abreviou. Engoli a surpresa de estarem minhas façanhas desportivas do tempo de estudante na Europa na ponta da língua do Imperador e apresentei solicitação no Dezessete de Março para aterrar. Tomei barraca no empório militar — acredite filha, abarraquei! Quatro cantos e terra fria! Disso se faz nobreza. Nobreza como esse meu novo encargo militar — tinha comigo que se perdesse os homens uma vez, nunca os ganharia.

— Essa, doutô!

Na formatura para a contagem na alvorada, os soldados me viam e falavam:

— Essa, doutô!

Raspavam a terra com uma das botas e faziam o sinal da cruz. Achei graça, mas não pude rir. Depois, um oficial me apresentou e gritou:

— Formatura suíça!

Vi as fileiras do fundo debandarem ao passo que os praças cresceram em quadrados ao meu redor. Os da frente sentaram na grama, os do meio se ajoelharam. Lá estava eu — imagine, Maria — seu pai no meio dos Voluntários da Pátria.

— Preciso de um voluntário.

— Todos somos voluntários!

Os homens riam.

— O mais forte!

— Como?

— Quero o homem mais forte à frente.

Se veio um baita. Alagoano criado na carne de panela com aipim.

— Sinhô...

— Sabe brigar?

Dos que falavam alto e faziam troça, silêncio.

— Sabe não sabe? Veio brigar acá tão longe de casa. Me manda um murro.

— Sinhozinho...

— Pode bater.

Lançou o braço e me escapei com um passo atrás.

— Bate.

Tentou, errou, mas se animou — veio com tudo, socou e socou acertando só a curva do pampeiro — não me cruzou. Depois, acertei uma boa mão e o vi cair.

— Chama o doutô!

— Eu sou o doutor.

Os homens, todos já de pé, gargalhavam, se empurravam, aplaudiam. Não sentiam mais frio.

— Dois voluntários! — disse-lhes, já escolhendo esse e aquele.

Dias e dias, filha. Dias e dias de duelos agudos. E em cada um desses dias se achegou mais e mais gente. Cada um almejando arrumar a maior encrenca possível. E pelo incessante sopro invernal que nos rodeava, pairaram palavras como *boxing*, justa, luta inglesa, briga, peleja.

E esse meio homem da medicina que havia ido até a linha vermelha a fim de preservar o bicho homem?

Ensinei como teriam que andar, bem como te ensinei, minha filha. Eu os instrui em como fechar bem a mão, assim como te fiz repetir tantas vezes. Mostrei como defender e esmurrar. Ensinei tudo assim como te ensinei. E aquilo se agigantou.

Do sítio paraguaio donde de início apenas nos circunstavam, os invasores logo cresceram em valentia nos afrontando e montando também suas rinhas de briga. Em pouco olhavam acá e apostavam, olhávamos lá e perdíamos moedas. Discutiam daqui, discutiam de lá, todos se vangloriando de seus bravos.

Foi nesse meio tempo que os generais enviaram um ultimato para Estigarribia, comandante da División Paraguaya en Operaciones sobre el Río Uruguay, obtendo resposta espartana:

"Tanto melhor, o fumo dos canhões far-nos-á sombra."

No segundo aviso, buscaram ter dos víveres em Uruguaiana:

"Tanto mais que os inimigos."

Estigarribia nada cedia. Depois, com o Barão de Porto Alegre mandando avisar que os Aliados adentrariam na cidade no dia seguinte, respondeu:

"Justa."

Aquilo confundiu os homens do Exército. Teve o Imperador que mandar um embaixador até o inimigo. E só depois que voltou nos tomou a prosa:

— *Boxing* inglês! Querem uma luta por *La Ciudad*!

Por Deus, Maria Helena, veja disso — seu pai pouco podia de tão faceiro! Marcaram peleja e o Imperador me chamou:

— Quem é o bom?

— Um Garibaldino.

— Da tropa Oriental? Europeu?

— Nascido no Brasil.

— Manda buscar.

Veio o nosso herói e logo erguia barraca ao meu lado. Tinha eu agora um protegido. E tive com quem jantar, era um soldado que não tinha medo de doutô.

— E da rinha? — perguntou.

— Amanhã.

— Amanhã é bom. Trabalho de punho agora de noite, sinhô?

— Nada. Deixa pra amanhã. Dorme teu sono.

— Bom, bom. Dormir é bom.

Quando despertei e tive que chamar o bronco mais de uma vez, já se dizia em boca miúda que os paraguaios morreriam de fome dentro de Uruguaiana antes que alguém ensinasse regras para um Garibaldino. Filha, mostrei tudo o que aprendi na Inglaterra logo cedo. Depois, mostrei mais uma vez. Estaria eu ajudando aquele pobre? Por certo acreditava no bruto. E mandei que esmurrasse o pampeiro…

— Vou buscar o meu cavalo.

— Acho que não vai precisar de cavalo...

— Quero que ele me veja na peleja! Cavalo é bom.

Se aquilo era pura excentricidade, maior ainda me foi o jirau erguido pelos paraguaios entre aqui e lá. Olhei e se era alto demais. Devia me importar com o tablado mole de couro de vaca? De resto, não seria eu que cairia lá de cima, fardo restrito ao nosso herói amigo de cavalo. Restou-me sentar e esperar. Fiquei lá. Fiquei e depois vi um jovem vir e dizer para outro:

— Caiu do cavalo.

— Hã?

— Caiu.

Veio um menino correndo e gritou aos párias:

— Quebrou a perna! Quebrou a perna!

Levantei e ouvi mais ao longe:

— Caiu do cavalo e quebrou a perna!

Chamou-me o Imperador e disse:

— Sabe disso?

— Senhor...

— Por Deus... Teu Garibaldino caiu do cavalo e quebrou a perna!

Filha, nada mais passou pela cabeça de seu pai. De pronto, já estava ao lado do enfermo lhe amarrando tala. Sua lesão? Exatamente a mesma da tua na vez que caí contigo pulando por cima da rede — perto do pé, bem na pontinha do osso —, lástima eterna que ainda hoje me faz te pedir perdão. Trato que veio me seguir até aqui tão longe.

Os Aliados só em olhos. De Uruguaiana, que parecia agora tão distante, então ouvimos clamores e vivas brindando nossa baixa. Disparavam suas minés para cima, para o chão e até contra nós!

Maria Helena, broca ou troça? Chamou-me o Imperador — sim, chamou-me mais uma vez — e disse:

— Se tenho pra contigo o verso, vai lá tu, doutor. Vai tu e abomina.

Não recordo bem o que pensei na hora, mas se existia uma pergunta, existia também uma resposta:

— Da glória perante os Exércitos ou o abraço de urso da tua menina?

— Minha filha. Vê-la correr…

Não comi. Não bebi. Uma carroça veio me buscar e desfilei pelas fileiras ovacionado por brasileiros, argentinos, orientais. Fui aplaudido por Pedro II, Mitre, Flores. Os genros do Imperador cantarolando em sua sombra. Fitei cada um daqueles rostos. Rostos que guardei em minha solidão de soldado.

— Doutô! Doutô!

Desceu a carroça pela barranca e nos acompanhou a 1ª Ligeira de Canabarro. Últimos dizeres dos nossos, últimos encorajamentos. Subi no jirau e esmurrei o velho pampeiro.

Os paraguaios urraram todos juntos. Urraram e se calaram. Ouviram-se então preces e urraram juntos mais uma vez. Depois, da fila que se abriu, pude então fitar *El* gigante. Os guerreiros cantavam. O jirau tremia. E tremeu ainda mais com um trovão que desceu das nuvens escuras. Teria a chuva invernal das coxilhas força para barrar a minha batalha? Teve nada. Se veio a chuva gelada desde o primeiro passo daquele monstro no couro de vaca. Correram os emissários, os nossos, os deles:

— Até dormir.

Combinavam e repetiam tudo em guarani.

— Então, *El* único desfavor obedece à regra inglesa. Sem arranhões nos olhos. E para isso se fará o uso da moeda na palma da mão!

Abençoaram-me com duas moedas espanholas. Cumprimentei aquele baita com um movimento de cabeça e ele não respondeu — exasperado, perigoso. Para um cirurgião da marinha em campanha, semelhante horizonte, semelhante inconveniência mortífera.

Soltou o paraguaio o bichará e a blusa encarnada — como eu, queria se prestar de peito aberto, com calça dobrada até o joelho, descalço. E veio. Veio logo e me socou perto do cotovelo. Voltou e caminhou devagar até me esmurrar em cima e em baixo. Acertou-me os braços, mãos, o topo da cabeça. Voltou, caminhou e soltou mais socos. Fez isso um par de vezes e só na última investida encontrei espaço para desviar e mandar uma resposta. Ele não se moveu, nem titubeou. Ao contrário, me empurrou para a beirada daquele jirau alto demais e tentou me acertar a fuça. Foi e voltou. Parecia que era isso que lhe provia prazer no desporto, ir e vir, ir e vir.

Tive que me impor.

Ao vê-lo se repetir, voltou e me teve em cima. Acompanhando-o, soquei sua cintura, o peito, lhe raspei as orelhas. Dois passos lá e tantos acá. Daí me pegou. Fitava-me por cima dos punhos quando fez o inesperado, ameaçou e bateu com a outra mão. Acertou-me bem em cima do olho! Achei que ia cair, me curvei e joguei os braços para defender e tomar fôlego. Eu lhe devia humildade?

No ataque seguinte, recuou e voltou correndo com os braços abertos. Foi quando minha cabeça clareou. Atentei-me, mais uma vez estava na beirada, só que do outro lado. Com o simples toque dos punhos, bambeei e caí lá embaixo.

Nossos emissários saltaram, os da 1ª Ligeira me lançaram ares de descrédito. Os Exércitos Aliados se emudeceram. E aquilo me bastou. Dos passos da valsa, aquela dança agora seria minha.

Subi e ajeitei as duas moedas espanholas na palma da mesma mão. Veio o paraguaio, socou e não me acertou. Foi, voltou e não se aproximou. Ameaçou e soltou a outra mão. Nada. Não me acertaria mais. Quando apertei o punho e ouvi o som do toque das duas moedas, puxei e soltei.

— Findo.

Caiu *El* gigante ajoelhado na chuva. Um só homem para cair toda a cidade! Deitou e não se levantou.

Invadiu o Exército Aliado pelo outro lado das trincheiras, além das árvores, além do córrego. Vieram as massas, nossas armas, a soldadesca, todos os senhores.

Desci e caminhei entre os Exércitos em polvorosa.

Do inimigo? Saíam montados na garupa dos nossos como velhos amigos! Seus 59 oficiais e 5.131 soldados, contados, nos entregaram Uruguaiana. Uruguaiana dos ventos. Cidade senhora do inverno.

Assim, filha, o que mais posso te contar? Desejo só que tais linhas te amimem. E me despeço nas palavras de Estigarribia ao se render: *Protección para mi y la liberdad de mi patria.*

Assim é o coração do bicho homem. Até o coração do homem que está em guerra.

Amada Maria Helena, que Deus te abençoe. Beije tua mãe por mim. Beije mil vezes.

Att.: Seu Pai e amigo,
Inverno de 1865

A MISSÃO

Por Affonso Celso Leal de Mello (ACLOMELL)

Era início da primavera na bela cidade de Bauru, interior de São Paulo.

Amanheceu com uma suave garoa e a temperatura estava gostosa, nem frio e nem calor.

Marcelo abriu a janela de seu quarto, aspirou o ar, deu um sorriso e disse:

— Bom dia, natureza — e finalizou — hoje é 21 de setembro de 2004.

Desceu a escada de sua casa, que era sobrado, com os quartos no andar superior, e dirigiu-se à copa. Lá, sua esposa Vanessa o esperava para o café junto com seus dois filhos. Ricardo, o mais velho, tinha a aparência do pai com certos traços da mãe. Angélica, a caçula, parecia mais com a mãe, não deixando, entretanto, de ter alguns traços de seu pai.

Marcelo Lopes Rigotto tinha estatura média, um metro e setenta e cinco, rosto oval, olhos castanhos, usava bigode e cavanhaque no queixo, seus bigodes ostentavam pelos brancos e idem no cavanhaque. Seus cabelos castanhos já percebiam alguns fios brancos. Estava com quarenta anos e trabalhava como advogado na Justiça Federal de Bauru. Usava óculos de grau verde-claro, era magro e elegante.

Vanessa, sua esposa, era gorda mas não exagerado. Muito elegante, carismática, cabelos compridos loiros, olhos grandes e da cor turquesa, clara, rosto oval e lábios carnudos, não era muito alta, apenas um metro e sessenta e cinco e muito inteligente.

Ela era funcionária do Hospital Unimed de Bauru.

Ao sair de sua casa, à Rua Virgílio Malta 11-25, Marcelo reparou nas árvores de sua rua com vários ipês-roxos, amarelos e brancos e murmuro baixinho:

— Como é bonita a natureza. Estamos realmente na primavera!

De carro, levou primeiro as crianças à escola, depois entregou sua esposa na Unimed.

Ao chegar ao Hospital Unimed, falou:

— Vanessa, faz quatro anos que nós não vamos à praia. Já planejei tudo para dezembro, quando as crianças entrarem de férias.

— Será que o dinheiro vai dar? — respondeu Vanessa, preocupada.

— Claro que sim, planejei e guardei um pouco. Se faltar, a gente arruma.

— Bem, se é assim, vamos aguardar dezembro.

Quando chegou dezembro, arrumaram as malas e partiram para o litoral.

A viagem foi longa e pousaram no caminho.

No dia seguinte, ao entardecer, chegaram à praia de São Francisco do Sul, litoral de Santa Catarina.

Hospedaram-se no Hotel Bela Vista, bem próximo do mar.

As crianças brincavam na areia fazendo pequenos castelos enquanto Vanessa lia a revista *Caras* e Marcelo estava terminando o romance *A outra face*, de Sidney Sheldon.

Saíram da praia para almoçar, onde saborearam frutos do mar no restaurante Brisa do Mar, e lá pelas quatro horas da tarde voltaram à praia para respirar o ar marinho.

Ao escurecer, Vanessa falou:

— Marcelo, vou subir para o hotel e levar as crianças.

— Pode ir, Vanessa, daqui a pouco eu irei e levarei o guarda-sol, pois no momento estou terminando o capítulo derradeiro deste romance.

Marcelo ficou absorto no capítulo final do romance e não percebeu que a maré subiu, como era rotineiro naquele horário.

As ondas já batiam em seus pés e de repente Marcelo sentiu algo estranho tocá-lo.

Abaixou, e qual não foi seu espanto ao ver uma garrafa verde fechada com rolha e dentro uma carta.

Colheu a garrafa com todo cuidado, desarmou o guarda-sol e dirigiu-se ao hotel.

— Vanessa, veja o que eu achei na praia.

— E por que não deixou lá? — perguntou Vanessa, preocupada.

— Ora, Vanessa, ela tem uma carta dentro e parece estar escrito alguma coisa.

— Marcelo, não leia, pois pode ser coisa ruim, macumba.

— Mas eu sou curioso e pretendo ler.

Marcelo não pensou duas vezes. Quebrou a garrafa e retirou a carta, passando a ler com atenção.

Meu amigo, peço-lhe um favor.

Minha esperança é que alguém venha a ler esta carta e que não seja tarde para me socorrer.

Fui condenado pelo Júri da Comarca de João Pessoa a 24 anos de reclusão por ter assassinado minha esposa e meu patrão.

A arma do crime encontrada no local era minha e as impressões digitais também eram minhas, pois havia lubrificado a arma na véspera do crime, pela manhã.

Nessa data, havia tido uma discussão com meu patrão por motivo de salários.

Nunca soube realmente que ele era amante de minha esposa, embora pelos indícios desconfiasse.

Geralmente, meu patrão confiava serviços a mim entre comarcas bem distantes.

Percebi durante a tarde que a arma que havia lubrificado desaparecera do armário na véspera do crime.

Prezado amigo, não fui eu que cometi esse crime. Estou com a consciência tranquila, pois amava muito minha esposa.

Infelizmente, as provas estavam todas contra minha pessoa e fui condenado.

Gostaria muito, meu amigo, que intercedesse na Justiça de João Pessoa para limpar minha honra perante meus filhos, Carlos e Marisa. Eles veem em mim um assassino perverso.

João Pessoa 7 de abril de 1998.
Norberto Paiva Brota

Marcelo acabou de ler a carta e, muito comovido, diz a Vanessa:

— Vanessa, parece que vou ter uma grande missão.

— Bem, que avisei para não abrir a garrafa.

— Sim, sou curioso, abri e vou sentir remorso se não cumprir a missão.

O casal e os filhos aproveitaram o resto das férias, curtiram as praias e, quando regressaram a Bauru, Marcelo tinha em mente cumprir a missão.

Pelos anos trabalhados na Justiça Federal de Bauru, tinha direito a uma licença-prêmio e, assim que foram concedidas, embarcou na Gol até São Paulo. Chegando a São Paulo, embarcou na TAM até João Pessoa.

Ao chegar, hospedou-se em um hotel e à tarde dirigiu-se ao Fórum da cidade para iniciar sua missão.

No Fórum, procurou o cartório distribuidor.

— Por favor, senhorita, desejo saber sobre um júri realizado nesta cidade.

— Em qual data, doutor? Sabe os nomes das partes?

— Não sei, senhorita, calculo que seja em 1998 e o condenado chamava-se Norberto Paiva Brota.

Depois de várias consultas, a funcionária do cartório distribuidor falou:

— Consegui, doutor. O júri se deu em 13 de março de 1998 e seu número do processo original da 3ª Vara Criminal era 1.326/98.

— Obrigado, senhorita.

Marcelo dirigiu-se à 3ª Vara Criminal e o referido processo estava arquivado. Geralmente, existe na Vara de origem do processo um livro de registro da sentença prolatada pelo juiz que a pronunciou, levando o réu a júri.

Por meio dessa sentença, Marcelo tomou conhecimento do nome da esposa de Norberto e seu amante.

Ela se chamava Letícia Paiva Brota, magra, elegante, um metro e sessenta e cinco, rosto oval, olhos castanhos e cabelos castanhos, e ele, o amante, Raimundo Souza Visoto, era alto, cabelos grisalhos, barba cerrada, rosto redondo, bigode preto, olhos pretos e moreno.

O advogado de defesa foi o Dr. Eurico Barros Braga, famoso criminalista em João Pessoa.

O doutor Eurico era calvo, com poucos cabelos brancos em volta da cabeça, rosto redondo, sobrancelhas grossas, vasto bigode já meio branco, bem gordo e baixo, usava óculos de grau verde-claros, era carismático e inteligente.

Marcelo foi até o escritório do Dr. Eurico bem no centro da cidade e juntos conversaram.

— Dr. Eurico, eu estava no litoral de Santa Catarina, na cidade de São Francisco do Sul. Eram quatro horas da tarde quando uma garrafa verde veio tocar em meus pés, abri e encontrei esta carta dentro.

Dr. Eurico leu a carta compenetrado e disse:

— Dr. Marcelo, fui eu que atirei esta garrafa ao mar a pedido de meu cliente, porém não sabia que ele havia escrito essa carta. Olhe, meu amigo, fiz tudo para inocentá-lo, mas infelizmente as provas estavam todas contra ele.

— Será que não podemos corrigir esse erro judiciário? — disse Marcelo.

— É possível, mas quem cometeu este crime? E para piorar, ele se suicidou na prisão em 2002.

Marcelo ficou impressionado, pois agora estava atendendo ao pedido de um falecido.

À noite, no hotel, Marcelo perguntou ao gerente onde tinha um centro espírita de renome na cidade.

Informaram a Marcelo que o Centro Espírita Alan Kardec fazia sessão três noites por semana e que naquele mesmo dia teria uma.

Marcelo dirigiu-se ao Centro Espírita Alan Kardec e conversou com seus membros.

— Quero invocar o espírito de Norberto Paiva Brota e desejo que ele me dê uma carta psicografada.

— Tudo bem, sente-se à mesa com os demais espíritas.

Deu-se alguns minutos de silêncio, a meia-luz e após alguns momentos o espírito de Norberto encarnou naquele que presidia a sessão.

Uma voz do além falava e psicografava:

— Meu amigo Marcelo, obrigado por querer me ajudar. Meu suicídio foi por desgosto, pois tinha certeza que era inocente e estava pagando por um crime que não cometi. Hoje sei perfeitamente quem cometeu aquele crime, pois aqui tudo é às claras e transparente. Foi minha empregada Valdete que tirou a arma do armário com luvas para minhas impressões digitais não sumirem. Estou sofrendo muito, meu amigo, faça alguma coisa por mim.

Marcelo, de posse da carta psicografada, dirigiu-se no dia seguinte ao escritório do Dr. Eurico.

Por intermédio deste, conseguiu o endereço dos filhos de Norberto, Vera e Ricardo, comunicando-lhes que seu pai era inocente e pedia perdão a eles.

Dr. Eurico, de posse da carta psicografada e da carta encontrada na garrafa, peticionou ao juiz da 3ª Vara Cível pedindo desarquivamento do processo 1.326/98 e a prisão preventiva de Valdete por dez dias para investigação.

Ao ser presa, Valdete foi interrogada e, sob pressão da polícia, confessou o crime nos seus mínimos detalhes.

— Fui eu que matei Letícia e seu amante Raimundo. Aproveitei uma pequena ausência de meu patrão Norberto, vesti uma luva, peguei a arma do armário e atirei nos dois.

A polícia, diante do relato espontâneo de Valdete, perguntou:

— Por que cometeu este crime?

— Eu sou lésbica e amava minha patroa platonicamente. Ela percebia, porém, jamais me aceitou.

Desarquivado o processo, juntando às perícias enviadas pela delegacia, o juiz reabriu o processo, inocentando pós-morte Norberto e pronunciando Valdete para ser julgada pelo júri em 20 de março de 2005.

Marcelo viu cumprida sua missão e, dirigindo-se ao escritório do Dr. Eurico, falou:

— Dr. Eurico, estou de volta para a Comarca de Bauru, no estado de São Paulo, mas gostaria que o senhor me informasse sobre o andamento do processo por e-mail.

Marcelo deixou seu e-mail para Dr. Eurico: marcelorigoto@terra.com.br.

No mesmo dia, embarcou pela TAM até São Paulo e lá pela Gol até Bauru.

No dia 21 de março de 2005, Marcelo recebeu um e-mail do Dr. Eurico: "Processo do júri terminado. Valdete foi condenada a 24 anos de reclusão e Norberto foi absolvido pós-morte. Hoje mesmo protocolei uma ação cível de indenização contra o estado da Paraíba em favor de Norberto, por danos morais."

Três anos depois, Dr. Eurico passou outro e-mail para Marcelo: "Ação de indenização foi julgada procedente e a família de Norberto recebeu R$ 400.000, 00 reais de indenização, repartida aos dois filhos, Vera e Ricardo."

Marcelo respirou aliviado e disse:

— Graças a Deus cumpri minha missão — beijou a esposa e os filhos e murmurou baixinho: — A vida continua.

Este livro foi composto por fonte
Electra LT Std, papel Polén 80 g/m² e
impresso pela Lura Editorial, em São Paulo